EN BUSCA
DE CASSANDRA

En busca de Cassandra

Lisa Kleypas

Traducción de Ana Isabel Domínguez Palomo
y M.ª del Mar Rodríguez Barrena

VERGARA

Penguin
Random House
Grupo Editorial

Título original: *Chasing Cassandra*

Primera edición: septiembre de 2021
Primera reimpresión: octubre de 2021

© 2020, Lisa Kleypas
© 2021, Penguin Random House Grupo Editorial, S. A. U.
Travessera de Gràcia, 47-49. 08021 Barcelona
© 2021, Ana Isabel Domínguez Palomo y María del Mar Rodríguez Barrena, por la traducción

Printed in Spain – Impreso en España

ISBN: 978-84-18045-89-9
Depósito legal: B-10.556-2021

Compuesto en Llibresimes, S. L.

Impreso en Romanyà Valls, S. A.
Capellades (Barcelona)

VE 4 5 8 9 9

Para Carrie Feron,
mi editora, mi inspiración
y mi refugio en la tormenta.
Te quiero,

L. K.

1

Hampshire, Inglaterra
Junio de 1876

Había sido un error autoinvitarse a la boda.

Claro que, de todas formas, a Tom Severin le importaban un bledo la educación y las buenas maneras. Le gustaba aparecer allí donde no lo habían invitado, consciente de que era demasiado rico como para que se atrevieran a echarlo. Sin embargo, debería haber previsto que la boda Ravenel sería un aburrimiento mortal, como cualquier otra boda. Paparruchas románticas, comida tibia y muchas flores, demasiadas. Esa mañana, durante la ceremonia, no cabía ni una más en la pequeña capilla de la propiedad, Eversby Priory, tal como si hubieran vaciado el mercado completo de flores de Covent Garden. El ambiente estaba tan cargado de su perfume que acabó con un leve dolor de cabeza.

Después de la ceremonia deambuló por la antigua mansión de estilo jacobino en busca de un lugar tranquilo donde sentarse y cerrar los ojos. En el exterior, los invitados se congregaron en la entrada principal para despedir a los recién casados, que se marchaban de luna de miel.

Con la excepción de unas cuantas personas como Rhys Winterborne, un galés propietario de unos grandes almacenes, el grueso de los invitados era de origen aristocrático. Eso significaba que la conversación versaba sobre temas que a Tom le importaban un pimiento. La caza del zorro. Música. Ancestros ilustres. En ese tipo de reuniones no se hablaba de negocios, ni de política ni de otra cosa que a él le resultara interesante.

La mansión de estilo jacobino ofrecía la imagen de ajado esplendor típica de esos edificios señoriales. A Tom no le gustaban las cosas viejas, ni el olor a moho y a polvo acumulado durante siglos, ni las alfombras desgastadas, ni los antiguos cristales de las ventanas llenos de burbujas que distorsionaban el exterior. Tampoco le veía el encanto a la belleza de la campiña circundante. La mayoría de la gente diría que Hampshire, con sus verdes colinas, sus frondosas arboledas y sus cristalinos ríos, era uno de los lugares más hermosos de la Tierra. Sin embargo, y en términos generales, a él solo le gustaba la naturaleza para llenarla de calzadas, puentes y vías ferroviarias.

Los vítores y las carcajadas del exterior se colaron en el tranquilo interior de la mansión. Sin duda, los recién casados acababan de escapar bajo una lluvia de granos de arroz. Todos parecían genuinamente felices, algo que a Tom le resultaba irritante a la par que incomprensible. Era como si todos estuvieran al tanto de un secreto que él desconocía.

Desde que amasó su fortuna gracias al ferrocarril y a la construcción, Tom no esperaba verse de nuevo asaltado por la envidia. Pero allí estaba, corroyéndolo con delicadeza, de manera que soltó un suspiro. La gente siempre bromeaba sobre su vitalidad y su acelerado estilo de vida, y sobre el hecho de que nadie parecía ser capaz de seguirle el ritmo. En ese momento tuvo la impresión de que ni siquiera él podía hacerlo.

Necesitaba algo que lo sacara de esa especie de trance.

Tal vez debería casarse. A sus treinta y un años ya iba siendo hora de buscar una esposa y de tener hijos. Allí fuera había un nutrido grupo de jovencitas disponibles, todas de sangre aristocrática y educación exquisita. Casarse con cualquiera de ellas supondría ascender en el escalafón social. Pensó en las hermanas Ravenel. La mayor, lady Helen, se había casado con Rhys Winterborne, y lady Pandora acababa de hacerlo con lord St. Vincent esa misma mañana. Pero quedaba una..., la gemela de Pandora, lady Cassandra.

Todavía no se la habían presentado, pero la vio la noche anterior durante la cena a través de los frondosos centros de mesa y del bosque de candelabros de plata cuyas velas iluminaban a los comensales. Según lo que había visto, era joven, rubia y callada. Cualidades que no eran todas las que buscaba en una esposa, pero sí que podían ser un buen punto de partida.

Oyó que alguien entraba en la estancia y el ruido lo sacó de sus pensamientos. «Maldición», pensó. Con todas las habitaciones desocupadas que había en esa planta, tenían que haber elegido esa. Estaba a punto de ponerse en pie para anunciar su presencia cuando unos sollozos femeninos lo hicieron replegarse en el sillón. ¡No! Una mujer llorando.

—Lo siento —se disculpó la recién llegada con voz trémula—. No sé por qué me he puesto tan sentimental.

En un primer momento, Tom creyó que le estaba hablando a él, pero al cabo de un instante oyó una réplica masculina.

—Supongo que no será fácil separarse de una hermana que siempre ha estado a tu lado. De una hermana gemela, además. —Quien hablaba era West Ravenel, con un tono de voz suave y agradable que jamás lo había oído usar antes.

—Lloro porque sé que voy a echarla de menos. Pero me alegra mucho que haya encontrado al amor de su vida. Me alegra muchísimo... —Se le quebró la voz.

—Ya lo veo —replicó West con sorna—. Toma, usa mi pañuelo para secarte esas lágrimas de felicidad.

—Gracias.

—No sería extraño que te sintieras un poco celosa —añadió West con afabilidad—. No es ningún secreto que quieres encontrar pareja, mientras que Pandora siempre ha renegado del matrimonio.

—No estoy celosa, pero sí preocupada. —La mujer se sonó la nariz con delicadeza—. He asistido a todas las cenas y a todas las fiestas, y me han presentado a todo el mundo. Algunos de los caballeros disponibles han sido muy agradables; pero, aunque no he encontrado nada que me disguste en ellos, tampoco he descubierto algo que me guste especialmente. He claudicado en la búsqueda del amor, ya solo quiero encontrar a alguien a quien pueda amar con el tiempo, y ni siquiera eso ha sido posible. Debo de estar haciendo algo mal. Acabaré para vestir santos.

—Eso es un dicho muy anticuado.

—¿Y cómo describirías tú a una mujer soltera de mediana edad?

—¿Una mujer con un listón alto? —contestó West.

—Tú puedes llamarla como quieras, los demás seguirán viendo a una solterona que se ha quedado para vestir santos. —Una pausa tristona—. Además, estoy gorda. Todos los vestidos me quedan estrechos.

—Yo te veo como siempre.

—Tuvieron que sacarles a las costuras del vestido anoche a la carrera. No me cerraban los botones de la espalda.

Tom se movió con sigilo para asomarse por la oreja del sillón. Se quedó sin aliento y solo atinó a contemplarla, maravillado.

Tom Severin acababa de enamorarse a primera vista. Esa mujer lo había conquistado por completo.

Era hermosa de la misma manera que lo eran el fuego y la luz del sol: cálida, resplandeciente y dorada. Su imagen le provocó un sentimiento de vacío que ansiaba paliar. Era todo lo que él no había podido tener durante su dura juventud: las esperanzas y las oportunidades perdidas.

—Cariño, escúchame —dijo West con suavidad—. No tienes por qué preocuparte. Seguro que conoces a alguien nuevo o que se te cruza en el camino algún conocido que no supiste apreciar a primera vista. Algunos hombres requieren de un tiempo para poder apreciarlos. Como pasa con las ostras o con el queso gorgonzola.

La muchacha soltó un trémulo suspiro.

—Primo West, si cuando cumpla los veinticinco todavía no me he casado..., y tú sigues soltero..., ¿querrías ser mi ostra?

West la miró mudo por la sorpresa.

—Vamos a acordar que algún día nos casaremos —siguió ella— si nadie más nos quiere. Seré una buena esposa. Me he pasado toda la vida soñando con tener mi propia familia y un hogar alegre donde todos se sientan seguros y sean felices. Ya sabes que nunca protesto ni doy portazos ni refunfuño por los rincones. Lo único que necesito es cuidar de alguien. Quiero importarle a alguien. Antes de que me digas que no...

—¡Lady Cassandra Ravenel! —la interrumpió West—. Esa es la idea más ridícula que se le ha ocurrido a alguien desde que Napoleón decidió invadir Rusia.

Ella lo miró con gesto de reproche.

—¿Por qué?

—Por citar una entre mil razones, eres demasiado joven para mí.

—No eres mayor que lord St. Vincent y él acaba de casarse con mi hermana gemela.

—Por dentro soy muchísimo más viejo que él, le llevo varias décadas. Mi alma está arrugada como una uva pasa. Hazme caso, no te conviene casarte conmigo.

—Sería mejor que quedarme sola.

—¡Qué tontería! Hay un abismo de diferencia entre quedarse sola y sentirse sola. —West extendió una mano para apartarle un mechón rubio dorado que se le había quedado pegado a la mejilla por culpa de las lágrimas—. Ve a echarte un poco de agua fría en la cara y...

—Yo seré su ostra —lo interrumpió Tom, que se puso de pie y se acercó a la pareja. Ambos lo miraron boquiabiertos y sin dar crédito.

Él tampoco acababa de creerse lo que estaba haciendo. Si algo se le daba bien eran las negociaciones a la hora de cerrar cualquier acuerdo comercial, y esa no era la mejor forma de abordar el asunto. Con tan solo cuatro palabras acababa de ponerse en la posición más débil de todas.

Sin embargo, la deseaba tanto que no había podido contenerse.

Cuanto más se acercaba ella, más difícil le resultaba pensar con claridad. El corazón le latía con un ritmo errático y rápido contra las costillas.

Lady Cassandra se acercó más a West como si buscara su protección, y lo miró como si fuera un lunático. Tom no podía culparla. De hecho, se estaba arrepintiendo de haberse acercado de esa manera, pero ya era demasiado tarde para retroceder.

West lo miraba con el ceño fruncido.

—Severin, ¿qué estás haciendo aquí?

—Estaba descansando en aquel sillón. No he encontrado un momento oportuno para interrumpiros una vez que empezasteis a hablar. —Era incapaz de apartar la mirada de lady Cassandra. Esos ojos tan grandes de expresión sorprendida eran de un agradable azul oscuro y parecían estar cuajados de estrellas por el brillo de las lágrimas, ya olvidadas. Sus voluptuosas curvas eran firmes y preciosas, no había ni un solo hueso a la vista ni tampoco una línea recta en su figura: todo era suave, sensual y tentador. Si fuera suya..., por fin podría experimentar el alivio que sentían otros hombres. No tendría que pasarse el día compitiendo, asaltado por un ansia que nunca acababa de saciar.

—Me casaré con usted —le dijo Tom—. Cuando lo desee. Sean cuales sean las condiciones.

West empujó con delicadeza a lady Cassandra hacia la puerta.

—Cariño, vete mientras yo hablo con este desquiciado.

Ella asintió con un ligero movimiento de la cabeza en respuesta y obedeció a su primo.

Una vez que desapareció por el vano de la puerta, Tom la llamó sin pensar:

—¿Milady?

Lady Cassandra reapareció y se asomó por la jamba de la puerta.

Tom no sabía qué decirle, pero no podía permitir que se marchara con la idea de que no era perfecta tal como era.

—No está usted gorda en absoluto —añadió con voz ronca—. Cuanto mayor sea su presencia en el mundo, mejor.

Como halago no era ni el más ingenioso ni el más apropiado. Pero ese ojo azul que lo observaba desde el otro lado del vano de puerta lo miró con un brillo jocoso antes de desaparecer.

Todos los músculos del cuerpo se le tensaron por el instinto de seguirla como si fuera un sabueso tras un rastro.

West se volvió para mirarlo con expresión atónita y molesta.

Antes de que su amigo pudiera hablar, Tom le preguntó con urgencia:

—¿Puedo quedármela?

—No.

—Pero debo hacerla mía, déjame hacerla mía...

—¡No!

Tom adoptó su actitud de empresario.

—La quieres para ti. Lo entiendo perfectamente. Podemos negociar.

—Acabas de oír mi negativa a casarme con ella —señaló West irritado.

Una negativa que Tom no se había creído en ningún momento. ¿Cómo podía West, o cualquier hombre con sangre en las venas, no desearla con un ansia voraz?

—Es evidente que se trata de una estrategia para sorprenderla después —repuso—. Pero te daré un cuarto de una de mis empresas de construcción de ferrocarriles por ella. Y acciones de una empresa minera. Además de dinero contante y sonante. Dime cuánto.

—¿Estás loco? Lady Cassandra no es una posesión que yo te pueda entregar como si fuera un paraguas. De hecho, no te daría ni un paraguas.

—Podrías convencerla. Es evidente que confía en ti.

—¿Y crees que usaría eso en su contra?

Tom estaba perplejo y carcomido por la impaciencia.

—¿Qué sentido tiene contar con la confianza de una persona si no puedes usarla en su contra?

—Severin, lady Cassandra no se casará contigo —repuso West exasperado.

—Pero es lo que siempre he deseado.

—¿Cómo lo sabes? De momento lo único que has visto es a una muchacha bonita de pelo rubio y ojos azules. ¿Se te ha ocurrido preguntarte qué hay en su interior?

—No. No me importa. Por dentro puede ser como quiera, siempre y cuando me permita tener el exterior. —Al ver la expresión que puso West, Tom añadió a la defensiva—: Ya sabes que nunca he sido una persona sentimental.

—¿Te refieres a que no sabes lo que son los sentimientos humanos? —replicó West con acritud.

—Tengo sentimientos. —Tom guardó silencio—. Cuando quiero.

—Yo tengo uno ahora mismo. Y antes de que dicho sentimiento me obligue a estamparte una patada en el culo, voy a poner cierta distancia entre nosotros. —Lo atravesó con una mirada letal—. Mantente alejado de ella, Tom. Busca a otra inocente a la que corromper. Tal y como están las cosas, ya tengo bastantes excusas para matarte.

Tom enarcó las cejas.

—¿Todavía estás escocido por lo del contrato aquel? —le preguntó sorprendido.

—Siempre estaré escocido por aquello —le aseguró West—. Intentaste engañarnos para quedarte con los derechos de explotación de la mina que está en nuestra propiedad aunque sabías que estábamos al borde de la bancarrota.

—Eso era un asunto de negocios —protestó Tom.

—¿Y qué hay de la amistad?

—La amistad y los negocios son dos cosas separadas.

—¿Estás tratando de decir que no te importaría que un amigo intentara desplumarte, sobre todo si estuvieras interesado en ese dinero?

—El dinero me interesa siempre. Por eso tengo tanto. Y no, no me importaría que un amigo intentara desplumarme. Me quitaría el sombrero solo por el esfuerzo demostrado.

—No lo dudo —replicó West, no precisamente con admiración—. Aunque seas un malnacido despiadado con la voracidad de un tiburón toro, siempre has sido honesto.

—Y tú siempre has sido justo. Por eso te pido que le hables a lady Cassandra de mis buenas cualidades y de las malas.

—¿Qué buenas cualidades? —le soltó West con brusquedad.

Tom tuvo que pensarlo un instante.

—¿Que soy muy rico? —respondió.

West gimió y meneó la cabeza.

—Tom, es posible que me dieras lástima si no fueras un cretino egoísta. No es la primera vez que te veo así y ya sé cómo va a acabar esto. Precisamente este es el motivo de que tengas más casas de las que puedes habitar, más caballos de los que puedes montar y más cuadros de los que puedes colgar porque te faltan paredes. En tu caso, es inevitable que sufras una desilusión. En cuanto consigues el objeto de tu deseo, el hechizo desaparece. Así que, sabiendo eso, ¿crees que Devon o yo te permitiríamos cortejar a Cassandra?

—No perdería el interés en mi esposa.

—¿Cómo no ibas a perderlo? —repuso West en voz baja—. Lo único que te interesa es la conquista.

2

Después de salir a toda prisa de la sala de música, Cassandra corrió escaleras arriba para lavarse la cara. Un paño humedecido con agua fría la ayudó a aliviar el enrojecimiento. Sin embargo, era imposible aliviar el dolor sordo que empezó a sentir en cuanto vio que el carruaje de Pandora se alejaba de la casa. Su gemela, su otra mitad, había comenzado una nueva vida con su esposo, lord St. Vincent. Y ella estaba sola.

Mientras controlaba de nuevo la necesidad de echarse a llorar, bajó despacio por la grandiosa escalinata doble del enorme vestíbulo. Tendría que relacionarse con los invitados a la boda en los jardines, donde se había preparado un bufet informal. Los invitados se movían a sus anchas mientras llenaban los platos de borde dorado con panecillos calientes, huevos escalfados sobre pan tostado, codorniz ahumada, macedonia de frutas y porciones de tarta charlota hecha con bizcocho y crema bávara. Los criados cruzaban el vestíbulo para salir con bandejas de té, de café y de champán helado.

En circunstancias normales, se trataba de un evento del que Cassandra habría disfrutado de lo lindo. Le encantaba deleitarse con el desayuno, sobre todo cuando se podía terminar con algo dulce, y la tarta charlota era uno de sus postres preferidos. Sin embargo, no estaba de humor para hablar con nadie. Además, de un tiempo a esa parte había comido demasiados dulces, como la tarta de mermelada a la hora del té del día anterior, y también estaban los helados de frutas entre los platos de la cena de anoche y un petisú entero, relleno de crema de almendras y decorado con una buena capa de cobertura. Y una de las florecillas de mazapán de una bandeja de púdines.

A media escalinata tuvo que detenerse en busca de aire. Se llevó una mano a las costillas, porque llevaba el corsé más ceñido de lo habitual. Normalmente, los corsés de uso cotidiano se usaban para ayudar a mantener la espalda recta y una postura adecuada, pero no se ajustaban tanto como para resultar molestos. Los corsés solo se ceñían con fuerza en ocasiones especiales, como la de ese día. Con el peso que había ganado, se sentía fatal, embutida como estaba, jadeante y acalorada. Las ballenas parecían atraparle todo el aire en la parte alta de los pulmones. Colorada, se sentó a un lado de la escalinata y se apoyó en la barandilla. Le escocían de nuevo los rabillos de los ojos.

«¡Ay, esto se tiene que acabar!» Molesta consigo misma, sacó el pañuelo del bolsillo oculto de su vestido y se lo pegó con fuerza a los ojos para contener el nuevo reguero de lágrimas. Al cabo de unos minutos, se dio cuenta de que alguien subía la escalinata con paso firme.

Avergonzada de que la sorprendieran en los escalones como a una niñita perdida, intentó ponerse de pie.

Una voz ronca se lo impidió.

—No..., por favor. Solo quería darle esto.

A través de las lágrimas vio la oscura silueta de Tom Severin, que se detuvo un escalón por debajo de ella, con dos copas de champán helado en las manos. Le ofreció una.

Hizo ademán de aceptarla, pero titubeó.

—Se supone que no debo tomar champán a menos que esté mezclado con ponche.

Él esbozó una sonrisilla torcida.

—No se lo diré a nadie.

Cassandra aceptó la copa, agradecida, y bebió. La burbujeante y fría bebida era deliciosa y le suavizó el seco nudo que tenía en la garganta.

—Gracias —susurró.

Él la saludó con una breve inclinación de cabeza y se dio media vuelta para marcharse.

—Espere —dijo ella, aunque no estaba segura de si quería que se fuera o que se quedara.

El señor Severin se volvió hacia ella con expresión interrogante.

Durante su breve encuentro en la sala de música, estaba demasiado alterada como para haberse fijado en los detalles de su persona. Él se había comportado de una forma rarísima al aparecer de esa manera tan inesperada para proponerle matrimonio a una desconocida. Además, le había avergonzado muchísimo que oyera su llorosa confesión a West, sobre todo cuando le contó que habían tenido que sacarles a las costuras del vestido.

Sin embargo, en ese momento le resultaba imposible no reparar en lo guapísimo que era, tan alto y tan elegante por su delgadez, con el pelo oscuro, la tez clara y luminosa, y unas gruesas cejas levemente curvadas que le otorgaban una expresión un poco diabólica. Si analizara sus rasgos uno a uno —la nariz larga, la boca ancha, los ojos pequeños, y los pómulos y el mentón afilados—, no se le podría tildar de ser tan atractivo. No obstante, cuando se unía todo, su aspecto era deslumbrante e interesante, hasta el punto de resultar más memorable que una apostura convencional.

—Puede sentarse conmigo si lo desea —se descubrió diciendo.

El señor Severin titubeó.

—¿Eso es lo que desea? —la sorprendió al preguntar.

Cassandra tuvo que pensarse la respuesta.

—No estoy segura —admitió—. No quiero estar sola..., pero tampoco me apetece mucho estar con alguien.

—En ese caso, soy la solución perfecta. —Se sentó en el escalón, a su lado—. Puede decirme lo que le apetezca. No hago juicios morales.

Cassandra tardó en replicar, distraída un instante por sus ojos. Eran azules con motitas de un verde brillante alrededor de las pupilas, pero un ojo era mucho más verde que el otro.

—Todo el mundo los hace —repuso a la postre.

—Yo no. Mi definición del bien y del mal es distinta de la de la mayoría de las personas. Podría decirse que soy un nihilista moral.

—¿Eso qué es?

—Alguien que cree que nada es bueno o malo en sí mismo.

—Ay, eso es espantoso —protestó.

—Lo sé —repuso él, que parecía contrito.

Otras muchachas bien educadas tal vez se habrían escandalizado, pero Cassandra estaba acostumbrada a las personas poco convencionales. Había crecido con Pandora, cuyo cerebro retorcido y acelerado le había insuflado vida a un insoportable aislamiento. De hecho, el señor Severin poseía una energía contenida que le recordaba un poco a su hermana. Esos ojos reflejaban el funcionamiento acelerado de una mente que iba mucho más deprisa que la de los demás.

Tras beber otro sorbo de champán, descubrió aliviada que ya no tenía ganas de llorar y que podía respirar con normalidad de nuevo.

—Se supone que es usted un genio, ¿verdad? —le preguntó al recordar una discusión entre Devon, West y el señor Winterborne, todos amigos del señor Severin. Los tres habían estado de acuerdo en que el magnate del ferrocarril poseía una de las mentes más privilegiadas que conocían en el mundo de los negocios—. A veces, las personas inteligentes pueden convertir algo sencillo en algo muy complicado. Por eso le cuesta distinguir entre el bien y el mal.

Sus palabras le arrancaron una breve sonrisa.

—No soy un genio.

—Está siendo modesto —replicó ella.

—Nunca soy modesto. —El señor Severin apuró el champán, dejó la copa en el escalón y se volvió hacia ella para mirarla de frente—. Tengo un intelecto superior a la media y memoria fotográfica. Pero eso no es ser un genio.

—Qué interesante —replicó Cassandra con inquietud mientras pensaba «Vaya por Dios..., más rarezas»—. ¿Hace fotografías con la mente?

Vio el asomo de una sonrisa en sus labios, como si fuera capaz de leerle el pensamiento.

—No es eso. Retengo las imágenes con más facilidad que la información en sí. Algunas cosas, como esquemas, listas o páginas de libros, las recuerdo al detalle, igual que si estuviera viendo una fotografía. Recuerdo la disposición de los muebles y los cuadros que cuelgan de las paredes de casi todas las casas en las que he estado. Cada palabra de cada contrato que he firmado y cada acuerdo comercial que he negociado están aquí. —Se dio unos golpecitos en la sien con un largo dedo.

—¿Está de broma? —le preguntó asombrada.

—Por desgracia, no.

—¿Por qué diantres es una desgracia ser inteligente?

—En fin, ahí está el problema: recordar ingentes cantidades de información no quiere decir que sea inteligente. Eso depende de lo que se haga con dicha información. —Esbozó una sonrisa burlona—. Almacenar demasiada información hace que el cerebro sea ineficaz. Se supone que debemos olvidar una cierta cantidad de información porque no es necesaria o porque nos lastra. Sin embargo, yo recuerdo todos los intentos fallidos junto con los éxitos. Todos los errores y los resultados negativos. A veces, es como estar en medio de una tormenta de arena: hay demasiadas cosas volando a mi alrededor para ver con claridad.

—Tener memoria fotográfica parece algo agotador. Aun así, usted la ha aprovechado al máximo. No se le puede tener lástima, la verdad.

Él sonrió al escucharla y agachó la cabeza.

—Supongo que no.

Cassandra apuró las últimas gotas de champán antes de soltar la copa.

—Señor Severin, ¿puedo hacerle una pregunta personal?

—Por supuesto.

—¿Por qué se ofreció a ser mi ostra? —Se puso tan colorada que sintió que le ardía la cara—. ¿Es porque soy guapa?

Él levantó la cabeza.

—En parte —admitió sin vergüenza alguna—. Pero también me gustó lo que dijo: que nunca protesta ni da portazos, y que no busca el amor. Yo tampoco lo busco. —Hizo una pausa, mirándola fijamente con esos brillantes ojos—. Creo que haríamos una buena pareja.

—No me refería a que no quiero encontrar el amor —protestó ella—. Solo me refería a que estaría dispuesta a que el amor surgiera con el tiempo. Para que no haya dudas, también quiero un marido que pueda corresponderme.

El señor Severin se tomó su tiempo para replicar.

—¿Y si tuviera un marido que, aunque no guapo, tampoco es un adefesio y que además es rico? ¿Y si fuera amable y considerado y le diera lo que le pidiese: mansiones, joyas, viajes al extranjero, su propio yate y un tren lujoso y privado? ¿Y si fuera increíblemente hábil en...? —Dejó la frase en el aire, como si se hubiera pensado mejor lo que estaba a punto de decir—. ¿Y si fuera su protector y su amigo? ¿Le importaría mucho que no pudiera amarla en ese caso?

—¿Por qué no iba a poder amarme? —le preguntó a su vez, intrigada e inquieta—. ¿Acaso no tiene corazón?

—No, sí que lo tiene, pero nunca ha funcionado de esa forma. Está... congelado.

—¿Desde cuándo?

Él meditó la respuesta.

—¿Desde que nació? —replicó.

—Los corazones no nacen congelados —repuso Cassandra con sagacidad—. Algo debió de sucederle.

El señor Severin se volvió y la miró con una expresión un tanto burlona.

—¿Cómo sabe tanto sobre el corazón?

—Leo novelas —contestó Cassandra, emocionada, aunque se llevó un chasco al oírlo reír entre dientes—. Muchas novelas. ¿No cree que una persona pueda aprender algo leyendo novelas?

—Nada que se pueda aplicar a la vida real. —Sin embargo, en esos ojos de color azul y verde se veía una chispa amigable, como si la encontrase interesante.

—Pero las novelas tratan de la vida. Una novela puede contener más verdad que miles de artículos de periódico o de informes científicos. Puede hacer que una persona imagine, solo por un instante, que es otra persona... y luego se entiende mejor a las personas que son distintas de uno mismo.

Su forma de escucharla resultaba muy halagadora, porque lo hacía con suma atención e interés, como si sus palabras fueran flores que estuviera recogiendo para guardarlas entre las páginas de un libro.

—Me doy por corregido —dijo él—. Veo que tendré que leer una. ¿Alguna sugerencia?

—No me atrevería a sugerirle una. No conozco sus gustos.

—Me gustan los trenes, los barcos, las máquinas y los edificios altos. Me gusta la idea de viajar a lugares nuevos, aunque parece que nunca tengo tiempo para ir a ninguna parte. No me gustan los sentimientos ni el romanticismo. La historia me aburre. No creo en los milagros, en los ángeles ni en los fantasmas. —La miró expectante, como si acabara de lanzarle un desafío.

—Mmm... —Cassandra se devanó los sesos en busca de alguna novela que pudiera interesarlo—. Voy a tener que pensármelo bien. Quiero recomendarle algo que vaya a disfrutar sin lugar a dudas.

El señor Severin sonrió, y una diminuta constelación de estrellas le brilló en los ojos por el reflejo de las llamas de los candelabros.

—Dado que le he hablado de mis gustos..., ¿qué me dice de los suyos?

Cassandra se miró las manos, que tenía entrelazadas en el regazo.

—Me gustan sobre todo las trivialidades —contestó con una risa desdeñosa, como si se burlara de sí misma—. Las labores, como el bordado, el punto a dos agujas y el punto de cruz. Pinto y dibujo un poco. Me gustan las siestas y la hora del té, y dar un tranquilo paseo los domingos soleados, y también leer durante las tardes lluviosas. No tengo ningún talento especial ni tampoco grandes ambiciones. Pero me gustaría tener familia propia algún día, y... quiero ayudar a los demás en mayor medida de lo que puedo hacerlo ahora mismo. Les llevo cestas con comida y medicinas a los arrendatarios y a mis conocidos del pueblo, pero eso no basta. Quiero ayudar de verdad a las personas necesitadas. —Soltó un breve suspiro—. Supongo que no es muy interesante. Pandora es la gemela emocionante y graciosa, la que la gente recuerda. Yo siempre he sido... En fin, la que no es Pandora. —Durante el silencio que siguió a sus palabras, levantó la mirada de su regazo con expresión disgustada—. No sé por qué le he contado todo eso. Debe de haber sido por el champán. ¿Le importa olvidar lo que le he dicho?

—No podría aunque quisiera —replicó él con gentileza—. Y no quiero.

—Diantres. —Con el ceño fruncido, Cassandra cogió la copa vacía y se levantó, tras lo cual se alisó las faldas.

El señor Severin recogió su copa y se puso en pie.

—Pero no tiene por qué preocuparse —le aseguró él—. Puede decirme lo que quiera. Soy su ostra.

A Cassandra se le escapó una risilla estupefacta que fue incapaz de contener.

—Por favor, no diga eso. Usted no es mi ostra.

—Puede escoger otra palabra si lo prefiere. —El señor Severin le ofreció el brazo para acompañarla a la planta baja—. Pero el hecho es que, si alguna vez necesita algo, lo que sea, un favor, un servicio por pequeño o grande que sea, soy la persona a la que acudir. Sin preguntas, sin obligaciones. ¿Lo recordará?

Cassandra titubeó antes de aceptar su brazo.

—Lo recordaré. —Mientras bajaban, le preguntó desconcertada—: Pero ¿por qué iba a hacerme semejante promesa?

—¿Nunca le ha gustado algo o le ha caído bien alguien a simple vista, sin saber muy bien el motivo, pero con el convencimiento de que ya lo descubrirá más adelante?

Cassandra fue incapaz de contener la sonrisa mientras pensaba: «Pues sí, la verdad. Ahora mismo». Sin embargo, sería muy atrevido decirlo en voz alta y, además, estaría mal alentarlo.

—Será un placer poder considerarlo un amigo, señor Severin. Pero me temo que el matrimonio nunca será posible. No encajamos. Solo podría complacerlo de la forma más superficial.

—Estaría encantado con eso —le aseguró él—. Las relaciones superficiales son mis preferidas.

Cassandra esbozó una sonrisa triste.

—Señor Severin, usted no podría ofrecerme la vida con la que siempre he soñado.

—Ojalá que sus sueños se cumplan, milady. Pero si no lo hacen, yo podría ofrecerle unos sucedáneos muy satisfactorios.

—No si su corazón está congelado —repuso ella.

El señor Severin sonrió al oírla y no replicó. Sin embargo, conforme se acercaban al último escalón, lo oyó susurrar con deje pensativo y un tanto desconcertado:

—En realidad..., creo que acaba de descongelarse un poquito.

3

Aunque Cassandra mantuvo una circunspecta distancia con el señor Severin durante el desayuno informal tipo bufet, no pudo evitar mirarlo con disimulo mientras él circulaba entre los demás invitados. Mostraba una actitud relajada y tranquila, y no hizo el menor esfuerzo por llamar la atención. Pero aunque no supiera quién era, solo con mirarlo habría pensado que poseía un halo extraordinario. Proyectaba una imagen de seguridad absoluta y parecía encontrarse en un estado de alerta similar al de un depredador. Era el porte de un hombre poderoso, concluyó mientras lo observaba hablar con el señor Winterborne, que compartía esa misma cualidad. Eran muy distintos de los hombres de su clase social, que se habían criado entre antiguas tradiciones y estrictos códigos de comportamiento.

Severin y Winterborne tenían orígenes humildes, pero habían conseguido amasar sendas fortunas. Por desgracia, entre las clases altas no había nada tan despreciable y detestado como el flagrante afán de hacerse rico. Un hombre debía hacer fortuna de forma discreta y fingir que la había adquirido indirectamente.

Cassandra se descubrió deseando, y no por primera vez, que los matrimonios «desiguales», tal como los llamaban, no estuvieran tan mal vistos por la alta sociedad. Durante su primera temporada social conoció a casi todos los buenos partidos disponibles en Londres y, tras descartar a los solteros empedernidos y también a los que eran demasiado mayores o sufrían de achaques que les impedían contraer matrimonio, descubrió que como mucho habría unos veinticinco hombres dignos de consideración. Al final de la temporada social recibió cinco proposiciones matrimoniales, pero no aceptó ninguna. Su madrina, lady Berwick, se quedó espantada y le advirtió que bien podría acabar como su hermana Helen.

—Podría haberse casado con cualquiera —dijo una malhumorada lady Berwick—, pero antes siquiera de que la temporada llegara a su fin, destrozó todo su potencial al casarse con el hijo de un tendero galés.

Un comentario bastante injusto, porque el señor Winterborne era un hombre espléndido que quería a Helen con locura. Además, daba la casualidad de que poseía una vasta fortuna, ya que había transformado la tienda de ultramarinos de su padre en los grandes almacenes más impresionantes del mundo. Sin embargo, lady Berwick tenía razón en lo referente a la reacción de la alta sociedad. En privado se comentaba que Helen se había degradado al contraer semejante matrimonio. Los círculos sociales más selectos jamás aceptarían de buena gana a los Winterborne. Por suerte, Helen era tan feliz que no le importaba en lo más mínimo.

«No me importaría rebajar mi estatus social al casarme si estuviera enamorada», pensó Cassandra. En absoluto. Pero, por desgracia, el amor verdadero jamás se les aparecía a aquellas personas que lo buscaban abiertamente. El amor era un bromista que prefería aparecérseles por sorpresa a aquellos que estaban distraídos con otros asuntos.

Lady Berwick se acercó en ese momento a ella.

—Cassandra —dijo la mujer, con su porte alto y majestuoso,

como si fuera un velero de cuatro mástiles. Nadie la describiría como una «mujer alegre». Por regla general, su expresión se asemejaba a la de alguien que acababa de encontrar la mermelada llena de migas de pan. No obstante, tenía muchas cualidades admirables. Era pragmática y jamás luchaba contra lo inevitable, aunque alcanzaba sus objetivos gracias a la voluntad y la persistencia—. ¿Por qué no estás sentada a una de las mesas con los invitados? —exigió saber.

Cassandra se encogió de hombros y respondió con timidez:

—He sufrido un breve episodio de melancolía desde la marcha de Pandora.

Lady Berwick suavizó su expresión.

—Querida, tú serás la siguiente. Y tengo la intención de conseguirte un enlace mucho mejor que el de tu hermana. —Miró con decisión hacia la mesa donde se sentaba lord Foxhall con otras amistades—. Como primogénito de lord Westcliff, Foxhall heredará algún día el título más distinguido y antiguo de Gran Bretaña. Estará por encima de todos los demás, lord St. Vincent incluido. Cásate con él y acabarás superando en rango a tu hermana, y pasarás por delante de ella cada vez que asistas a una cena.

—A Pandora le encantaría —comentó Cassandra con una sonrisa mientras pensaba en su traviesa hermana gemela—. Eso le daría la oportunidad de ponerme verde entre susurros porque yo no podría darme media vuelta para devolverle los insultos.

A lady Berwick no pareció hacerle tanta gracia como a ella.

—Pandora siempre se ha resistido a seguir mis consejos —repuso la mujer sucintamente—. Sin embargo, ha conseguido contraer un buen matrimonio, como también será tu caso. Vamos a hablar con lord Foxhall y su hermano, el señor Marsden, que también es un buen partido.

Cassandra se estremeció al pensar que debía entablar una conversación insulsa con los dos hermanos ante la atenta mirada de lady Berwick.

—Milady —replicó a regañadientes—, los conozco a ambos y son la mar de educados. Pero no creo que sean los hombres adecuados para mí, de la misma manera que no me considero apropiada para ninguno de ellos.

—¿Y por qué no?

—¡Oh! Es que... son tan... atléticos... Les gusta cazar, montar a caballo, pescar, practicar juegos al aire libre y participar en competiciones, y... —Dejó la frase en el aire al tiempo que torcía el gesto, poniendo una expresión cómica.

—Los Marsden tienen una vena un tanto salvaje —reconoció lady Berwick con evidente desaprobación—, que seguro que han heredado de la madre. Ya sabes, es estadounidense. Sin embargo, han recibido una educación respetable y sus modales son impecables. Además, la fortuna de Westcliff es inmensa.

Cassandra decidió hablar claro.

—Estoy segura de que nunca me enamoraré de lord Foxhall ni de su hermano.

—Tal como ya te he dicho, eso es irrelevante.

—No para mí.

—Un matrimonio por amor tiene los mismos cimientos que uno de esos postres con islas flotantes que tanto te gustan: es como un poco de espuma azucarada que hay que perseguir por el plato con la cuchara hasta que se hunde.

—Pero, milady, no puede estar usted en contra de un matrimonio por amor si el caballero es el adecuado en todos los aspectos.

—Por supuesto que estoy en contra. Cuando el matrimonio empieza con el amor, es inevitable que acabe en decepción. Pero una unión basada en los intereses mutuos y cimentada en la simpatía, producirá un matrimonio estable y productivo.

—Esa visión no es muy romántica que digamos —se atrevió a comentar Cassandra.

—Hoy en día hay demasiadas jovencitas románticas y eso

no es nada bueno. El romanticismo nubla la razón y afloja los cordones del corsé.

Cassandra suspiró con tristeza.

—Ojalá los míos se aflojaran. —Estaba deseando subir a su dormitorio una vez que acabara el interminable banquete para ponerse un corsé normal y corriente, y un vestido mañanero más cómodo.

Lady Berwick la miró con cariño pero también con reproche.

—Cassandra, no comas tantos dulces durante el té. Te vendría bien adelgazar un poco antes del inicio de la temporada social.

Cassandra asintió con la cabeza y se sonrojó por la vergüenza.

—Querida, estamos en un momento peligroso para ti —siguió lady Berwick en voz baja—. Tu primera temporada social fue un éxito. Se te reconoció como una gran belleza, lo que suscitó gran admiración y muchos celos. Sin embargo, rechazar todas esas proposiciones matrimoniales podría hacer que te acusen de un exceso de orgullo y vanidad, e incluso tal vez haya dado la impresión de que te gusta jugar con el corazón de los hombres. Obviamente, nada más lejos de la realidad..., pero la realidad rara vez importa entre los círculos sociales londinenses. Los rumores se alimentan de las mentiras. Harías bien en aceptar la proposición de algún caballero apropiado el próximo año... Cuanto antes, mejor.

4

—Me temo que la respuesta es no —dijo Devon, lord Tre-near, molesto por estar tomándose un brandi en su despacho con Severin en vez de estar en la cama con su esposa.

—Pero a Winterborne le diste la mano de Helen —protestó Severin—. Yo no puedo ser peor partido que él.

Una vez que concluyó el banquete de bodas, el día se transformó en una jornada tranquila y sin etiqueta, y el ambiente se relajó como unos zapatos que se desataran. Los invitados se dividieron en grupos, algunos de los cuales decidieron salir a dar un paseo a pie o en carruaje o jugar al tenis o a los bolos, mientras que otros eligieron retirarse a sus habitaciones para descansar. Kathleen, la menuda y pelirroja esposa de Devon, le había susurrado al oído con deje sugerente que debería reunirse con ella para dormir una siesta, una idea a la que él había accedido entusiasmado.

Sin embargo, mientras subía la escalinata, Tom Severin lo acorraló con la petición de hablar en privado con él. A Devon no le sorprendió en absoluto descubrir lo que quería su amigo. Siempre había sospechado que sucedería algo así en cuanto Severin, un ávido coleccionista de objetos hermosos, conociera a Cassandra.

—No le di la mano de Helen —repuso—. Los dos querían casarse y... —Se interrumpió y soltó un corto suspiro—. No, eso no es del todo verdad. —Frunció el ceño y se acercó a las ventanas emplomadas por las que entraba la luz a raudales desde una hornacina revestida de madera.

Dos años antes, cuando Devon heredó de forma inesperada el título, también se convirtió en tutor legal de las tres hermanas Ravenel. Lo primero que se le ocurrió fue casar a las hermanas lo más deprisa que pudiera, a ser posible con hombres ricos que pagaran con creces por el privilegio. Sin embargo, a medida que fue conociendo a Helen, a Pandora y a Cassandra, empezó a aceptar que dependían de él y que su deber consistía en velar por sus intereses.

—Severin —dijo con tiento—, hace dos años cometí la increíble osadía de ofrecerle a Rhys Winterborne la mano de Helen en matrimonio como si ella fuera un aperitivo servido en una bandeja.

—Sí, lo sé. ¿Puedo tomar yo uno?

Devon pasó por alto la pregunta.

—El asunto es que no debería haberlo hecho. —Hizo una mueca burlona—. Desde entonces, me han recalcado que las mujeres son seres con sentimientos y pensamientos propios, con sueños y esperanzas.

—Puedo permitirme los sueños y las esperanzas de lady Cassandra —se apresuró a decir Severin—. Todos ellos. Puedo permitirme las esperanzas y los sueños que todavía no se le han ocurrido.

Devon meneó la cabeza.

—Hay muchas cosas que no entiendes de Cassandra y de sus hermanas. Su infancia fue... inusual.

Severin lo miró muy atento.

—Según tengo entendido, llevaron una vida muy resguardada en el campo.

—«Resguardada» es una forma de decirlo. En realidad, lo cierto es que las abandonaron. Las confinaron en una propiedad campestre y prácticamente se olvidaron de ellas. La escasa atención que les quedaba a sus padres tras ocuparse de sus propios placeres egoístas la reservaban para su único hijo varón, Theo. Incluso después de que él heredase el título, no se molestó en ofrecerles una temporada social a ninguna de ellas. —Devon se apartó del escritorio y se acercó a una vitrina abierta, emplazada en una hornacina en el otro extremo del despacho. Había varios objetos decorativos en los estantes: una antigua cajita de rapé con piedras preciosas incrustadas, una colección de retratos en miniatura, una caja de cigarros de marquetería... y un trío de jilgueros disecados sobre una rama, protegidos por una cúpula de cristal—. No hay un solo objeto en toda esta casa que deteste más que esto —dijo mientras miraba la cúpula de cristal—. Según el ama de llaves, el anterior conde siempre lo tenía en su gabinete. O le hacía gracia el simbolismo o no lo reconocía, y no sé cuál de las dos opciones lo deja en peor lugar.

La penetrante mirada de Severin pasó del objeto a la cara de Devon.

—No todo el mundo es tan sentimental como tú, Trenear —repuso con sequedad.

—Me hice una promesa: cuando Cassandra esté felizmente casada, haré añicos esto.

—Tu deseo está a punto de convertirse en realidad.

—He dicho «felizmente» casada. —Devon se dio media vuelta y apoyó un hombro en la vitrina antes de cruzar los brazos por delante del pecho—. Después de pasar años sufriendo el rechazo de las personas que se suponía que debían amarla, Cassandra necesita cercanía y atención. Necesita afecto, Tom.

—Puedo demostrarle afecto —le aseguró Severin.

Devon meneó la cabeza, exasperado.

—Al final acabaría resultándote asfixiante, inconveniente; te mostrarías frío hacia ella y yo tendría que matarte. Luego me vería obligado a resucitarte para que West tuviera la satisfacción de matarte también. —Hizo una pausa, sin saber cómo explicar la mala pareja que hacían—. Conoces a un montón de mujeres guapas que se casarían contigo al momento si se lo pidieras. Cualquiera de ellas serviría para tus propósitos. Olvídate de esta. Cassandra quiere casarse por amor.

—¿Qué garantiza el amor? —preguntó Severin con un resoplido—. ¿Cuántas crueldades se han cometido en nombre del amor? Durante siglos, las mujeres han sufrido abusos y traiciones a manos de los hombres que aseguraban amarlas. Si quieres mi opinión, una mujer se beneficiaría muchísimo más de una cartera de inversiones diversificada que del amor.

Devon entrecerró los ojos.

—Te lo advierto, como empieces a marear la perdiz conmigo, vas a acabar con un puñetazo en la barbilla. Mi esposa espera que me reúna con ella para echar una siesta.

—¿Cómo puede dormir un hombre adulto en mitad del día? ¿Por qué ibas a querer hacerlo?

—No pensaba dormir —contestó Devon con sequedad.

—Ah. En fin, a mí también me gustaría tener una esposa con la que echarme una siesta. De hecho, me gustaría echarme una buena y larga siesta de forma habitual.

—¿Por qué no te buscas una amante?

—Una amante es una solución temporal a un problema a largo plazo. Una esposa es más económica y conveniente, y produce hijos legítimos, no bastardos. Más aún, lady Cassandra sería la clase de esposa con la que me gustaría acostarme. —Al ver la negativa en la expresión de Devon, añadió a toda prisa—: Solo te pido la oportunidad de conocernos mejor. Si ella está dispuesta. Permíteme visitar a la familia un par de veces cuando estéis en Londres. Si resulta que no quiere verme, mantendré las distancias.

—Cassandra es libre de decidir por sí misma. Pero la aconsejaré en la medida de mis posibilidades... y no voy a cambiar de idea. El matrimonio sería un error para ambos.

Severin lo miró con el ceño fruncido por la preocupación.

—¿Esto es por lo de la cesión de los terrenos? ¿Debería disculparme por aquello?

Devon no sabía si echarse a reír o si asestarle el puñetazo que había mencionado antes.

—Típico de ti tener que preguntarlo.

Jamás olvidaría la ardua negociación que mantuvieron con Severin dos años antes sobre el acuerdo que le permitiría construir una vía ferroviaria en un rincón de la propiedad. Severin era capaz de pensar diez veces más rápido que cualquier persona, y recordaba hasta el último y dichoso detalle. Le encantaba lanzar pullas, esquivar y marear la perdiz, solo por la diversión que le causaba ver a su oponente desequilibrado. El ejercicio mental había agotado y enfurecido a todo el mundo, incluidos los abogados, y lo más irritante de todo fue descubrir que Severin había estado disfrutando de lo lindo.

Por simple cabezonería, Devon consiguió mantenerse en sus trece y acabó con un acuerdo satisfactorio. Solo después descubrió lo cerca que había estado de perder una fortuna en los derechos de explotación de la mina que existía en sus propias tierras.

Se preguntó, y no por primera vez, cómo era posible que Severin fuera tan perspicaz con respecto a las personas y a la vez las entendiera tan poco.

—No fue uno de tus mejores momentos —repuso con sorna.

Aparentemente preocupado, Severin se puso de pie y empezó a deambular de un lado para otro.

—No siempre pienso como los demás —masculló—. Las negociaciones son un juego para mí.

—Lo sé —le aseguró Devon—. Durante una negociación no

enseñas tus cartas, de la misma manera que no lo harías durante una partida de póquer. Siempre juegas para ganar. Por eso eres tan bueno en lo que haces. Pero, para mí, aquello distaba mucho de ser un juego. Eversby Priory tiene doscientos arrendatarios. Necesitábamos los ingresos de la mina para ayudar a asegurar la supervivencia de esas familias. Sin dichos ingresos, podríamos haber acabado en la bancarrota.

Severin se detuvo junto a la repisa de la chimenea y se llevó una mano a la nuca para frotarse el pelo.

—Debería haber tenido en cuenta que el contrato significaba algo distinto para ti que para mí.

Devon se encogió de hombros.

—No te corresponde a ti preocuparte por mis arrendatarios. Son mi responsabilidad.

—Tampoco me corresponde dañar los intereses de un buen amigo. —Severin lo miró a los ojos—. Me disculpo por cómo actué aquel día.

En momentos así, Devon se daba cuenta de las pocas veces en las que Severin lo miraba a los ojos, ni a él ni a ninguna otra persona, durante más de un segundo. Parecía racionar los momentos en los que conectaba con los demás como si, de alguna manera, representaran un peligro para él.

—Todo está perdonado —se limitó a decir Devon.

Sin embargo, Severin estaba decidido a continuar.

—Te habría devuelto los derechos de la explotación minera en cuanto me diera cuenta de que estaba poniendo en peligro tu propiedad. No lo digo por mi interés en lady Cassandra. Lo digo en serio.

Severin solo se había disculpado con él unas seis o siete veces desde que lo conocía, y ya hacía diez años. A medida que su fortuna y su poder aumentaban, su disposición a humillarse disminuía en proporción.

Devon recordó la noche en la que se conocieron en una oscura taberna londinense. Aquel mismo día, West había aparecido en la puerta de sus aposentos de alquiler con la noticia de que acababan de expulsarlo de Oxford por haber provocado un incendio en su habitación. Furioso y preocupado a la vez, arrastró a su hermano menor al rincón más oscuro de la taberna, donde hablaron y discutieron mientras bebían cerveza.

Por sorpresa, un desconocido se inmiscuyó en la conversación privada.

—Deberías felicitarlo —dijo una voz fría y firme desde una mesa cercana—, no echarle la bronca.

Devon miró al hombre de pelo oscuro sentado a una mesa llena de bufones borrachos que coreaban una canción popular. Era joven y muy delgado, como el palo de una escoba, con pómulos afilados y ojos penetrantes.

—Felicitarlo ¿por qué? —masculló Devon—. ¿Por haber desperdiciado las matrículas de estos dos años?

—Mejor eso que desperdiciar las de cuatro. —Tras decidir abandonar a sus compañeros, el hombre arrastró una silla hasta la mesa de los Ravenel sin esperar a que lo invitaran—. Una verdad que nadie quiere admitir: al menos el ochenta por ciento de lo que enseñan en una universidad no sirve para nada. El veinte por ciento restante es útil si se estudia una ciencia en concreto o una disciplina técnica. Sin embargo, dado que tu hermano aquí presente nunca será un médico ni un matemático, acaba de ahorrarse mucho tiempo y dinero.

West miró al desconocido con los ojos como platos.

—O tienes los ojos de distinto color —dijo— o yo estoy más borracho de lo que creía.

—Ah, estás borracho como una cuba —le aseguró el desconocido sin inmutarse—. Pero sí, tengo los ojos de distinto color. Tengo heterocromía.

—¿Se pega? —preguntó West.

El desconocido sonrió.

—No, fue por un golpe en el ojo cuando tenía doce años.

El hombre, por supuesto, era Tom Severin, que abandonó la Universidad de Cambridge de forma voluntaria llevado por el desdén, al verse obligado a recibir clases que decidió que eran irrelevantes. Solo quería aprender cosas que lo ayudaran a ganar dinero. Nadie, mucho menos él mismo, dudaba de que llegaría a convertirse en un empresario de muchísimo éxito.

Sin embargo, todavía estaba por verse que tuviera éxito como ser humano.

Pero ese día había algo distinto en él, pensó Devon. La expresión de una persona que parecía varada en medio de un lugar desconocido sin un mapa.

—¿Cómo estás, Tom? —le preguntó con cierta preocupación—. ¿Por qué has venido en realidad?

La respuesta habitual de Severin habría sido superficial y graciosa. En cambio, dijo con aire distraído:

—No lo sé.

—¿Hay algún problema con alguna de tus empresas?

—No, no —contestó Tom Severin con impaciencia—. Todo está bien.

—¿Con tu salud, entonces?

—No. Es que de un tiempo a esta parte... parece que quiero algo que no tengo. Pero no sé de qué se trata. Y eso es imposible. ¡Porque lo tengo todo!

Devon contuvo una sonrisilla ladina. Siempre resultaba difícil hablar con Severin cuando trataba de identificar un sentimiento, porque normalmente los mantenía a raya.

—¿Crees que podría ser soledad? —le preguntó.

—No, no es eso. —Severin parecía estar pensando—. ¿Cómo llamas a cuando todo parece aburrido y sin sentido, y cuando incluso las personas a quienes conoces bien te parecen desconocidas?

—Soledad —contestó Devon con sequedad.

—¡Maldición! Ya van seis.

—Seis ¿qué? —le preguntó Devon desconcertado.

—Sentimientos. Nunca he tenido más de cinco sentimientos, y ya me cuesta lidiar con ellos tal como están las cosas. Me dará algo si añado otro.

Devon meneó la cabeza mientras cogía de nuevo la copa de brandi.

—No quiero saber cuáles son esos cinco sentimientos que tienes —dijo—. Estoy seguro de que la respuesta me preocuparía.

La conversación se vio interrumpida por unos discretos golpecitos en la puerta antes de que esta se entreabriera.

—¿Qué pasa? —preguntó Devon.

En el vano de la puerta apareció Sims, el anciano mayordomo. Su expresión era tan imperturbable como de costumbre, aunque parpadeaba más deprisa de lo habitual y tenía los codos pegados a los costados. Dado que Sims ni pestañearía si una horda de vikingos intentaba echar abajo la puerta principal, esas sutiles señales indicaban que se trataba de una catástrofe como mínimo.

—Le pido disculpas, milord, pero me veo en la necesidad de preguntarle por el paradero del señor Ravenel.

—Comentó algo sobre arrancar los rastrojos de los campos de nabos —contestó Devon—. Pero no sé si se refería a nuestra explotación agraria o a alguna de las tierras arrendadas.

—Con su permiso, milord, mandaré a un criado para que vaya a buscarlo. Necesitamos su consejo en referencia a un problema en la cocina.

—¿Qué clase de problema?

—Según la cocinera, la caldera de la cocina comenzó a hacer un estruendo horroroso y a traquetear, hace alrededor de una hora. Una parte metálica saltó por el aire como disparada por un cañón.

Devon puso los ojos como platos y soltó una maldición.

—Eso mismo, milord —convino Sims.

No se podían tomar a la ligera los problemas con las calderas de la cocina. En los periódicos informaban a menudo de explosiones mortales a causa de las malas instalaciones o de un manejo inadecuado.

—¿Hay algún herido? —preguntó Devon.

—Por suerte no, milord. Se ha apagado el fuego de la cocina y se ha cerrado la válvula de la tubería. Por desgracia, el maestro fontanero está de vacaciones, y el más cercano se encuentra en Alton. ¿Mando a un criado a...?

—Un momento —lo interrumpió Severin con brusquedad—. ¿Qué válvula exactamente? ¿La de entrada de agua de agua fría o la de retorno?

—Me temo que no lo sé, señor.

Devon miró a Severin con expresión tensa.

Severin esbozó una sonrisa carente de humor.

—Si algo tenía que estallar —dijo en respuesta a la pregunta implícita—, ya lo habría hecho a estas alturas. Pero será mejor que me dejes echarle un vistazo.

Agradecido por el hecho de que su amigo fuera un experto en máquinas de vapor y de que seguramente fuera capaz de construir una caldera con los ojos vendados, Devon lo condujo al piso inferior.

La cocina era un hervidero de actividad y los criados no paraban de correr de un lado para otro cargados con cestas de hortalizas y con cajas procedentes de la caseta del hielo y del sótano.

—Prepararemos una ensalada alemana de patatas —le decía la cocinera, con cara muy seria, al ama de llaves, que tomaba notas—. La serviremos con ternera, lonchas de fiambre, de jamón y de lengua. De acompañamiento, bandejas de aperitivos con caviar, rábanos, aceitunas y apios en hielo... —Al ver a Devon, la cocinera se dio media vuelta e hizo una genuflexión—. Milord —comenzó la mujer, y fue evidente que estaba conteniendo las lágrimas—, es un desastre. ¡Menudo momento para perder los fogones de la cocina! Vamos a tener que cambiar el menú de la cena a un bufet frío.

—Dado que ha hecho tanto calor —repuso Devon—, estoy seguro de que los invitados seguramente lo agradecerán. Haga lo que pueda, señora Bixby. Estoy seguro de que los resultados serán magníficos.

El ama de llaves, la señora Church, parecía muy alterada cuando se dirigió a él.

—Lord Trenear, la caldera de la cocina proporciona el agua caliente a algunos de los cuartos de baño de la primera y de la segunda planta. Dentro de poco rato, los invitados querrán bañarse y cambiarse para cenar. Hemos puesto a calentar ollas con agua en la cocina antigua de carbón y los criados subirán cubos con agua caliente, pero con tantos invitados y tantas tareas adicionales... van a estar al límite de sus capacidades.

Severin ya se había acercado para inspeccionar la caldera, que seguía emitiendo calor aunque habían apagado el fuego. El depósito cilíndrico de cobre se encontraba sobre un soporte junto a la cocina, conectado por tuberías de cobre.

—La parte que salió disparada es la válvula de seguridad —dijo Severin por encima del hombro—. Ha hecho justo lo que se supone que tiene que hacer: dejar escapar la presión excesiva antes de que la caldera se rompiera. —Cogió un trapo de la larga mesa de trabajo de la cocina y lo usó para abrir una de las puertas de los fogones, tras lo cual se acuclilló para mirar en su interior—. Veo dos problemas. El primero es que el tanque de agua dentro del fogón está produciendo demasiado calor para que pueda controlarlo una caldera de este tamaño. El depósito de cobre se encuentra cerca del límite. Vas a tener que instalar una caldera de mayor tamaño, de unos trescientos litros más como poco. Hasta entonces, tendrás que mantener los fogones más bajos de lo habitual. —Examinó el tubo que conectaba con la caldera—. Este es el problema más grave: la cañería de suministro que entra en la caldera es demasiado estrecha. Si se saca más agua caliente de la caldera de la que entra, el vapor aumentará hasta que a la postre acabe provocando una tremenda explosión. Puedo cambiarla ahora mismo si tienes lo necesario.

—Estoy seguro de que lo tenemos —replicó Devon con sorna—. Los trabajos de fontanería no se acaban nunca en esta casa.

Severin se puso en pie y se quitó la chaqueta.

—Señora Bixby —le dijo a la cocinera—, ¿podrán despejar su personal y usted la cocina mientras me encargo de la reparación?

—Señor, ¿su trabajo es peligroso? —le preguntó la mujer con temor.

—En absoluto, pero necesito espacio para medir y cortar los tubos, y para colocar las herramientas. No quiero que nadie se tropiece.

La cocinera lo miró como si fuera un ángel de la guarda.

—Nos mantendremos en el extremo más alejado y usaremos el fregadero de la trascocina.

Severin la miró con una sonrisa.

—Deme unas cinco o seis horas y lo tendré todo de nuevo a pleno rendimiento.

Devon se sentía bastante culpable por ponerlo a trabajar cuando el resto de los invitados estaba disfrutando.

—Tom —dijo—, no hace falta que...

—Por fin —lo interrumpió Severin con voz risueña al tiempo que se desabrochaba los puños de la camisa— hay algo interesante que hacer en tu casa.

5

Aunque estaba cansada después de toda la emoción y el ajetreo de la boda de Pandora, Cassandra no parecía capaz de relajarse lo suficiente como para dormir una siesta. La mente no paraba de darle vueltas y de pasar de un pensamiento a otro. A esas alturas, Pandora y lord St. Vincent debían de haber llegado a la isla de Wight, donde pasarían la luna de miel en un lujoso y antiguo hotel. Esa noche, Pandora dormiría en los brazos de su marido y experimentaría la intimidad de las relaciones conyugales.

La idea le provocó una punzada que se parecía bastante a los celos. Aunque se alegraba de que Pandora se hubiera casado con el hombre al que quería, ella también deseaba encontrar su «seremos felices y comeremos perdices». No le parecía justo que su hermana, que siempre había renegado del matrimonio, hubiera encontrado marido mientras que ella debía enfrentarse al objetivo de sobrevivir a otra temporada social en primavera. La idea de ver a las mismas personas de nuevo, de bailar las mismas canciones, de beber limonada y de toda esa cháchara insustancial... ¡Por Dios, era espantoso! No acababa de ver cómo podía obtener un resultado distinto la segunda vez.

Al oír las voces y las carcajadas de los invitados más jóvenes, que estaban jugando al tenis y al cróquet en el exterior, sopesó la idea de bajar para unirse al grupo. Pero no. El esfuerzo de fingir que estaba alegre le resultaba demasiado grande.

Tras ponerse un vestido mañanero amarillo con manga pagoda al codo, echó a andar hacia el salón familiar privado de la planta alta. Los perros, un par de spaniels de color negro llamados Napoleón y Josefina, la vieron en el pasillo y echaron a correr tras ella. El salón era una estancia acogedora con mullidos cojines de colores en los asientos, un piano maltrecho en un rincón y montones de libros por todos lados.

Se sentó con las piernas cruzadas en la alfombra, acompañada por los perros, y sonrió al verlos saltar y brincar a su alrededor con gran emoción.

—No necesitamos al Príncipe Azul, ¿a que no? —les preguntó en voz alta—. No, claro que no. Podemos sentarnos al sol aquí en la alfombra y tenemos un montón de libros a mano... No necesitamos más para ser felices.

Los perros se tumbaron en el brillante rectángulo que conformaba la luz del sol sobre la alfombra, y suspiraron de alegría.

Después de acariciarlos a placer, Cassandra cogió una pila de libros de una mesita cercana y los hojeó. *Una boda doble...* *El duque secreto... Mi atractivo pretendiente...* Eran las novelas románticas que había leído y releído en múltiples ocasiones. Más abajo había libros como *La historia de la Paz de los Treinta Años* y *Vida de Nelson*, el tipo de libros históricos que se leían para poder hacer comentarios sesudos durante la cena si era necesario.

Vio una novela de título conocido estampado con letras doradas sobre la tapa verde de cuero: *La vuelta al mundo en ochenta días*, de Julio Verne. A Pandora y a ella les encantaba el protagonista, un inglés aventurero y rico llamado Phileas Fogg, un hombre un tanto peculiar.

De hecho, sería la recomendación perfecta para el señor Severin. Se lo regalaría. Lady Berwick diría que era un gesto inapropiado, pero sentía la irrefrenable curiosidad de saber qué le parecía. Si acaso se dignaba a leerlo, claro estaba.

Dejó a los perros durmiendo en el salón y se encaminó hacia la escalinata doble que llevaba a la planta baja. Se apartó hacia un lateral del pasillo al ver que un criado, Peter, se acercaba a ella cargado con dos enormes cubos de agua caliente.

—Disculpe, milady —dijo el criado, que soltó los cubos para flexionar los doloridos dedos de las manos y los brazos.

—Peter, ¿por qué estás cargando con toda esa agua? —le preguntó preocupada—. ¿Otra vez están dando problemas las cañerías?

En cuanto Devon heredó Eversby Priory, insistió en instalar agua corriente en la mansión. El proceso aún estaba en marcha, ya que el antiguo suelo de madera que habían levantado para instalar las cañerías se encontraba en un estado lamentable, al igual que las paredes, que tuvieron que levantar de nuevo y volver a enyesar. La familia ya se había acostumbrado a que en cualquier momento surgiera un problema en la casa que había que reparar.

—La caldera de la cocina se ha estropeado —contestó Peter.

—¡Ay, no! Espero que puedan encontrar rápido a alguien que la arregle.

—Ya lo han encontrado.

—Gracias a Dios. Peter, ¿por casualidad sabes en qué habitación se aloja el señor Severin?

—No se aloja en la mansión, milady. Ha venido en su tren privado hasta la estación de ferrocarril de la propiedad.

Cassandra frunció el ceño con gesto pensativo.

—No sé cómo hacerle llegar este libro. Supongo que se lo preguntaré a Sims.

—Está en la cocina, milady. Me refiero al señor Severin, no al señor Sims. Está arreglando la caldera.

Cassandra preguntó con incredulidad:

—¿Te refieres al señor Severin, el magnate del ferrocarril?

—Sí, milady. Nunca he visto a un caballero capaz de manejar con tanta habilidad la llave inglesa y la sierra. Ha desmontado las cañerías de la caldera como si fuera un juguete para niños.

Cassandra intentó imaginarse a Tom Severin, ese caballero tan urbanita e impecablemente vestido, armado con una llave inglesa; pero, pese a su portentosa imaginación, le resultó imposible.

Era un tema digno de investigarse.

Bajó la escalinata y se detuvo un instante en el salón de la planta baja. Después de servirse un vaso de agua fría de la jarra de la bandeja de refrigerios, siguió hasta la planta inferior, donde estaban situadas la cocina, la trascocina, la despensa, la bodega y las estancias del servicio doméstico.

En la inmensa cocina reinaba una actividad frenética, pero disciplinada. La cocinera le daba órdenes a una hilera de subordinadas que se afanaban en pelar y cortar verduras en la gran mesa central, mientras que su ayudante machacaba hierbas aromáticas en un mortero de mármol. Un jardinero entró por la puerta trasera, procedente del exterior, con un cesto de hortalizas que dejó cerca del fregadero.

Tal parecía que se había trazado una línea invisible a lo largo de la estancia. En un lado se encontraban los ajetreados criados, mientras que en el otro solo había un hombre delante de la caldera.

Cassandra esbozó una sonrisa jocosa al ver a Tom Severin arrodillado en el suelo, con los muslos separados para guardar el equilibrio y armado con una herramienta extraña. Estaba en mangas de camisa, que se había remangado hasta el codo y cuyo cuello se había desabrochado, un contraste enorme con la elegancia que irradiaba esa mañana. Tenía un cuerpo muy bien formado, de hombros anchos y huesos largos. Lo rodeaba una nube de vapor procedente de la caldera, y estaba tan sudoroso que tenía el pelo corto de la nuca mojado y la fina camisa de lino pegada a la espalda de fuertes músculos.

En fin. La imagen acababa de abrirle los ojos en más de un sentido.

Lo vio insertar entre las cuchillas de la herramienta un tubo de cobre que procedió a cortar dándole varias vueltas. Después le introdujo por un extremo lo que parecía un cilindro de madera y extendió el brazo para coger un mazo que tenía cerca, tras lo cual lo giró en el aire para atraparlo por el mango. Acto seguido, procedió a golpear el otro extremo del tubo de cobre con habilidad y precisión hasta crear un borde plano.

Mientras ella se acercaba, el señor Severin se detuvo y miró hacia arriba. Su mirada fue como recibir una descarga de color verde y azul. La atravesó una extraña sensación, como si se hubiera cerrado un circuito y la electricidad se moviera entre ellos, creando un zumbido. En sus labios apareció una sonrisilla burlona. Parecía tan sorprendido de verla en la cocina como lo estaba ella de encontrado allí. Soltó las herramientas para ponerse en pie, pero ella se apresuró a detenerlo con un gesto de la mano.

—¿Tiene sed? —le preguntó al tiempo que le ofrecía el vaso de agua fría.

Él lo aceptó mientras le murmuraba las gracias. Lo apuró de un par de tragos. Tras secarse el sudor de la cara con una manga de la camisa, dijo a regañadientes:

—Milady, me ha pescado usted en desventaja.

Le hizo gracia verlo tan incómodo por mostrarse tan desarreglado y poco elegante delante de ella. Sin embargo, lo prefería con ese aspecto desaliñado y desprevenido.

—Es usted un héroe, señor Severin. Sin usted, todos estaríamos condenados a bañarnos con agua fría y a quedarnos sin té para el desayuno.

Él le devolvió el vaso vacío mientras replicaba:

—En fin, no podemos consentir eso.

—Lo dejaré para que continúe con su trabajo, pero antes... —Cassandra le entregó el libro—. Le he traído esto. Es un regalo.

Lo vio bajar la mirada y se fijó en sus espesas pestañas mientras él examinaba la tapa del libro. No pudo evitar fijarse también en lo bonito que era su pelo, negro y ondulado, cortado a capas que pedían a gritos que las acariciara. Le ardían los dedos por el deseo de tocarlo, de manera que apretó los puños con fuerza.

—Es una novela de Julio Verne —siguió—. Escribe para un público joven, pero los adultos también pueden disfrutar de sus obras.

—¿De qué trata?

—De un inglés que acepta una apuesta para darle la vuelta al mundo en ochenta días. Viaja en tren, en barco, a caballo, en elefante e incluso en un trineo impulsado por el viento.

El señor Severin lo miró perplejo.

—¿Por qué leerse una novela cuando se puede hacer el mismo itinerario contratándolo en una agencia de viajes?

Su pregunta le arrancó a Cassandra una sonrisa.

—La novela no trata del itinerario. Lo importante es lo que aprende el protagonista durante sus viajes.

—¿Qué es lo que aprende?

—Léalo —lo retó— y así lo descubrirá.

—Lo haré. —El señor Severin dejó el libro con cuidado junto a un maletín de cuero que contenía herramientas de fontanería—. Gracias.

Cassandra titubeó antes de irse.

—¿Puedo quedarme un rato? —preguntó de forma impulsiva—. ¿Le molestaría mi presencia?

—No, pero aquí hace un calor de tres pares de narices, y fuera se está en la gloria. ¿No prefiere pasar el día con los demás invitados?

—No conozco a la mayoría.

—Tampoco me conoce a mí.

—En ese caso, vamos a conocernos —replicó como si tal cosa al tiempo que se sentaba en el suelo con las piernas cruzadas—. Podemos hablar mientras trabaja. ¿O necesita el silencio para concentrarse?

El personal de la cocina contempló en silencioso asombro cómo una de las señoritas de la casa se sentaba en el suelo.

—No necesito estar en silencio —contestó el señor Severin—. Pero si acaba metida en problemas, quiero que quede claro que no ha sido por mi culpa.

Cassandra sonrió.

—La única persona que podría regañarme es lady Berwick, y jamás pondría un pie en la cocina. —Se recogió las faldas y se las colocó debajo de las piernas con aire satisfecho—. ¿Cómo es que sabe tanto de fontanería?

El señor Severin cogió una herramienta con una hoja muy afilada y procedió a pasarla por el borde del tubo de cobre para alisarlo.

—De pequeño fui aprendiz en una empresa de construcción de tranvías. Construía motores de vapor durante el día y estudiaba ingeniería mecánica por las noches.

—¿Qué es la ingeniería mecánica exactamente? —quiso saber ella—. Lo único que sé sobre los mecánicos es que siempre hay uno en los trenes. —Al ver el asomo de una sonrisa en sus labios, se apresuró a añadir antes de que él pudiera contestar—: Qué tonta debo de parecer. Da igual...

—No —la interrumpió él—. No hay nada malo en querer saber algo. Los tontos son los que creen que lo saben todo.

Cassandra sonrió y se relajó.

—¿Qué hace un ingeniero mecánico?

El señor Severin siguió trabajando en el tubo mientras contestaba:

—Diseñar, construir y manejar máquinas.

—¿Cualquier tipo de máquina?

—Sí. El ingeniero mecánico del tren es el responsable del funcionamiento de la locomotora y de todas sus partes móviles. —Cogió un cepillo redondo y se dispuso a limpiar el interior del tubo.

—¿Puedo hacerlo yo? —se ofreció Cassandra.

El señor Severin se detuvo para mirarla con escepticismo.

—Permítame —insistió ella, que se inclinó hacia delante para arrebatarle el tubo y el cepillo. Lo oyó contener el aliento y vio que la miraba con los ojos un tanto desenfocados y con la expresión obnubilada que a veces ponían los hombres cuando la encontraban especialmente guapa. Le quitó con delicadeza los objetos de las manos, que había aflojado.

El señor Severin pareció recuperarse al cabo de un instante.

—No me parece que ayudar en las reparaciones de fontanería sea algo que deba hacer —comentó al tiempo que sus ojos se clavaban en las mangas de gasa de su vestido.

—No lo es —admitió Cassandra mientras se afanaba por limpiar el tubo—. Pero no siempre me comporto como debiera hacerlo. Para alguien que se crio sin reglas de comportamiento es difícil aprenderlas todas de golpe.

—A mí tampoco me gustan mucho las reglas. —El señor Severin se inclinó para examinar un pequeño tubo de cobre que sobresalía de la caldera y empezó a lijarlo—. Son para beneficio de los demás, no para mí.

—Pero seguro que sigue usted algunas reglas personales.

—Tres.

Cassandra enarcó las cejas.

—¿Solo tres?

Aunque tenía la cara ladeada, Cassandra vio la sonrisa que aparecía en sus labios.

—Tres de las buenas.

—¿Cuáles son?

El señor Severin rebuscó algo en el maletín de cuero mientras contestaba:

—No mentir jamás. Hacerles favores a los demás siempre que me sea posible. Recordar que todo lo que se promete en el grueso de un contrato se puede contradecir en la letra pequeña.

—Me parecen buenas reglas —comentó ella—. Ojalá yo también tuviera solo tres, pero tengo que seguir cientos.

Lo vio abrir una cajita metálica cuya etiqueta decía FUNDENTE, y que era una especie de pasta que procedió a aplicar alrededor del tubo que ella había limpiado y del que sobresalía de la caldera.

—Dígame algunas.

Cassandra se apresuró a enumerar unas cuantas de muy buena gana.

—Cuando me presentan a un caballero, nunca puedo mirarlo más arriba del cuello. No puedo aceptar regalos costosos, porque eso me pondría en un compromiso. No está bien llevar un sombrero voluminoso cuando se asiste al teatro. Y, esta es importante, los perros no pueden estar cerca cuando se trabaja con plumas y cola. Además...

—Un momento —la interrumpió el señor Severin, que se sentó mientras se limpiaba las manos con un trapo—. ¿Por qué no puede mirar más arriba del cuello cuando le presentan a un caballero?

—Porque si lo miro a la cara, pensará que soy una atrevida —contestó ella.

—Tal vez piense que necesita usted que le examinen la vista.

Se le escapó una risilla sin poder evitarlo.

—Puede bromear si quiere, pero es una regla que no se puede incumplir.

—A mí me miró directamente a los ojos cuando nos conocimos —señaló él.

Cassandra lo reprendió con la mirada.

—No nos presentaron formalmente. Interrumpió usted una conversación privada...

El señor Severin ni siquiera pareció arrepentido.

—No pude evitarlo. Tenía que ofrecerle una alternativa a casarse con West Ravenel.

Cassandra sintió que le ardían las mejillas y el resto del cuerpo. La conversación había adquirido de repente un tinte demasiado personal.

—Fue un impulso ridículo por mi parte. Estaba nerviosa porque a veces me parece que nunca voy a... Pero jamás lo haré. Casarme con West, quiero decir.

El señor Severin la miró fijamente a los ojos.

—Entonces, ¿no siente nada por él? —Su voz sonó un poco más grave, de manera que la pregunta parecía más íntima de lo que era.

—No, es como si fuera mi tío.

—Un tío al que le propuso matrimonio.

—En un momento de desesperación —protestó ella—. Seguro que usted ha tenido alguno.

Él negó con la cabeza.

—La desesperación no es uno de mis sentimientos.

—¿Nunca se ha sentido desesperado? ¿Por nada?

—No. Hace mucho que identifiqué los sentimientos que me son útiles. Decidí conservar solo esos y descartar todos los demás.

—¿Es posible descartar los sentimientos que a uno no le sirven? —le preguntó ella con escepticismo.

—Para mí sí lo es.

En ese momento la cocinera interrumpió la conversación que mantenían en voz baja al preguntar desde el otro extremo de la estancia:

—¿Cómo va usted con la caldera, señor Severin?

—Veo la luz al final del túnel —contestó él.

—Lady Cassandra —siguió la mujer—, por favor, no distraiga al caballero mientras trabaja.

—No lo hago —replicó ella con respeto. Al ver que el señor Severin la miraba de reojo, le explicó en voz baja—: La cocinera me conoce desde que era pequeña. Me dejaba que amasara en la mesa, subida en un taburete.

—¿Cómo era de pequeña? —quiso saber él—. ¿Obediente y educada, con tirabuzones en el pelo?

—No, parecía una pordiosera, con las rodillas siempre desolladas y el pelo lleno de ramitas. ¿Y usted cómo era? Juguetón y travieso, supongo, como la mayoría de los muchachos.

—No mucho —contestó el señor Severin, cuya expresión se tornó seria de repente—. Mi niñez fue... corta.

Ella ladeó la cabeza y lo miró con curiosidad.

—¿Por qué?

Al ver que el silencio se alargaba, Cassandra comprendió que el señor Severin estaba debatiéndose consigo mismo sobre si debía explicarse o no.

—Un día, cuando tenía diez años —dijo él a la postre—, mi padre me llevó a la estación de tren de Kings Cross. Estaba buscando trabajo y en la estación necesitaban mozos de equipaje. Sin embargo, cuando llegamos a la estación, me dijo que fuera a la oficina central y que pidiera trabajo porque él tenía que marcharse durante una temporada. Me dijo que debía cuidar de mi madre y de mis hermanas hasta que él regresara. Y después compró un billete de tren.

—¿Volvió alguna vez? —preguntó ella con delicadeza.

La respuesta del señor Severin fue brusca.

—Solo era un billete de ida.

«Pobre niño», pensó Cassandra, pero decidió no decirlo en voz alta al presentir que el señor Severin rechazaría cualquier comentario que pareciera compasivo. Sin embargo, entendía lo que era sentirse abandonada por un padre. Aunque el suyo nunca se marchó para no volver, a menudo se ausentaba durante semanas o incluso meses de Eversby Priory.

—¿Le dieron trabajo en la estación? —le preguntó.

Él asintió brevemente con la cabeza.

—Me contrataron para vender comida y periódicos por los vagones. Uno de los encargados de la estación me dio suficiente dinero para ayudarme a empezar. Desde entonces me he ocupado de que no les falte de nada a mi madre ni a mis hermanas.

Cassandra guardó silencio mientras asimilaba la nueva información sobre un hombre al que había oído describir con términos tan contradictorios. Cruel, generoso, honesto, ladino, peligroso…, a veces amigo y a veces rival, pero siempre oportunista.

No obstante, y dejando a un lado las complejidades de su personalidad, era un hombre admirable en muchos sentidos. Había conocido las vicisitudes de la vida a una edad bien temprana y había adoptado las responsabilidades de un hombre hecho y derecho siendo apenas un niño. Y no solo había sobrevivido, sino que había prosperado.

Cassandra lo observó mientras aplicaba más pasta fundente en los tubos. Sus manos eran elegantes, de dedos largos, pero también fuertes y hábiles. Distinguió algunas cicatrices a lo largo de sus bien formados brazos, apenas visibles bajo el vello oscuro.

—¿De qué son? —quiso saber.

El señor Severin siguió la dirección de su mirada.

—¿Las cicatrices? Quemaduras por las chispas. Es normal durante la forja y la soldadura. Hay trocitos de metal candente que se cuelan por debajo de los guantes y de la ropa.

Cassandra se estremeció al pensarlo.

—No me imagino lo doloroso que debe de ser.

—En los brazos no mucho. Normalmente no provocan quemaduras graves si caen en la piel sudorosa. —En sus labios apareció una sonrisa nostálgica—. Las peores son las que se cuelan a veces por los pantalones o por las botas y se quedan pegadas a la piel. Esas duelen como un demonio. —Encendió una cerilla sobre la caldera y se inclinó para prender una especie de lámpara de alcohol con un extremo en forma de tubo perforado. Acto seguido, giró una ruedecilla hasta que la llama que salía por el extremo del tubo dejó de fluctuar y se estabilizó. Después cogió la lámpara con una mano y acercó la llama al tubo cubierto por la pasta fundente hasta que esta empezó a derretirse y a burbujear—. Y ahora viene la parte divertida —le dijo al tiempo que la miraba de reojo con el asomo de una sonrisa en los labios—. ¿Le gustaría ayudarme?

—Sí —contestó Cassandra sin dudarlo.

—Hay un hilo de soldadura en el suelo, al lado de... Exacto, eso. Sujételo por un extremo. Tendrá que acercarlo al tubo porque con él vamos a sellar la junta.

—¿Cómo lo hago?

—Acerque el extremo al tubo, empezando por el lado opuesto a la llama.

Mientras el señor Severin acercaba la llama al tubo, Cassandra fue pasando el hilo por el borde de la junta. El hilo se derritió al instante. ¡Aquello era divertidísimo! Era muy satisfactorio ver cómo el hilo se fundía por completo sellando la junta con tanta precisión.

—Perfecto —dijo el señor Severin.

—¿Hay que soldar algo más? —le preguntó ella, arrancándole una carcajada por su avidez.

—El otro extremo del tubo.

Juntos soldaron el tubo de cobre a la toma que salía de la pared, ambos muy concentrados en la tarea. Estaban arrodillados en el suelo, demasiado cerca para lo que se consideraba decoroso, pero el señor Severin era todo un caballero. De hecho, se mostraba mucho más respetuoso y educado que la mayoría de los privilegiados lores que había conocido durante la temporada social en Londres.

—Qué curioso —comentó mientras observaba cómo el hilo de soldadura se quedaba unido al extremo del tubo cuando debería gotear y caer al suelo—. Desafía la gravedad. Me recuerda al efecto de las gotas de agua en los pelos del pincel cuando se sumerge.

—Qué observadora es —replicó él con una sonrisa en los labios—. La causa es la misma en ambos casos. Se llama capilaridad. En un espacio muy reducido, como por ejemplo la unión entre estos dos tubos, la atracción de las moléculas de la soldadura al cobre es tan fuerte que ascienden por la superficie.

Cassandra se llenó de orgullo por el halago.

—Nadie me ha dicho nunca que sea observadora. Siempre se lo dicen a Pandora.

—¿Y qué dicen de usted?

Soltó una risilla despectiva.

—Normalmente, algo sobre mi aspecto.

El señor Severin guardó silencio unos instantes.

—Hay mucho más en usted además de eso —replicó con aspereza.

El placer fue tan intenso que Cassandra se ruborizó de los pies a la cabeza. Se obligó a concentrarse en la soldadura, agradecida por el hecho de que no le temblaran las manos pese al enloquecedor ritmo al que le latía el corazón, que parecía un caballo desbocado.

Una vez que acabaron con la soldadura, el señor Severin apagó la llama y le quitó el hilo de soldar de la mano. Parecía tener dificultades para mirarla a los ojos.

—Mi forma de proponerle matrimonio fue... Lo siento. Fue... irrespetuosa. Estúpida. Desde entonces he descubierto al menos doce motivos para querer casarme con usted, y la belleza es el último de todos.

Cassandra lo miró maravillada.

—Gracias —susurró.

El aire húmedo que los rodeaba estaba cargado con su olor: a pino del jabón con colofonia; a almidón de la camisa, que perdía apresto debido al sudor; y a sudor de su piel, salado e íntimo, y muy atractivo por raro que pareciera. Ansiaba acercarse aún más para olfatearlo de cerca. La cara del señor Severin estaba sobre la de ella, y un rayo de sol que entraba por una de las ventanas resaltaba las motas verdes de uno de sus ojos. Se sentía fascinada por esa fachada tan distante y disciplinada tras la que se ocultaba algo contenido..., controlado..., y muy seductor.

Qué lástima que tuviera el corazón congelado. Qué lástima que ella jamás pudiera ser feliz viviendo en ese mundo tan vertiginoso y cruel que él habitaba. Porque Tom Severin se estaba convirtiendo en el hombre más atractivo y fascinante que había conocido en la vida.

Los golpes de la loza sobre la mesa de trabajo la devolvieron a la realidad. Parpadeó y apartó la mirada en busca de algo que los ayudara a aliviar la tensión que se había instalado entre ellos.

—Pronto volveremos a Londres —dijo—. Si le apetece visitarnos, me encargaré de que lo inviten a cenar y podremos hablar de la novela.

—¿Y si discutimos?

Cassandra se echó a reír.

—Nunca discuta con un Ravenel —le advirtió—. No sabemos cómo parar.

—Ya me he dado cuenta —replicó él con sorna—. ¿Le caería mejor si siempre estuviera de acuerdo con lo que usted dijera?

—No —respondió sin necesidad de pensárselo siquiera—, me gusta tal como es.

La expresión del señor Severin se tornó inescrutable, como si ella hubiera hablado en un idioma extranjero que él estuviera tratando de interpretar.

Se había mostrado demasiado descarada al hacer semejante comentario. Se le había escapado sin poder evitarlo. ¿Lo habría avergonzado?

Para su alivio, la tensión se evaporó cuando Devon entró en la cocina y anunció sin ni siquiera detenerse:

—Lo he dispuesto todo para que traigan una caldera nueva. Winterborne no tiene en sus grandes almacenes una de trescientos cincuenta litros, pero conoce a un fabricante que... —Se detuvo en seco, horrorizado al verlos en el suelo—. Cassandra, ¿qué demonios estás haciendo ahí con Tom Severin? ¿Por qué no tienes carabina?

—Hay por lo menos doce personas trabajando aquí al lado —señaló ella.

—Eso no es lo mismo que una carabina. ¿Qué haces en el suelo?

—He ayudado al señor Severin a soldar una cañería —contestó con voz alegre.

Devon miró indignado al susodicho.

—¿Has permitido que estuviera cerca de una llama y del metal derretido?

—Hemos sido cuidadosos —adujo Cassandra a la defensiva.

El señor Severin parecía demasiado preocupado como para dar explicaciones. Se agachó para recoger las herramientas y devolverlas al maletín de cuero. Sin embargo, lo vio llevarse una mano al pecho, que procedió a frotarse con disimulo.

Devon le tendió una mano para ayudarla a ponerse en pie.

—Como lady Berwick se entere de esto, caerá sobre nuestras cabezas toda la ira de los dioses. —La miró de arriba abajo y refunfuñó—: Mira qué aspecto tienes...

Cassandra le regaló una sonrisa, consciente de que estaba sudorosa y hecha un desastre, ya que se había tiznado el vestido amarillo en varios sitios.

—Seguramente creías que Pandora era la causa de todos

nuestros contratiempos; pero, como puedes ver, soy capaz de meterme en problemas yo sola.

—Pandora estaría orgullosísima —comentó Devon con sequedad, mirándola con un brillo burlón en los ojos—. Ve a cambiarte de vestido antes de que alguien te vea. Dentro de poco nos reuniremos para tomar el té y estoy seguro de que Kathleen querrá que sirvas y atiendas a los invitados.

El señor Severin también se puso de pie y se despidió de ella con una breve reverencia. Su expresión seguía siendo inescrutable.

—Milady. Gracias por su ayuda.

—¿Lo veré a la hora del té, entonces? —le preguntó ella.

El señor Severin negó con la cabeza.

—Me marcho de inmediato a Londres. Tengo una reunión de negocios mañana temprano.

—¡Oh! —exclamó ella abatida—. Lo siento. He... he disfrutado mucho de su compañía.

—El sentimiento es mutuo —repuso el señor Severin, aunque esos ojos azules y verdes parecían haber adoptado una expresión cautelosa.

¿Por qué se mostraba tan reservado de repente?

Irritada y un tanto dolida, Cassandra hizo una genuflexión.

—En fin..., pues adiós.

Solo obtuvo un brusco asentimiento de cabeza en respuesta.

—Te acompañaré hasta la escalera del servicio —dijo Devon, y Cassandra obedeció de buena gana.

En cuanto salieron de la cocina, preguntó en voz baja:

—¿El señor Severin acostumbra a tener estos cambios de humor tan bruscos? Ha sido muy agradable todo el rato y, de repente, se ha puesto la mar de antipático.

Devon se detuvo en el pasillo y se volvió para mirarla.

—No intentes entender a Tom Severin. Jamás darás con la respuesta correcta, porque no existe.

—Sí, pero..., estábamos congeniando estupendamente y... Me caía bien.

—Porque eso era lo que él estaba buscando. Es un maestro de la manipulación.

—Entiendo. —Encorvó los hombros, abatida por la desilusión—. Ese debe de ser el motivo de que me contara la historia de su padre.

—¿Qué historia?

—La del día que su padre se fue, cuando él era pequeño. —Al ver que Devon abría los ojos de par en par, le preguntó—: ¿No te la ha contado?

Devon negó con la cabeza, obviamente alarmado.

—No habla de su padre. Siempre he pensado que había muerto.

—No, se... —Cassandra dejó la frase en el aire—. No creo que deba repetir una confidencia personal.

Devon frunció el ceño con preocupación.

—Cariño..., Severin no es como los hombres a los que has conocido. Es brillante, carece de principios y es cruel por naturaleza. No creo que haya ningún otro hombre en Inglaterra, ni siquiera Winterborne, que se haya colocado exactamente en el centro de todas las fuerzas que están cambiando ahora mismo el mundo tal y como lo conocemos. Puede que su nombre aparezca algún día en los libros de Historia. Pero los compromisos necesarios en una relación matrimonial... Ser responsable de cubrir las necesidades de otra persona... Es incapaz de asumir algo así. Los hombres que cambian la historia no acostumbran a ser buenos maridos. —Guardó silencio un instante antes de preguntarle—: ¿Lo entiendes?

Cassandra asintió con la cabeza, afectada por una súbita oleada de afecto hacia él. Devon se había mostrado amable y cariñoso desde que llegó a Eversby Priory, tal como Pandora y ella siempre habían deseado que se mostrara su hermano Theo.

—Lo entiendo —le aseguró—. Y confío en tu criterio.

Él le sonrió.

—Gracias. Y ahora apresúrate antes de que te descubran…, y olvida a Tom Severin.

Esa misma noche, después de la cena tipo bufet, y después de que los juegos y las actividades organizadas en el salón llegaran a su fin, Cassandra se retiró a su habitación. Estaba sentada a su tocador cuando su doncella, Meg, entró para deshacerle el recogido y cepillarle el pelo.

Meg dejó algo en el tocador.

—Lo han encontrado en la cocina —dijo sin más—. La señora Church me ha pedido que se lo dé.

Cassandra parpadeó sorprendida al ver la tapa verde de cuero de *La vuelta al mundo en ochenta días*. Al comprender que el señor Severin se lo había dejado olvidado, sintió que la abrumaba la desilusión. El rechazo de su regalo no había sido accidental. No iría a visitar a la familia en Londres. No habría discusión alguna sobre el libro, ni sobre ningún otro tema.

Le había propuesto matrimonio por la mañana y la había abandonado por la tarde. Qué hombre más frustrante y veleidoso.

Abrió el libro despacio y lo hojeó mientras su doncella le quitaba las horquillas del pelo. Su mirada se detuvo en un párrafo que era una reflexión de Passepartout, el ayuda de cámara de Phileas Fogg, sobre su señor.

«Phileas Fogg, aunque valiente y galante, debe… carecer de corazón.»

6

Septiembre

Después de tres meses de duro trabajo y de tantas distracciones como fue capaz de crearse, Tom seguía sin quitarse de la cabeza a lady Cassandra Ravenel. Los recuerdos que tenía de ella no dejaban de asomar a su conciencia, reluciendo como tenaces trocitos de espumillón navideño pegado en la alfombra.

Ni en un millón de años se habría imaginado que lady Cassandra bajaría a la cocina para verlo. Ni habría querido que lo hiciera. Habría escogido una situación muy distinta, algún lugar con flores y velas, o una terraza ajardinada. Y, sin embargo, mientras estuvieron allí sentados en el suelo sucio de la cocina, rodeados por el personal del servicio, mientras ellos soldaban los tubos de la caldera, fue consciente de una creciente sensación de placer. Lady Cassandra le pareció muy inteligente y curiosa, y también demostró una energía vital que lo embelesó.

Después llegó el momento en el que ella le dijo sin artificio «Me gusta tal como es», y su propia reacción lo sorprendió.

Porque en un abrir y cerrar de ojos, lady Cassandra pasó de ser un objeto de deseo a convertirse en un riesgo que no se podía permitir. Suponía un peligro para él, algo nuevo y desconocido, y no quería saber nada del tema. Ninguna persona tendría jamás semejante poder sobre él.

Estaba decidido a olvidarla.

Ojalá fuera posible.

Ser amigo de Rhys Winterborne no lo ayudaba en absoluto, porque estaba casado con Helen, la hermana de lady Cassandra. Tom acostumbraba a reunirse con Winterborne para disfrutar de un almuerzo ligero en uno de los puestos de comida o en alguno de los asadores que había entre sus respectivas oficinas. En uno de dichos almuerzos fue cuando Winterborne le contó que West Ravenel acababa de comprometerse con Phoebe, lady Clare, una joven viuda con dos hijos, Justin y Stephen.

—Me daba en la nariz que lo haría —comentó Tom, complacido por las noticias—. Fui a Jenner's con él hace dos noches, y solo quería hablar de ella.

—Me lo han contado —repuso Winterborne—. Tal parece que Ravenel y tú tuvisteis algún problemilla.

Tom puso los ojos en blanco.

—El anterior pretendiente de lady Clare se acercó a nuestra mesa, pistola en mano. No fue tan interesante como parece. Enseguida acabó desarmado antes de que uno de los porteros se lo llevara. —Se echó hacia atrás en su asiento mientras una de las camareras dejaba delante de ellos unos platos con ensalada de cangrejo frío y apio—. Pero antes de que eso sucediera, Ravenel se pasó todo el rato hablando de lady Clare, de que no era lo bastante bueno para ella por su escandaloso pasado y de lo mucho que le preocupaba ser un mal ejemplo para sus hijos.

Los ojos negros de Winterborne brillaron por el interés.

—¿Qué le dijiste?

Tom se encogió de hombros.

—Que el matrimonio era muy ventajoso para él, además ¿qué otra cosa importa? Lady Clare es rica, guapa y la hija de un duque. En cuanto a sus hijos... da igual el ejemplo que se les dé, los niños insisten en ser como ellos quieren. —Tom bebió un sorbo de cerveza antes de continuar—: Los escrúpulos siempre complican una decisión de forma innecesaria. Son como esas partes extra del cuerpo que nadie necesita.

Winterborne dejó el tenedor con un poco de cangrejo en el aire.

—¿Qué partes extra del cuerpo?

—Cosas como el apéndice. Los pezones masculinos. Las orejas.

—Yo necesito las orejas.

—Solo necesitas el oído, la parte interna. La estructura externa de la oreja es superflua en los seres humanos.

Winterborne lo miró con sorna.

—Las necesito para que me sujeten el sombrero.

Tom sonrió y se encogió de hombros, dándole la razón.

—En cualquier caso, Ravenel ha conseguido la mano de una mujer estupenda. Bien por él.

Levantaron los vasos y brindaron.

—¿Hay ya fecha para la boda? —quiso saber Tom.

—Todavía no, pero la habrá pronto. Se celebrará en Essex, en la propiedad de los Clare. Una celebración íntima, solo con los más allegados y la familia. —Winterborne cogió un trozo de apio y le echó un poco de sal antes de añadir—: Ravenel tiene pensado invitarte.

Los dedos de Tom se cerraron con fuerza alrededor de un gajo de limón. Una gota de zumo le salpicó la mejilla. Soltó el gajo aplastado y se limpió la cara con la servilleta.

—No atino ni a imaginarme el motivo —masculló—. Nunca ha añadido mi nombre a una lista de invitados. Me sorprendería que supiera escribirlo siquiera. En cualquier caso, espero que no malgaste el papel y la tinta en una invitación para mí, dado que no voy a asistir.

Winterborne lo miró con escepticismo.

—¿Te perderías su boda? Sois amigos desde hace al menos diez años.

—Se las apañará sin mi presencia —le aseguró Tom con sequedad.

—¿Tiene algo que ver con Cassandra? —le preguntó Winterborne.

Tom entrecerró los ojos.

—Trenear te lo ha contado —afirmó más que preguntó.

—Me comentó que conociste a Cassandra y que te sentiste atraído por ella.

—Pues claro —replicó Tom con frialdad—. Ya conoces lo mucho que me gustan los objetos bonitos. Pero no haré nada al respecto. A Trenear le pareció una mala idea, y yo no podía estar más de acuerdo.

Winterborne repuso con voz neutra:

—La atracción no solo era tuya.

El comentario le provocó un rápido aguijonazo en el estómago. Perdido todo interés por la comida, Tom usó los dientes del tenedor para apartar una ramita de perejil de su plato.

—¿Cómo lo sabes?

—Cassandra tomó el té con Helen la semana pasada. Por lo que dijo, parece que le causaste una gran impresión.

Tom soltó una breve carcajada.

—Le causo una gran impresión a todo el mundo. Sin embargo, la propia lady Cassandra me dijo que jamás podría proporcionarle la vida con la que siempre ha soñado, una vida que incluye un marido que pudiera amarla.

—¿Y tú no puedes?

—Pues claro que no. Eso no existe.

Winterborne ladeó la cabeza y lo miró con expresión interrogante.

—¿El amor no existe?

—No más que el dinero.

Al oírlo, Winterborne se quedó perplejo.

—¿El dinero no existe?

A modo de respuesta, Tom se llevó una mano al bolsillo de la chaqueta, rebuscó un momento y sacó un billete.

—Dime cuánto vale esto.

—Cinco libras.

—No, el trozo de papel en sí.

—Medio penique —aventuró Winterborne.

—Sí. Pero este trozo de papel de medio penique vale cinco libras porque todos hemos acordado fingir que es así. Ahora, en cuanto al matrimonio...

—*Yr Duw* —masculló Winterborne al darse cuenta de adónde se dirigía con sus palabras.

—El matrimonio es un acuerdo económico —continuó Tom—. ¿Puede la gente casarse sin amor? Por supuesto. ¿Somos capaces de tener descendencia sin él? Evidentemente. Pero fingimos creer en esa cosa mitológica y etérea que nadie puede oír, ver o tocar, cuando en realidad el amor solo es un valor artificial que le asignamos a una relación.

—¿Qué me dices de los niños? —replicó Winterborne—. ¿El amor es un valor artificial para ellos?

Tom se guardó el billete de cinco libras en el bolsillo mientras contestaba:

—Lo que los niños sienten como amor es el instinto de supervivencia. Es una forma de animar a sus padres a cuidarlos hasta que pueden cuidarse solos.

La expresión de Winterborne era de absoluto asombro.

—Por el amor de Dios, Tom. —Se llevó un poco de cangrejo a la boca y masticó despacio mientras se tomaba su tiempo para replicar—. El amor es real, lo es —afirmó al cabo de un momento—. Si alguna vez lo sientes...

—Lo sé, lo sé —lo interrumpió Tom, desganado—. Cada vez que cometo el error de mantener esta conversación, eso es lo que me dicen todos. Pero incluso si el amor fuera real, ¿por qué iba a desearlo? La gente toma decisiones irracionales en aras del amor. Hay quienes incluso mueren por él. Estoy mucho mejor sin él.

—¿De verdad? —le preguntó Winterborne escéptico, pero guardó silencio cuando la camarera llegó con la jarra de cerveza. Después de que la mujer les rellenara los vasos, continuó—: Mi madre solía decirme: «Atribulados aquellos que quieren el mundo, atribulados aquellos que lo obtienen». Sabía que se equivocaba, porque ¿cómo era posible que un hombre que había conquistado el mundo no fuera feliz? Sin embargo, después de amasar mi fortuna, por fin comprendí lo que quería decir. Las cosas que nos ayudan a subir a la cima son las mismas que nos impiden disfrutar una vez que llegamos arriba.

Tom estaba a punto de protestar y decirle que él sí disfrutaba. Sin embargo, el dichoso Winterborne tenía razón. Llevaba sumido en la desdicha varios meses. Maldita fuera su estampa. ¿Así iba a ser el resto de su vida?

—En ese caso, no tengo esperanza —dijo con pesadumbre—. No puedo creer en algo sin pruebas. No doy saltos de fe.

—En más de una ocasión te he visto tomar la decisión equivocada por pensar demasiado. Pero si pudieras salir de ese laberinto que tienes por cerebro el tiempo suficiente como para descubrir lo que quieres..., no para decidir lo que deberías querer, sino lo que tu instinto te dice..., a lo mejor encontrarías lo que te pide el alma.

—No tengo alma. Eso no existe.

Con expresión exasperada y guasona, Winterborne le preguntó:

—En ese caso, ¿qué hace que tu cerebro siga funcionando y tu corazón, latiendo?

—Impulsos eléctricos. Un científico italiano llamado Galvani lo demostró hace cien años, con una rana.

A lo que Winterborne replicó con firmeza:

—No puedo hablar por la rana, pero tú tienes alma. Y también puedo decirte que ya es hora de que le prestes atención.

Después del almuerzo, Tom regresó andando a sus oficinas de Hanover Street. Era un frío día otoñal y el viento soplaba con fuerza desde todas direcciones. Un día «de franela», en palabras de Winterborne. En la acera y en la calzada se arremolinaban guantes perdidos, colillas de cigarros, periódicos y jirones de tela.

Tom se detuvo delante del edificio que albergaba las oficinas principales de sus cinco empresas. Un poco más lejos, un niño recogía con diligencia colillas del suelo. Después sacarían el tabaco que quedara y harían cigarros baratos que vender a dos peniques la unidad.

La impresionante entrada tenía seis metros de altura y estaba rematada por un enorme arco y un frontón. Las primeras cinco plantas estaban forradas con piedra blanca de Portland, mientras que las dos últimas estaban rematadas con ladrillo rojo e intrincadas piedras blancas talladas. En el interior, una ancha escalinata ocupaba la zona central del vestíbulo, rematado con techo de cristal.

Parecía un lugar al que acudían personas importantes para llevar a cabo un trabajo importante. Durante años, Tom había sentido un ramalazo de satisfacción cada vez que se acercaba al edificio.

En ese momento nada lo satisfacía.

Salvo..., por absurdo que fuera... Sí que había experimentado parte de la vieja sensación de tener un propósito y de haberlo alcanzado mientras reparaba la caldera en Eversby Priory. Trabajar con las manos, confiar en las habilidades que había adquirido cuando fue aprendiz a los doce años, cuando todavía lo tenía todo por delante.

En aquella época era feliz. Sus ambiciones infantiles fueron alentadas y alabadas por su antiguo mentor, Chambers Paxton, que se había convertido en la figura paterna que él necesitaba. En aquel entonces le parecía posible encontrar las respuestas a cualquier pregunta o problema. Sus propias limitaciones jugaron a su favor: cuando un hombre no tenía que preocuparse por el amor, el honor o cualquier otra idiotez del estilo, estaba libre para amasar mucho dinero. Y disfrutó de lo lindo haciéndolo.

Sin embargo, de un tiempo a esa parte, algunas de sus limitaciones habían empezado a parecerle limitaciones. La felicidad, al menos tal y como solía experimentarla, había desaparecido.

El viento sopló y lo azotó desde todos los puntos cardinales. Una ráfaga especialmente fuerte le arrancó el sombrero negro de fieltro de lana, que salió dando tumbos por la acera antes de que lo agarrara el niño que recogía colillas. La criatura lo miró, nervioso, con el sombrero entre las manos. Tom calculó la distancia que los separaba y decidió que era inútil perseguirlo. El niño se escabulliría sin problemas y desaparecería en el laberinto de callejones y caballerizas que había al otro lado de la calle principal. «Que se lo quede», pensó antes de entrar en el edificio. Si vendía el sombrero a una mínima parte de lo que le había costado, el niño se haría con una pequeña fortuna.

Subió a la suite donde se encontraba su despacho personal en la quinta planta. Su secretario personal y asistente, Christopher Barnaby, apareció casi de inmediato para cogerle el abrigo de lana.

Barnaby lo miró con desconcierto al ver que no llevaba sombrero.

—El viento —repuso Tom con brusquedad mientras se dirigía a su enorme mesa con la superficie de bronce.

—¿Quiere que vaya a buscarlo, señor?

—No, ya está más que perdido. —Se sentó a la mesa, atestada de libros de cuentas y montones de cartas—. Café.

Barnaby se alejó a toda prisa con una agilidad que no encajaba con su corpulencia.

Tres años antes, Barnaby era ayudante de contable, pero Tom lo eligió como secretario y asistente personal hasta que pudiera encontrar a otra persona adecuada para el puesto. En circunstancias normales no habría pensado en alguien como Barnaby, que siempre iba con la ropa arrugada y parecía nervioso, con una mata desordenada de rizos castaños que se movía y se agitaba alrededor de su cabeza. De hecho, incluso después de que lo enviara a su sastre en Savile Row y pagara la factura de unas cuantas camisas elegantes, tres corbatas de seda y dos trajes a medida, uno de paño de lana y otro de algodón, el muchacho seguía dando la sensación de que se vestía con lo que había encontrado en la cesta de la ropa limpia más cercana. Se suponía que el aspecto de un asistente personal se reflejaba en su jefe. Sin embargo, Barnaby demostró enseguida su valía, ya que tenía una capacidad tan excepcional para priorizar y para encargarse de los detalles que a Tom le importó un comino el aspecto que tuviera.

Después de llevarle un café con azúcar y crema hervida, Barnaby se colocó delante de su escritorio con un cuadernillo en las manos.

—Señor, la delegación japonesa ha confirmado su llegada dentro de dos meses para comprar las excavadoras de vapor y el equipo de perforación. También quieren hacer una consulta sobre los problemas de ingeniería en la construcción de la línea de Nakasendo a través de las regiones montañosas.

—Voy a necesitar copias de sus mapas topográficos y de las catas geológicas lo antes posible.

—Sí, señor Severin.

—Contrata también a un profesor de japonés.

Barnaby parpadeó.

—¿Se refiere a un intérprete, señor?

—No, a un profesor. Prefiero comprender lo que están diciendo sin un intermediario.

—Pero, señor —comenzó el asistente, desconcertado—, no pretenderá dominar el japonés en dos meses, ¿verdad?

—Barnaby, no digas tonterías.

El asistente esbozó una sonrisa tímida.

—Por supuesto, señor, es que parecía...

—Me llevará mes y medio como mucho. —Con su excepcional memoria, era capaz de aprender lenguas extranjeras con facilidad..., aunque debía admitir que su acento dejaba mucho que desear—. Organiza clases diarias a partir del lunes.

—Sí, señor Severin. —Barnaby lo anotó todo en su cuadernillo—. El siguiente tema es emocionante, señor. La Universidad de Cambridge ha decidido concederle el premio Alejandrino por sus ecuaciones hidrodinámicas. Es usted la primera persona que no se ha graduado en la universidad en conseguirlo. —Barnaby lo miró con una sonrisa de oreja a oreja—. ¡Felicidades!

Tom frunció el ceño y se frotó las sienes.

—¿Tengo que dar un discurso?

—Sí, se celebrará una gran presentación en Peterhouse.

—¿Puedo obtener el premio sin el discurso?

Barnaby negó con la cabeza.

—Pues recházalo.

Barnaby volvió a menear la cabeza.

—¿Me estás diciendo que no? —preguntó Tom con cierta sorpresa.

—No puede rechazarlo —insistió Barnaby—. Es posible que hasta lo nombren caballero por esas ecuaciones, pero no lo harán si rechaza el premio Alejandrino. ¡Y usted quiere que lo nombren caballero! ¡Lo ha dicho!

—Eso ahora no me importa —masculló Tom—. Da igual.

Su asistente se mantuvo en sus trece.

—Voy a ponerlo en la agenda. Escribiré un discurso en el que diga que acepta con humildad el increíble honor de que lo señalen como uno de los muchos intelectuales que aumentan la gloria del imperio de Su Majestad...

—Por el amor de Dios, Barnaby, solo tengo cinco sentimientos, y la humildad no es uno de ellos. Más aún, nunca me referiría a mí mismo como «uno de los muchos». ¿Conoces a alguien como yo? No, porque soy único. —Soltó un breve suspiro—. Yo mismo escribiré el discurso.

—Como desee, señor. —Su asistente esbozaba una sonrisa, apenas perceptible, pero muy satisfecha—. Eso era lo último de la lista. ¿Desea que haga algo más antes de que vuelva a mi mesa?

Tom asintió con la cabeza y miró la taza de café vacía mientras acariciaba el delicado borde de porcelana con el pulgar.

—Sí. Ve a la librería y compra un ejemplar de *La vuelta al mundo en ochenta días*.

—De Julio Verne —añadió Barnaby, a quien se le iluminó un poco la cara.

—¿Lo has leído?

—Sí, es una historia buenísima.

—¿Qué lección aprende Phileas Fogg? —Al ver la expresión desconcertada de su asistente, añadió con impaciencia—: Durante el viaje. ¿Qué descubre por el camino?

—No me gustaría estropearle el libro —repuso el muchacho con sinceridad.

—No vas a estropeármelo. Solo necesito saber a qué conclusión llegaría una persona normal.

—Es bastante evidente, señor —le aseguró Barnaby—. La descubrirá usted mismo cuando lo lea.

Tras abandonar el despacho, Barnaby regresó al cabo de un par de minutos. Para su sorpresa, el asistente llevaba en la mano el sombrero perdido.

—El portero ha subido esto —dijo—. Un golfillo de la calle

lo ha devuelto. No ha pedido recompensa. —Mientras miraba el ala del sombrero con ojo crítico, añadió—: Me aseguraré de que lo limpian y lo cepillan antes de que acabe el día, señor.

Tom se levantó con gesto pensativo y se acercó a la ventana. El niño se había agachado de nuevo para buscar más colillas.

—Voy a salir un momento —dijo.

—¿Desea que haga algo?

—No, ya me encargo yo.

—Su abrigo... —comenzó Barnaby, pero su jefe pasó de largo sin hacerle caso.

Tom salió a la acera y entrecerró los ojos porque lo azotó una ráfaga de aire que arrastraba una nube de polvo. El niño dejó de rebuscar, pero se quedó acuclillado junto a la acera, mirándolo con recelo mientras se le acercaba. Era un niño delgado y fibroso, con la apariencia menuda típica de la desnutrición y que dificultaba la tarea de averiguar su edad, pero no podía tener más de once años. Tal vez diez. Sus ojos eran castaños con un tinte amarillento y su piel tenía la textura rugosa de una gallina desplumada. Los largos mechones de su pelo negro llevaban días sin ver un peine.

—¿Por qué no te lo has quedado? —le preguntó Tom sin rodeos.

—No soy un ladrón —contestó el niño al tiempo que cogía otra colilla. Esas manos tan pequeñas estaban manchadas de polvo y grasa.

Tom se sacó un chelín del bolsillo y se lo ofreció.

El niño no hizo ademán de cogerlo.

—No necesito caridad.

—No es caridad —replicó Tom, a caballo entre la risa y la irritación por esa demostración de orgullo de un niño que no se lo podía permitir—. Es una propina por los servicios prestados.

El niño se encogió de hombros y aceptó la moneda. La metió en la misma bolsita en la que estaba metiendo las colillas.

—¿Cómo te llamas?

—Bazzle, el Chico.

—¿Y tu apellido?

El niño se encogió de hombros de nuevo.

—Es lo que me han dicho siempre. Mi padre era Bazzle, el Grande.

El sentido común de Tom le aconsejó que lo dejara estar. Ese niño no tenía nada especial. Si bien ayudar a un niño podría satisfacer un impulso benévolo, seguiría habiendo miles que vivían en la inmundicia y la pobreza. Tom ya había donado importantes cantidades de dinero, y de la forma más ostentosa posible, a un montón de organizaciones benéficas de Londres. Con eso bastaba.

Sin embargo, algo lo azuzaba, seguramente por el sermón de Winterborne. El instinto le decía que hiciera algo por ese golfillo..., un buen ejemplo de por qué acostumbraba a no hacerle caso a su instinto.

—Bazzle, necesito a alguien que barra y limpie mis oficinas. ¿Quieres el trabajo?

El niño lo miró con suspicacia.

—¿Se está riendo de mí, jefe?

—No me río de la gente. Llámame «señor Severin» o «señor». —Tom le dio otra moneda—. Ve a comprarte una escoba y vuelve a mi edificio mañana por la mañana. Le diré al portero que te espere.

—¿Y a qué hora quiere que me plante aquí, señor?

—A las nueve en punto. —Mientras se alejaba, Tom masculló con sorna—: Winterborne, como me desplume, te mando la dichosa factura.

7

Un mes más tarde, Tom subió al tren en la estación de Saffron Walden, en Essex, y después alquiló un carruaje en el que hacer el trayecto hasta la propiedad de los Clare. El contraste con la comodidad y la privacidad que le ofrecía su tren privado era más que evidente. Prefería visitar las mansiones de sus amistades sin exponerse a su total disposición, manteniendo la libertad de llegar o de marcharse cuando le apeteciera, de comer cuando y lo que quisiera, de asearse con su jabón preferido y de dormir sin sufrir los molestos ruidos de los demás.

Sin embargo, con motivo de la boda de West Ravenel, había decidido probar una nueva experiencia. Se integraría por completo en el grupo de invitados. Se alojaría en una habitación de huéspedes en la que las camareras entrarían a una hora intempestiva por las mañanas para encender el fuego. Bajaría al comedor matinal para desayunar con los demás y los acompañaría obedientemente a los paseos por los alrededores para contemplar colinas, árboles y charcas. La casa estaría infestada de niños, a los que él no les haría el menor caso o a los que toleraría en la medida de lo posible. Por las noches participaría en los juegos y los entretenimientos que se organizaran en el salón, y fingiría estar disfrutando.

La decisión de someterse a semejante tortura era una consecuencia directa del consejo de Rhys Winterborne de que siguiera su instinto. Hasta el momento no le había ido nada bien. Pero estaba tan cansado después de esos meses de vacío y entumecimiento que ese rosario de incomodidades le parecía una mejora.

A lo lejos apareció una mansión de estilo clásico emplazada en lo alto de una suave loma, con columnas blancas, rodeada de setos y de una cerca de piedra cubierta de hiedra. El humo se alzaba en volutas desde la hilera de chimeneas del tejado y se desvanecía en el cielo grisáceo de noviembre. Los árboles habían perdido las hojas, de manera que en las colinas solo se veían los troncos y un encaje de ramas oscurecidas y peladas. En la distancia se apreciaban los campos de labor, yermos en esa época del año tras las cosechas, casi cubiertos por una densa niebla.

El carruaje de alquiler se detuvo delante del pórtico de entrada y al cabo de un instante tres criados lo rodearon para abrir la puerta lacada, desplegar los escalones y descargar el equipaje. Tom se apeó y pisó el suelo de gravilla al tiempo que tomaba una honda bocanada de aire, cargada con el olor del otoño: hojas mojadas y tierra húmeda por la escarcha. El aire olía mejor en el campo que en la ciudad, eso no podía negarlo.

A través de la hilera de ventanas de guillotina atisbó la multitud reunida en las estancias de la parte delantera de la mansión. Le llegó el sonido de la música y también las carcajadas, aderezadas con los alegres chillidos de los niños. De muchos niños, según parecía.

—¿Una pequeña reunión familiar? ¡Y un cuerno! —murmuró mientras subía los escalones del pórtico.

Una vez en el vestíbulo de entrada, el mayordomo se hizo cargo de su sombrero, su abrigo y sus guantes.

El interior de Clare Manor era amplio y estaba bien iluminado, con paredes pintadas de colores claros: blanco, azul y verde. Alguien había decidido decorar la casa, muy acertadamente, de acuerdo al estilo neoclásico del exterior en vez de llenar los espacios interiores con un sinfín de figurillas de porcelana china y cojines bordados.

West Ravenel y Phoebe, lady Clare, aparecieron al cabo de unos minutos para darle la bienvenida. Hacían una bonita pareja: el alto y siempre bronceado West y la delgada viuda pelirroja. Parecían unidos por un misterioso vínculo invisible, un aura de unidad que no tenía nada que ver con la camaradería y tampoco con el matrimonio. Intrigado e interesado, Tom comprendió que su amigo ya no era un ser completamente independiente, sino que conformaba la mitad de una nueva entidad.

Lady Clare lo saludó con un elegante gesto de la cabeza.

—Bienvenido, señor Severin.

Lady Clare había sufrido una transformación increíble desde la última vez que Tom la vio en la boda de lady Pandora. Aquel día le pareció una mujer hermosa, pero con un halo de fragilidad melancólica y nerviosa. En ese momento parecía relajada y radiante.

West le tendió una mano e intercambiaron un efusivo apretón.

—Nos alegramos de que hayas venido —dijo sin más.

—He estado a punto de no hacerlo —replicó él—. Aparecer en casa de alguien con invitación le quita toda la gracia al asunto.

West sonrió.

—Lo siento, pero tenía que incluirte en la lista de invitados. Todavía sigo en deuda contigo por lo que hiciste el verano pasado.

—¿Arreglar la caldera?

—No, por lo otro. —Al ver la perplejidad de Tom, West añadió a modo de explicación—: Ayudar a sacar a mi amigo de Londres a escondidas.

—¡Ah! El asunto aquel. No fue nada.

—Corriste un gran riesgo al ayudarnos con Ransom —le aseguró West—. Si las autoridades hubieran descubierto tu participación en el asunto, habrías pagado las consecuencias con creces.

Tom esbozó una sonrisa indolente.

—El riesgo fue nimio.

—Podrías haber perdido los contratos con el gobierno y seguramente habrías acabado en la cárcel.

—No con todos los políticos a los que tengo en el bolsillo... —adujo él con evidente satisfacción. Al ver que West enarcaba las cejas, le explicó—: No sabes a la de miembros de las Cámaras de los Lores y de los Comunes que he tenido que untar. Los llamados «gastos parlamentarios» forman parte de los presupuestos de todas las empresas constructoras de ferrocarriles. El soborno es la única manera de asegurarse de que una propuesta privada pasa el primer corte y llega al comité que otorga los permisos necesarios.

—De todas formas, te expusiste a correr un riesgo —insistió West—. Y te debo más de lo que imaginas. No podía decírtelo antes, pero Ethan Ransom tiene un importante lazo de unión con los Ravenel.

Tom lo miró con recelo.

—¿Qué tipo de lazo?

—Resulta que es el hijo ilegítimo del padre de Cassandra y Pandora, es decir, que es su hermanastro. Si fuera legítimo, tanto el título como la propiedad serían suyos y no de mi hermano.

—Interesante —murmuró Tom—. Y sin embargo, ¿no lo veis como una amenaza?

West lo miró con sorna.

—No, Severin; Ransom no tiene ningún interés en la propiedad. De hecho, lleva su relación con los Ravenel con tanta discreción que tengo que emplearme a fondo y convencerlo a la fuerza para que participe en cualquier evento familiar. Ha venido porque su mujer quería asistir a la boda. —Hizo una pausa—. Estoy seguro de que recuerdas a la doctora Gibson.

—¿A la doctora Garrett Gibson? —preguntó Tom—. ¿Se ha casado con él?

West sonrió al verlo tan sorprendido.

—¿Quién crees que se hizo cargo de él mientras se recuperaba en Eversby Priory?

Consciente de que parecía irritado por las noticias, lady Clare le preguntó:

—Señor Severin, ¿acaso estaba usted interesado en la doctora Gibson?

—No, pero... —Tom hizo una pausa.

Garrett Gibson era una mujer extraordinaria que se había convertido en la primera mujer con licencia para ejercer la medicina en Inglaterra después de graduarse en la Sorbona. Pese a su juventud, era una cirujana experta, instruida en técnicas antisépticas por su mentor, sir Joseph Lister. Puesto que era amiga de los Winterborne y había abierto una clínica en Cork Street, cerca de los grandes almacenes para beneficio de sus empleados, Tom la había tratado en varias ocasiones y le había gustado mucho lo que había descubierto de ella.

—La doctora Gibson es una mujer práctica, un cambio refrescante en mi opinión —siguió—. Ransom tiene suerte de tener una esposa con los pies bien plantados en el suelo a la que no le afectan las sensiblerías románticas.

West sonrió y meneó la cabeza.

—Siento destrozarte la ilusión, Severin, pero la doctora Gibson está enamoradísima de su marido y adora todas sus sensiblerías románticas.

West habría añadido más, pero un niño lo interrumpió al aparecer de repente a la carrera y darse de bruces con lady Clare. West extendió los brazos por instinto para evitar que ambos acabaran en el suelo.

—¡Mamá! —exclamó el niño, sin aliento y nervioso.

Lady Clare lo miró preocupada.

—Justin, ¿qué te pasa?

—Mecachis me ha traído un ratón muerto. ¡Lo ha dejado en el suelo delante de mí!

—Ay, por Dios. —Lady Clare le acarició con cariño el pelo oscuro y alborotado—. Me temo que eso es lo que hacen los gatos. Ha pensado que es un regalo estupendo.

—Nana no quiere tocarlo, la criada ha chillado y yo me he peleado con Ivo.

Aunque el hermano menor de lady Clare, Ivo, era técnicamente tío del pequeño Justin, jugaban juntos y discutían porque eran casi de la misma edad.

—¿Por culpa del ratón? —le preguntó su madre con deje comprensivo.

—No, fue antes del ratón. Ivo dijo que después de la boda habría una luna de miel y que yo no puedo ir porque es para adultos. —El niño echó la cabeza hacia atrás para mirarla a la cara, con el labio inferior tembloroso por las ganas de echarse a llorar—. No te irás de luna de miel sin mí, ¿verdad, mamá?

—Cariño, no tenemos intención de irnos de viaje de momento. Todavía queda mucho por hacer aquí, y necesitamos tiempo para instalarnos. A lo mejor en primavera...

—¡Papá no se iría sin mí! ¡Lo sé!

Se produjo un silencio cargado de tensión, momento que Tom aprovechó para mirar de reojo a West, que parecía sorprendido y asustado.

Lady Clare se agachó despacio hasta que su cara estuvo a la misma altura que la de su hijo.

—¿Te refieres al tío West? —le preguntó con delicadeza—. ¿Así lo llamas ahora?

Justin asintió con la cabeza.

—No quiero que sea mi tío..., ya tengo muchos de esos. Y si no tengo padre, nunca aprenderé a atarme los cordones de los zapatos.

Su madre esbozó una sonrisa.

—¿Por qué no lo llamas padre? —sugirió.

—Porque si le digo padre, no sabrás a cuál de los dos me refiero —contestó el niño, usando la lógica—, si al que está en el Cielo o al que está aquí.

Lady Clare soltó el aire con una especie de carcajada.

—Tienes razón, cariño, qué listo eres.

Justin miró a West, que estaba a su lado, con una expresión un tanto insegura.

—Puedo llamarte «papá»..., ¿verdad? ¿Te gusta que te llame así?

En el rostro de West se obró un cambio repentino: se puso colorado y la tensión se apoderó de sus músculos a causa de la emoción. Levantó al niño en brazos y le aferró la cabeza con una de sus grandes manos para besarlo en la mejilla.

— Me encanta —le contestó con voz trémula—. Me encanta. —El niño le rodeó el cuello con los brazos.

Tom, que odiaba las escenas sentimentales, se sintió incomodísimo. Echó un vistazo por el vestíbulo mientras se preguntaba si podría escabullirse a otro lado y subir más tarde a su habitación.

—Papá, ¿podemos ir a África de luna de miel? —oyó que preguntaba Justin.

—Sí —fue la respuesta de West, que se oyó amortiguada.

—Papá, ¿puedo tener un cocodrilo por mascota?

—Sí.

Lady Clare sacó un pañuelo de algún sitio como por arte de magia y lo colocó discretamente en las manos de West.

—Yo me ocupo del señor Severin —susurró—, si tú te encargas del ratón muerto.

West asintió con la cabeza al tiempo que emitía una especie de resoplido, mientras Justin protestaba porque según él lo estaba estrujando.

Lady Clare se volvió hacia Tom con una sonrisa radiante.

—Acompáñeme —le dijo.

Aliviado porque podía escapar de la conmovedora escena, Tom echó a andar a su lado.

—Por favor, disculpe la inoportuna aparición de mi hijo —le dijo la mujer con voz contrita mientras atravesaban el vestíbulo—. Para los niños no existen los momentos inapropiados.

—No es necesario que se disculpe —le aseguró Tom—. He venido a una boda, así que esperaba encontrarme con despliegues sentimentales y lágrimas. Lo que me ha sorprendido es que haya sido por parte del novio.

Lady Clare sonrió.

—Mi pobre prometido se ha visto inmerso en la paternidad de repente y sin previo aviso. Sin embargo, lo está haciendo la mar de bien. Mis hijos lo adoran.

—No estoy acostumbrado a ver esa faceta de su carácter —reconoció Tom, que hizo una pausa reflexiva—. Nunca me he percatado de que quisiera formar una familia. Siempre ha insistido en que jamás se casaría.

—«Jamás me casaré» es la canción de todo libertino y el estribillo de todo casanova. Sin embargo, casi todos sucumben a lo inevitable. —Lo miró de reojo con expresión traviesa—. Tal vez usted sea el siguiente.

—Jamás he sido un libertino ni un casanova —replicó Tom con sequedad—. Esos son términos que describen a hombres de sangre aristocrática con fondos fiduciarios en el banco. Yo sí contemplo la posibilidad del matrimonio.

—¡Qué refrescante! ¿Alguna candidata en mente?

Tom la miró al instante mientras se preguntaba si se estaba riendo de él. Seguro que West le había hablado de su interés por lady Cassandra. Pero no había ni rastro de malicia en sus claros ojos grises, solo amigable curiosidad.

—De momento no —contestó—. ¿No podría usted recomendarme a alguien?

—Tengo una hermana, Seraphina, pero me temo que es demasiado joven. ¿Qué tipo de mujer encajaría con usted?

De repente, los interrumpió una voz femenina.

—El señor Severin quiere una esposa independiente y práctica. Agradable, pero no afectuosa. Inteligente, pero no habladora. Que se aleje cuando él así lo quiera y que aparezca cuando él así lo desee, y que nunca se queje si no aparece para cenar por las noches. ¿No es así, señor Severin?

Tom se detuvo en seco al ver que Cassandra se acercaba desde el extremo opuesto del pasillo. Estaba guapísima con un vestido rosa de terciopelo con las faldas recogidas siguiendo el contorno de la cintura y de las caderas. Una hilera de volantes de encaje blanco se agitaba en el bajo delantero del vestido con cada paso que daba. La emoción le dejó la boca seca. El corazón empezó a latirle y a forcejear para escapársele del pecho, como si fuera un animalillo que acabara de encerrar en un cajón.

—Pues no, la verdad —contestó al tiempo que se detenía mientras ella se acercaba—. No busco una autómata en absoluto.

—Pero sería conveniente, ¿cierto? —murmuró Cassandra al tiempo que se detenía a unos pasos de él—. Una esposa mecánica jamás lo irritaría ni lo importunaría —siguió—. El amor no sería un requisito para ninguna de las dos partes. E incluso con los costes menores de las reparaciones y el mantenimiento, sería una inversión estupenda a largo plazo.

Su tono de voz era tan agradable como la gélida caricia del hielo. Era obvio que seguía molesta por su abrupta marcha de Eversby Priory.

Solo una parte del cerebro de Tom funcionaba con normalidad. El resto estaba ocupado fijándose en numerosos detalles: el olor a polvos de talco perfumados, el intenso azul de sus ojos... Nunca había visto un cutis como el de ella, tan radiante y fresco, como un vaso de leche con un leve brillo rosado. ¿Sería su piel igual por todo el cuerpo? Solo con pensar en las extremidades y en las curvas que se ocultaban bajo los volantes y los adornos del vestido experimentó una sensación que le recordó a esos momentos tan peculiares en los que el agua helada parecía caliente o una quemadura parecía fría.

—Parece algo sacado de una novela de Julio Verne —logró decir—. Por cierto, he leído la que me recomendó.

Lady Cassandra había cruzado los brazos por delante del pecho, un gesto de irritación que elevaba las voluptuosas curvas de sus senos y que acababa de aflojarle las rodillas.

—¿Cómo es posible si se la dejó en Eversby Priory?

—Le ordené a mi asistente que me comprara un ejemplar.

—¿Por qué no se llevó el que yo le regalé?

—¿Por qué supone que lo dejé atrás a propósito? —contraatacó él—. Tal vez se debió a un descuido.

—No, usted jamás comete descuidos. —No estaba dispuesta a perdonarlo, al parecer—. ¿Por qué no se lo llevó?

Aunque podría haber respondido con una evasiva, decidió ser sincero. Al fin y al cabo, en ningún momento se mostró muy sutil al demostrar el interés que sentía por ella.

—No quería pensar en usted —fue su cortante respuesta.

Lady Clare, que había seguido la conversación mirando primero a uno y luego al otro, demostró un repentino interés en el jarrón con flores de una consola situada en el extremo más alejado del pasillo. Se alejó para disponer mejor el ramo, para lo cual sacó una hoja de helecho y la colocó en otro lugar.

La expresión de lady Cassandra, así como el rictus de sus labios, se suavizó un poco.

—¿Por qué lo ha leído?

—Sentía curiosidad.

—¿Le ha gustado?

—No tanto como para justificar las cuatro horas que me llevó su lectura. Una página habría bastado para explicar la lección de la novela.

Lady Cassandra ladeó la cabeza un poco y lo alentó a continuar con la mirada.

—Y esa lección es...

—Que a medida que Phileas Fogg viaja hacia el este, gana cuatro minutos cada vez que atraviesa un nuevo meridiano terrestre. Cuando regresa al punto de partida, ha ganado todo un día, lo que le permite ganar la apuesta. Evidentemente, la lección es que cuando se viaja con un ritmo constante en la misma dirección de la rotación de la Tierra, las agujas del reloj deben ajustarse, de manera que el tiempo se retrasa. —«Ahí lo tienes», añadió con satisfacción para sus adentros.

Sin embargo, se quedó muy confundido al ver que lady Cassandra negaba con la cabeza y sonreía.

—Ese es el giro argumental —le explicó—, pero no es la moraleja de la novela. Eso no tiene nada que ver con el descubrimiento que Phileas Fogg hace de sí mismo.

—Se fija un objetivo y lo consigue —puntualizó Tom, ofendido por su reacción—. ¿Qué más hay que entender además de eso?

—¡Algo importante! —exclamó ella con gran entusiasmo y buen humor.

Poco acostumbrado a equivocarse en cualquier cosa, Tom repuso con frialdad:

—Se está riendo de mí.

—No, me estoy riendo con usted, pero de forma condescendiente.

Su mirada era traviesa. Como si estuviera coqueteando con él. Como si él fuera un pretendiente jovencito e inexperto en vez de un hombre curtido que se conocía todos los trucos del juego que ella estaba tratando de poner en marcha. Sin embargo, estaba acostumbrado a parejas también experimentadas cuyas estrategias eran claras y precisas. En el caso de lady Cassandra, desconocía qué objetivo perseguía.

—Dígame la respuesta —le ordenó.

Ella hizo un precioso mohín con la nariz.

—Pues no. Dejaré que la descubra usted solo.

Tom mantuvo una expresión impasible, aunque por dentro se derretía por culpa de un sentimiento que jamás había experimentado. Era similar al efecto de beber una copa de champán, que era una de las cosas que más le gustaban, mientras uno guardaba el equilibrio en la estructura metálica de un elevado puente ferroviario, que era una de las cosas que menos le gustaban.

—No es usted tan dulce como todo el mundo cree —dijo a modo de crítica.

—Lo sé. —Lady Cassandra sonrió y miró por encima de su hombro a lady Clare, que para entonces ya había cambiado de sitio al menos la mitad de las flores del ramo—. Phoebe, no te retraso más. ¿Vas a acompañar al señor Severin a la casa de invitados?

—Sí, hemos dispuesto que se alojen en ella algunos caballeros solteros.

—¿Estaré cerca del señor Severin durante la cena? —le preguntó lady Cassandra a la anfitriona.

—Se me ha ordenado que os mantenga tan alejados como me sea posible —contestó lady Clare con sequedad—. Empiezo a entender el motivo.

—Pamplinas —refunfuñó lady Cassandra—. El señor Severin y yo nos comportaremos con total cordialidad. De hecho... —Miró a Tom de reojo con una sonrisa torcida mientras añadía—: Creo que deberíamos ser amigos, ¿no le parece señor Severin?

—No —contestó él con sinceridad.

Ella parpadeó sorprendida y su expresión se enfrió.

—En ese caso, está todo dicho.

Tom la siguió con la mirada mientras se alejaba, hipnotizado por su forma de andar y por el movimiento de los artísticos pliegues de sus faldas. Cuando por fin se le ocurrió mirar a lady Clare, la descubrió observándolo con expresión pensativa.

—Milady —dijo con recelo—, si me hiciera el favor de no mencionar...

—Ni una palabra —le prometió ella, que echó a andar por el pasillo sumida en un silencio reflexivo—. ¿Debo cambiar la organización de los comensales en la mesa y colocarlo al lado de lady Cassandra? —le preguntó de repente.

—¡Por Dios, no! ¿Cómo se le ocurre?

Lady Clare lo miró con expresión sarcástica y un tanto avergonzada.

—No hace mucho tiempo sentí una repentina atracción por un hombre del todo inadecuado para mí. Fue como una de esas tormentas de verano cargadas de electricidad que aparecen de la nada. Decidí evitarlo, pero nos sentaron el uno al lado del otro durante la cena y resultó que fue el momento más afortunado de mi vida. Hace un momento, al verlo con lady Cassandra, pensé que tal vez...

—No —la interrumpió él con sequedad—. Somos incompatibles.

—Entiendo. —Tras una larga pausa, lady Clare añadió—: Tal vez se produzca un cambio. Nunca se sabe. Hay un libro maravilloso que podría recomendarle titulado *Persuasión*...

—¿Otra novela? —preguntó Tom, que la miró de reojo con gesto angustiado.

—¿Qué tienen de malo las novelas?

—Nada, siempre y cuando no se confundan con un manual de consejos.

—Si el consejo es bueno, ¿qué más da de dónde proceda? —replicó lady Clare.

—Milady, no me interesa aprender nada de unos personajes ficticios.

Salieron de la casa y enfilaron el sendero de gravilla del jardín que llevaba hasta la casa de invitados, una construcción de ladrillo rojo.

—Permítame usar un símil ficticio —dijo lady Clare—. Solo será un momento. —Esperó a que él asintiera con renuencia con la cabeza y siguió—: Hace poco, una buena amiga mía, Jane Austen, me contó que su vecina Anne Elliot acababa de casarse con un caballero, el capitán Frederick Wentworth. Estuvieron comprometidos hace siete años, pero la familia de Anne la persuadió de que rompiera el compromiso.

—¿Por qué?

—El joven carecía de fortuna y de relaciones sociales.

—Qué muchacha más débil de carácter —dijo Tom con un resoplido.

—Fue un error —reconoció lady Clare—, pero Anne siempre ha sido una hija obediente. Después de unos años volvieron a encontrarse y para entonces el capitán Wentworth había alcanzado el éxito. Se dio cuenta de que todavía la quería; pero, por desgracia, para entonces Anne tenía otro pretendiente.

—¿Qué hizo Wentworth? —quiso saber Tom, interesado a su pesar.

—Decidió guardar silencio y esperarla. A la postre, cuando creyó que había llegado el momento oportuno, le escribió una carta para confesarle sus sentimientos y la dejó para que ella la encontrara.

Tom la miró irritado.

—Los personajes de esta historia no me impresionan en lo más mínimo.

—¿Qué debería haber hecho el capitán Wentworth en su opinión?

—Perseguirla —contestó alzando la voz—. O decidir que había hecho bien al librarse de ella. Cualquier cosa menos esperar en silencio.

—¿No es necesaria la paciencia cuando se persigue un objetivo? —le preguntó lady Clare.

—Si es en los negocios, sí. Pero nunca he querido tanto a una mujer como para tener que esperarla. Siempre hay más.

El comentario pareció hacerle gracia a lady Clare.

—¡Oh! Ya veo que es usted un caso difícil, ¿no es así? Creo que debería leer *Persuasión* para descubrir lo que tiene en común con el capitán Wentworth.

—Seguramente no mucho —le aseguró Tom—, ya que yo existo y él no.

—Léalo de todas formas —insistió ella—. Tal vez lo ayude a entender a lo que lady Cassandra se refiere cuando habla de Phileas Fogg.

Tom frunció el ceño, confundido.

—¿También aparece en ese libro?

—No, pero... —Lady Clare se interrumpió al echarse a reír—. ¡Por Dios! ¿Lo interpreta usted todo de forma literal?

—Soy ingeniero —contestó él a la defensiva mientras la seguía en dirección a la casa de invitados.

8

—¿Por qué andas de esa manera? —le preguntó Pandora a Cassandra mientras ella y su marido, Gabriel, la acompañaban a la planta baja para la cena.

—¿De qué manera? —quiso saber Cassandra.

—De la manera en la que solíamos caminar cuando éramos pequeñas y teníamos batallas de bailarinas.

Eso le arrancó una sonrisa a Gabriel.

—¿Batallas de bailarinas?

—Es un juego que consiste en ver quién aguanta más de puntillas —le explicó Pandora— sin apoyar los talones ni caerte hacia delante. Cassandra siempre ganaba.

—Pues ahora no me siento una ganadora —protestó su hermana con pesar. Se detuvo a un lado del pasillo y se apoyó en la pared, tras lo cual se levantó un poco las faldas para dejar al descubierto los tobillos—. Ando así por mis zapatos nuevos.

Pandora se agachó para investigar, y las faldas de su vestido de noche color lavanda se arremolinaron a su alrededor y se aplastaron como una enorme petunia.

Los zapatos de satén azul eran estrechos, puntiagudos y estaban adornados con perlas y cuentas. Por desgracia, daba igual la cantidad de veces que se los hubiera puesto en la casa para domarlos, porque el rígido cuero del interior no se había suavizado.

—Oh, qué bonitos —exclamó Pandora.

—¿A que sí? —repuso Cassandra al tiempo que daba un saltito de la emoción, seguido por una mueca de dolor. La noche no había empezado todavía y ya tenía ampollas en los dedos y en los talones.

—El tacón es altísimo —comentó su hermana con el ceño fruncido.

—Estilo Luis XV —le explicó ella—. Los hemos encargado en París, así que tengo que ponérmelos.

—¿Aunque sean incómodos? —quiso saber Gabriel mientras ayudaba a Pandora a levantarse.

—Los zapatos son demasiado caros como para ser incómodos —adujo Cassandra con voz triste—. Además..., la modista dijo que el tacón alto me haría parecer más delgada.

—¿Por qué sigues preocupándote por eso? —le preguntó Pandora.

—Porque todos mis vestidos me quedan muy justos y costaría mucho tiempo y dinero adaptar toda la ropa. —Soltó un suspiro—. Además..., he oído cómo los hombres cotillean en los bailes y las fiestas. Señalan todos los defectos de las muchachas y debaten si es demasiado alta o demasiado baja, si su tez es lo bastante clara o si sus pechos son adecuados.

Pandora frunció el ceño.

—¿Por qué ellos no tienen que ser perfectos?

—Porque son hombres.

Pandora parecía asqueada.

—Así es la temporada social en Londres: exhibir a muchachas delante de cerdos. —Se volvió hacia su marido y le preguntó—: ¿De verdad los hombres hablan de las mujeres de esa manera?

—Los hombres no —contestó Gabriel—. Los cretinos sí.

Tres horas después, Cassandra entró cojeando en el jardín de invierno, un invernadero que estaba vacío y en silencio. La luz de la luna se reflejaba en el arroyo interior y creaba sombras móviles entre los helechos y las hojas de las palmeras. Parecía que la estancia perteneciera a un palacio submarino.

Dolorida, se acercó a los escalones de un puentecito de piedra y se sentó en medio de las faldas de organza y chifón azul. La delicada tela estaba salpicada de pequeñas cuentas de cristal que lanzaban destellos por el suelo. Se sentó con un gemido aliviado y extendió un brazo para quitarse el zapato del dolorido pie izquierdo.

La verdad era que la cena había sido exquisita y que el ambiente fue chistoso y alegre. Todos se alegraban de verdad por West y Phoebe, que parecían inmersos en una burbuja de felicidad. La comida había sido espectacular, empezando con círculos de fuagrás colocados sobre trozos de hielo que se habían dispuesto en bandejas en el centro de la larguísima mesa. Una interminable sucesión de platos consiguió el equilibrio perfecto de salado, cremoso, ahumado y sabroso.

Sin embargo, a lo largo de la opípara cena, Cassandra se sintió cada vez más desdichada a medida que los duros contornos de los zapatos se le clavaban en los talones y le rompían las medias. Al final acabó quitándose los zapatos por debajo de la mesa para dejar que el aire le aliviara el palpitante y candente dolor.

Por suerte, estaba sentada junto a lord Foxhall, cuya alegre compañía la ayudó a olvidarse de la incomodidad. Era compatible con ella, además de ser un gran partido y un hombre muy simpático..., pero no sentía el menor interés por él, de la misma manera que él no lo sentía por ella.

Al contrario de lo que sucedía con Tom Severin y toda su complejidad, que parecían haberse pegado, como una lapa, a su conciencia. Estaba sentado cerca de una de las cabeceras, junto a lady Grace, una de las preciosas hijas de lord y lady Westcliff, de lustroso pelo negro y blanquísima sonrisa. Parecía bastante interesada en el señor Severin, ya que se reía con frecuencia y lo escuchaba con gran atención.

El señor Severin tenía un aspecto magnífico con el frac. Un hombre que parecía una espada: delgado y duro, con una mirada que refulgía por su inteligencia. Destacaba incluso en una estancia llena de hombres poderosos y de éxito. No había mirado en su dirección ni una sola vez, pero tenía la sensación de que era muy consciente de su presencia y de que se estaba desentendiendo de ella de forma premeditada.

Cada vez que miraba a la pareja, lo que fuera que estuviese comiendo se convertía en tierra en su boca y le costaba tragar. Su ánimo, que no era muy alegre para empezar, se había desinflado como un suflé al enfriarse.

El culmen de la indignidad llegó al final de la cena, cuando por fin terminó e intentó meter los pies en los odiosos zapatos. Uno de ellos no aparecía. Se deslizó un par de centímetros en la silla y tanteó con el pie por el suelo con tanto disimulo como pudo, pero el dichoso zapato había desaparecido.

Se le pasó por la cabeza pedirle a lord Foxhall que la ayudara. Pero seguramente no resistiera la tentación de contárselo a alguien más tarde —¿quién podría culparlo?—, y no soportaría la idea de que se riesen de ella.

Sin embargo, mientras sopesaba su problema, se dio cuenta de que era inevitable: se reirían de ella. Si abandonaba el comedor sin el zapato, un criado lo encontraría y se lo diría a los demás criados, quienes a su vez se lo contarían a sus señores, y, después, todo el mundo lo sabría.

Había buscado con el pie por todas partes.

—Lady Cassandra —le preguntó lord Foxhall en voz baja—, ¿tiene algún problema?

Clavó la mirada en sus afables ojos oscuros y se obligó a esbozar una sonrisa.

—Me temo que no estoy hecha para estas largas cenas en las que no hay oportunidad de moverse. —Algo que no era cierto, por supuesto, pero no podía contarle el problema.

—Yo tampoco —se apresuró a decir lord Foxhall—. ¿Le apetece dar un paseo para estirar las piernas?

Cassandra mantuvo la sonrisa en su sitio, mientras se devanaba los sesos en busca de una respuesta.

—Es usted muy amable al sugerirlo..., pero las damas ya se están reuniendo para el té y no me gustaría que mi ausencia provocase habladurías.

—Por supuesto. —Lord Foxhall aceptó su excusa con galantería y se levantó para retirarle la silla.

Con un zapato puesto y el otro desaparecido, el último recurso de Cassandra fue andar de puntillas, como una bailarina, con la esperanza de que las voluminosas faldas ocultaran el hecho de que le faltaba un zapato. Caminó hasta la puerta e intentó mantener un semblante tranquilo, aunque empezó a sudar por los nervios.

Mientras contenía las muecas de dolor entre los invitados que charlaban al salir de la estancia, sintió un toquecito en el codo desnudo. Se dio medio vuelta y se encontró con la cara de Tom Severin.

—¿Qué le pasa? —le preguntó él en voz baja. Era un hombre de sangre fría y gran templanza, capaz de solucionar problemas.

Cassandra, que se sentía avergonzada, ridícula y sorprendida a contrapié, susurró:

—He perdido un zapato debajo de la mesa.

El señor Severin aceptó sus palabras sin pestañear siquiera.

—Me reuniré con usted en el jardín de invierno.

Y allí estaba sentada ella, esperándolo.

Con cuidado, se dio un tironcito de la media de seda que tenía pegada al talón. Le escocía y le dolía, y vio que la media estaba un poco manchada de sangre. Torció el gesto mientras se metía las manos por debajo de las faldas para desabrocharse las ligas y quitarse las medias rotas. Hizo una bola con ellas y las envolvió con un pañuelo para guardárselas en el bolsillo oculto del vestido.

Suspiró al tiempo que cogía el zapato y lo miraba con el ceño fruncido. Las perlas y las cuentas relucían bajo un rayo de luna. Precioso, pero de una inutilidad absoluta como zapato.

—Tenía grandes expectativas puestas en ti —dijo de mal humor antes de tirarlo, sin mucha fuerza pero con la suficiente como para que golpeara una palmera y que varias cuentas se soltaran.

La voz seca de Tom Severin rompió el silencio:

—No se deberían lanzar zapatos al aire cuando se está en un invernadero de cristal.

9

Mortificada, Cassandra alzó la mirada cuando Tom Severin entró en el invernadero.

—¿Cómo es que sabía que me pasaba algo? —le preguntó—. ¿Tan mal lo estaba disimulando?

El señor Severin se detuvo a unos pasos de ella.

—No, lo estaba haciendo bien. Pero la vi hacer una mueca de dolor al levantarse de la silla y después me percaté de que caminaba más despacio de lo habitual.

Una parte de su cerebro se sorprendió al descubrir que el señor Severin se hubiera percatado de esos detalles, pero estaba demasiado preocupada como para analizarlo a fondo.

—¿Ha encontrado el zapato perdido? —le preguntó un tanto preocupada.

A modo de respuesta, él se llevó la mano a uno de los bolsillos interiores del frac y se sacó el zapato.

La invadió el alivio.

—¡Ay, gracias! ¿Cómo ha conseguido recuperarlo?

—Le dije a uno de los criados que quería echarle un vistazo a la mesa porque una de las alas no estaba bien nivelada.

Cassandra enarcó las cejas.

—¿Ha mentido por mí?

—No, me percaté durante la cena de que el vino y el agua de las copas estaban un poco torcidos. No habían ajustado bien el ala extensible, así que lo he solucionado mientras buscaba el zapato.

Cassandra sonrió y extendió el brazo para que le diera el zapato.

—En ese caso, ha hecho dos buenas acciones —dijo.

Sin embargo, el señor Severin no se lo dio de inmediato.

—¿Va a tirar también este?

—Es posible —contestó ella.

—Creo que será mejor que me lo quede hasta estar seguro de poder confiárselo.

Cassandra apartó despacio la mano sin dejar de mirar esos ojos tan relucientes. Tuvo la impresión de que el tiempo se había detenido allí en el invernadero, mientras el señor Severin y ella se miraban a la luz de la luna, rodeados por las sombras. Como si fueran las dos únicas personas del mundo, libres para hacer o decir lo que quisieran.

—¿Por qué no se sienta a mi lado? —lo retó.

El señor Severin se lo pensó durante unos largos segundos y miró a su alrededor como si de repente acabara de descubrirse en un campo de minas. Después asintió con la cabeza con brusquedad y se acercó a ella.

Cassandra se recogió las faldas para dejarle sitio en el escalón, pero parte del resplandeciente tejido de seda cubrió el muslo del señor Severin cuando se sentó. Olía a jabón y almidón, y a la maravillosa fragancia dulzona de la resina de pino.

—¿Cómo tiene los pies? —quiso saber él.

—Doloridos —contestó con una mueca.

El señor Severin examinó el zapato con ojo crítico, volviéndolo hacia un lado y después hacia el otro.

—No me sorprende. Este diseño es un desastre de la ingeniería. El tacón es lo bastante alto como para desplazar su centro de gravedad.

—¿Mi qué?

—Además —siguió—, ningún pie humano tiene esta forma. ¿Por qué acaba en punta aquí, donde deberían estar los dedos?

—Porque es elegante.

El señor Severin parecía perplejo de verdad.

—¿No deberían hacer zapatos que se acomoden a los pies y no intentar que los pies se acomoden al zapato?

—Supongo que sí, pero hay que ir a la moda. Sobre todo ahora que ha empezado la temporada social.

—¿Tan pronto?

—No de forma oficial —admitió Cassandra—, pero las sesiones parlamentarias se han reanudado, así que habrá bailes privados y entretenimientos, y no puedo permitirme perdérmelos.

El señor Severin dejó el zapato en el suelo con sumo cuidado y se volvió para mirarla fijamente.

—¿Por qué no puede permitirse perdérselos?

—Esta será mi segunda temporada. Debo encontrar marido este año. Si participo en una tercera, la gente pensará que tengo algún defecto.

Él la miró con expresión inescrutable.

—En ese caso, cásese con lord Foxhall. No encontrará mejor partido, ni este año ni ningún otro.

Aunque tenía razón, la sugerencia la hirió. Tuvo la impresión de que acababa de rechazarla y de descartarla.

—No encajamos el uno con el otro —le dijo sucintamente.

—Han estado hablando mucho durante toda la cena; parecían entenderse bastante bien.

—Igual que usted con lady Grace.

El señor Severin reflexionó al respecto.

—Es una compañera de cena entretenida.

Bastante harta de la situación, Cassandra replicó:

—Tal vez debiera cortejarla.

—¿Y tener a lord Westcliff como suegro? —replicó con sarcasmo—. No me gustaría vivir bajo su yugo.

Inquieta y malhumorada, Cassandra oyó que la música de la orquesta se filtraba a través de una ventana con tela mosquitera.

—Qué fastidio —murmuró—. Ojalá pudiera volver para bailar.

—Póngase otro par de zapatos —sugirió él.

—No con estas ampollas. Tendré que vendarme los pies y acostarme. —Se miró con el ceño fruncido los dedos de los pies, que le asomaban por el bajo del vestido—. Debería ir a buscar a lady Grace para invitarla a bailar un vals.

Lo oyó reírse por lo bajo.

—¿Está celosa?

—Qué tontería —respondió con tirantez al tiempo que ocultaba los pies—. En absoluto. No he reclamado sus atenciones de ninguna manera. De hecho, me alegro de que haya entablado amistad con ella.

—Ah, ¿sí?

Cassandra se obligó a responder con sinceridad:

—Bueno, no me alegro mucho, pero no me importa que le guste. Lo que pasa...

El señor Severin la miró con expresión curiosa.

—¿Por qué no quiere ser mi amigo? —Para mortificación de Cassandra, pronunció la pregunta con deje lastimero, casi infantil. Bajó la mirada y se apresuró a alisarse las faldas mientras jugueteaba con la pedrería del vestido.

—Milady —murmuró él, pero se negó a mirarlo, de manera que el señor Severin extendió un brazo y le levantó la cabeza con delicadeza para que lo mirara a la cara.

Era la primera vez que la tocaba.

Sus dedos eran fuertes, pero de roce delicado, un tanto fríos en contraste con su acalorada mejilla, y le parecieron tan maravillosos que se estremeció. No pudo moverse ni hablar, solo acertó a mirar arrobada ese rostro enjuto y un tanto feroz. Un rayo de luna se reflejaba en sus ojos, que parecían iridiscentes.

—El hecho de que tenga que preguntarlo... —La acarició suavemente con el pulgar, muy despacio, de manera que Cassandra dejó de respirar al instante, y cuando volvió a hacerlo, descubrió que jadeaba y que soltaba una especie de hipido. Era incuestionable que sus manos estaban versadas en caricias, ya que le provocaron una miríada de escalofríos por el cuello que descendieron hacia la columna vertebral—. ¿De verdad quiere que seamos amigos? —Su voz era tan suave como el terciopelo.

—Sí —logró decir.

—No, no es cierto. —La tensión se apoderó del ambiente mientras él se acercaba y colocaba la cara a escasos centímetros de la de ella.

Se le desbocó el corazón al sentir el calor de su aliento en la mejilla. Le colocó la otra mano en la nuca con suavidad, pero con firmeza. Iba a besarla, pensó al tiempo que la emoción le provocaba un nudo en el estómago, moviendo las manos entre sus cuerpos como si fueran un par de polillas asustadas.

No era la primera vez que la besaban, ya lo habían hecho antes en fiestas y veladas. Besos robados y fugaces, que acaban en un abrir y cerrar de ojos. Pero ninguno de sus pretendientes anteriores la había tocado como lo hacía el señor Severin, con esos dedos que le exploraban el contorno de la mejilla y del mentón. Empezó a darle vueltas la cabeza mientras la abrumaban unas sensaciones desconocidas, y agradeció el apoyo de los brazos que la rodeaban. Los labios del señor Severin parecían suaves y firmes tan cerca de los suyos.

Sin embargo, y para su consternación, el esperado beso no llegó.

—Cassandra —murmuró—, en el pasado he hecho infelices a más mujeres de la cuenta. Nunca de forma intencionada. Pero por algún motivo que no me apetece analizar, no quiero que le suceda lo mismo.

—Un beso no cambiaría nada —protestó ella, que se puso colorada al comprender el atrevimiento de semejante comentario.

El señor Severin se alejó lo justo para mirarla a los ojos mientras sus dedos jugueteaban con los finos mechones de pelo de su nuca. La delicada caricia le provocó un escalofrío.

—Si se varía el rumbo en un simple grado —replicó—, antes de recorrer cien metros la desviación ya alcanza el metro y medio. Si se recorre un kilómetro y medio, la desviación será aproximadamente de veintiocho metros con respecto a la trayectoria original. Si el trayecto es de Londres a Aberdeen, con esa desviación acabaría en el mar del Norte. —Al verla fruncir el ceño por la confusión, añadió—: Según los principios de la geometría, un beso sí puede cambiar la vida de alguien.

Cassandra se zafó de sus brazos y replicó irritada:

—A lo mejor no lo sabe, pero hablar de matemáticas elimina por completo cualquier posibilidad de que se produzca un beso.

El señor Severin sonrió.

—Sí, lo sé. —Se puso en pie y le tendió una mano para ayudarla a hacer lo propio—. ¿Se conformaría con un baile? —le preguntó con voz amigable y serena, dejando bien claro lo poco que le afectaban la luz de la luna, los momentos románticos y las jóvenes impulsivas.

La tentación de rechazarlo, de demostrarle lo poco que le importaba cualquier cosa que él pudiera ofrecerle, era grande. Sin embargo, tenían de fondo un vals de Strauss con su alegre y conmovedora melodía, que replicaba de forma exacta las emociones que la abrumaban. ¡Ay, cómo anhelaba bailar con él! Sin embargo, y aunque estuviera dispuesta a sacrificar su orgullo, todavía estaba el detalle de los zapatos. No podía volver a ponérselos.

—No puedo —contestó—. Estoy descalza.

—¿Por qué iba a detenerla eso? —Una pausa deliberada—.

Ah, entiendo. Por todas esas reglas que le gusta seguir... Estaría saltándose demasiadas a la vez. Sola con un hombre, sin carabina, sin zapatos...

—No es que me guste seguir las reglas; es que no me queda más remedio que hacerlo. Además, el riesgo es demasiado grande para un disfrute tan efímero.

—¿Cómo lo sabe si nunca ha bailado conmigo?

Se le escapó una risa nerviosa.

—¡Nadie baila tan bien!

Él la miró con el brazo aún extendido para ofrecerle la mano.

—Compruébelo.

La risa se le quedó atascada en la garganta.

Sentía las entrañas agitadas, como si tuviera una bandada de pajarillos que revolotearan de un lado para otro en el aire. Extendió la mano con dedos temblorosos, y él la ayudó a levantarse con un firme tirón. Le colocó las manos en posición adecuada para el vals, con la derecha en el centro de la espalda. De forma automática, Cassandra le puso la mano izquierda en el hombro, apoyando el brazo con delicadeza sobre el suyo. El señor Severin la acercó a su cuerpo más que cualquier otro caballero había hecho antes. No estaban en paralelo, sino un tanto desviados para que el primer paso que él diera no encontrara obstáculos entre sus pies.

En cuanto empezaron a moverse, el señor Severin aflojó la presión de la mano que tenía en su espalda y la guio para trazar un primer giro. Era un gran bailarín. Su cuerpo era el apoyo perfecto y le daba las indicaciones del siguiente movimiento de forma explícita, de manera que podía seguirlo sin el menor problema. También la ayudaba el hecho de que no llevara hombreras en el frac, como tantos caballeros acostumbraban a hacer, porque de ese modo podía sentir el movimiento de su hombro justo antes de que fuera a iniciar el giro.

Era emocionante, aunque también la avergonzaba un poco,

poder pisar el suelo con los pies descalzos mientras realizaban un amplio giro tras otro. Por supuesto, la sensación de bailar descalza no era del todo nueva. Había bailado sola en su dormitorio muchas veces, imaginándose entre los brazos de algún pretendiente desconocido. Pero cuando su pareja era un hombre de carne y hueso, le parecía muy distinto. Se relajó y se dejó llevar, siguiéndolo sin esfuerzo alguno y sin pensar.

Aunque empezaron bailando despacio, el señor Severin pronto aceleró el ritmo para seguir el compás de la música. El vals era rápido y animado, y cada giro le agitaba las faldas, ahuecando las capas de rutilante seda. Era como volar. Experimentaba una sensación de ligereza en el estómago, como si estuviera en un columpio de jardín, subiendo muy alto y descendiendo con un arco vertiginoso. No se había sentido tan libre desde que era muy pequeña y corría a toda velocidad con su hermana gemela por los prados de Hampshire Downs. El mundo había desaparecido y solo existía la luz de la luna y la música mientras giraban en el vacío invernadero con la misma ligereza que la bruma arrastrada por la brisa marina.

No supo cuánto tiempo pasó antes de que acabara jadeando por el agotamiento y con pinchazos en los músculos, que necesitaban un descanso. El señor Severin aminoró el ritmo.

Cassandra protestó, aferrándose a él por la renuencia de que el hechizo llegara a su fin.

—No, no.

—Está cansada —señaló él con sorna.

—Quiero seguir bailando —insistió pese a trastabillar.

El señor Severin la enderezó al tiempo que se reía por lo bajo y la mantuvo segura entre sus brazos. A diferencia de lo que le sucedía a ella, no parecía afectado por el ejercicio.

—Vamos a esperar hasta que haya recuperado el aliento.

—No se detenga —le ordenó Cassandra, que le dio un tirón de las solapas.

—Nadie me da órdenes —murmuró él, si bien lo hizo con un deje burlón en la voz y su mano fue muy delicada mientras le apartaba un mechón de pelo suelto que le caía sobre los ojos.

Entre carcajadas y sin aliento, Cassandra logró replicar:

—Se supone que debe responder: «Sus deseos son órdenes para mí».

—¿Y cuáles son sus deseos?

—Que baile conmigo y no se detenga nunca.

El señor Severin no replicó mientras le contemplaba el arrebolado rostro con una mirada intensa. Todavía estaba entre sus brazos, pegada a su cuerpo, en lo que a esas alturas se había convertido en un abrazo. Aun con las capas de organza y chifón de sus faldas, sentía la dureza de ese cuerpo masculino pegado al suyo y el apoyo firme de sus brazos. Era algo desconocido para ella hasta entonces, pero que siempre había anhelado: sentirse arropada, anclada, deseada..., exactamente como lo estaba en ese momento. La sensación de ligereza la abandonó y sus extremidades le parecieron pesadas y maravillosamente débiles.

En cuanto el señor Severin sintió la laxitud que la embargaba, tomó aire con nerviosismo. Esa intensa mirada se trasladó a su boca. La tensión le invadió de nuevo los músculos de los brazos y del torso, como si estuviera debatiéndose contra un impulso demasiado poderoso como para resistirlo.

Cassandra fue consciente del momento de su rendición, cuando el deseo que sentía por ella lo embargó hasta el punto de que nada más le importaba. Inclinó la cabeza, le buscó la boca y ella cerró los ojos nada más sentir la delicada y tentadora presión de sus labios. Se percató de que levantaba una mano con cuidado para colocársela en la nuca justo antes de que empezara a besarla con una erótica suavidad..., una y otra vez..., sin pausa. El calor la abrumó y se extendió por sus venas como si por ellas corrieran chispas candentes.

Se le escapó un gemido cuando él se apartó un instante de

sus labios para besarla en el cuello. La caricia áspera de su mentón le resultó electrizante. Le dejó un reguero descendente de besos en el cuello mientras avanzaba en busca del lugar donde le latía el pulso. Esas manos grandes le acariciaron los brazos de arriba abajo, aliviando los escalofríos, mientras la mordía con delicadeza en el sensible músculo del hombro. Sintió el roce de su lengua, como si estuviera saboreando algo dulce.

Desorientada y tras haber perdido por completo el equilibrio, se dejó caer contra él y apoyó la cabeza en el brazo que la sostenía. En ese momento la besó de nuevo en la boca, con firmeza y más ardor, invitándola a separar los labios. Jadeó al sentir la caricia de esa lengua, sedosa e íntima, mientras le exploraba el interior de la boca muy despacio, provocándole un placentero nudo en la boca del estómago.

El señor Severin la estrechó con fuerza contra su cuerpo durante unos abrasadores segundos.

—Por esto es por lo que no podemos ser amigos —lo oyó susurrar con voz ronca—. Quiero hacerte esto cada vez que te veo. Saborearte, tenerte entre mis brazos. No puedo mirarte sin pensar que eres mía. La primera vez que te vi... —Se interrumpió y apretó los dientes—. ¡Por Dios! No quiero esto. Si pudiera, lo aplastaría de un pisotón.

—¿A qué se refiere? —le preguntó Cassandra con voz trémula.

—A este... sentimiento. —Pronunció la palabra como si fuera una blasfemia—. No sé lo que es. Pero eres una debilidad que no me puedo permitir.

Cassandra tenía los labios demasiado sensibles, un poco hinchados, como si los tuviera quemados.

—Señor Severin..., yo...

—Llámame por mi nombre de pila —la interrumpió, como si no pudiera contenerse—. Solo una vez. —Tras una larga pausa, añadió con voz más suave—: Por favor.

Ambos estaban inmóviles, solo se les movía el pecho por el ritmo acelerado de sus respiraciones.

—¿Es un... diminutivo de Thomas? —le preguntó con inseguridad.

Él negó con la cabeza, sin dejar de mirarla en ningún momento.

—Es Tom, sin más.

—Tom. —Cassandra se atrevió a levantar una mano para acariciarle una enjuta mejilla y vio el atisbo de una sonrisa en sus labios—. Supongo que jamás volveremos a bailar, ¿verdad?

—Sí.

No quería dejar de tocarlo.

—Ha sido precioso. Aunque... creo que me ha arruinado para siempre el vals.

El rostro de Tom, serio y sombrío entre las sombras, podría haber sido el de un dios menor de un plano situado muy por debajo del Olimpo. Poderoso, circunspecto, enigmático. Volvió la cabeza para poder besarle la palma de la mano con una ternura que de algún modo Cassandra supo que estaba reservada solo para ella.

Tras asegurarse de que sería capaz de guardar el equilibrio sola, la soltó y se alejó en busca del zapato que ella había tirado antes al suelo.

Cassandra intentó recuperar la compostura, aunque se sentía como si acabara de despertar de un sueño, y se dispuso a alisarse el vestido y a colocarse el mechón de pelo que se le había escapado del recogido.

Tom se acercó de nuevo con sus dos zapatos y ella extendió los brazos para cogerlos. Se quedaron unos instantes sin moverse, unidos por los zapatos de satén, cuero, madera y cuentas.

—¿Volverás descalza a tu habitación? —le preguntó él.

—No tengo alternativa.

—¿Puedo hacer algo para ayudarte?

Cassandra negó con la cabeza.

—Puedo escabullirme sola hasta la planta alta. —Soltó una risilla—. Como Cenicienta, pero sin calabaza.

Él ladeó la cabeza, un gesto que delataba su curiosidad.

—¿Tenía una calabaza?

—Sí, ¿no conoce el cuento?

—No hubo muchos cuentos durante mi infancia.

—La calabaza se transforma en su carroza —le explicó ella.

—Yo le habría recomendado un vehículo que no se estropeara tan pronto.

Ya sabía que era inútil intentar explicarle la magia de un cuento de hadas a un hombre tan pragmático.

—Cenicienta no tenía otro medio de transporte —replicó—. Ni tampoco tenía alternativa para los zapatos, la pobre. Estoy segura de que esos zapatos de cristal debían de ser una tortura.

—Hay que ir a la moda —le recordó él.

Cassandra le sonrió.

—He cambiado de opinión con respecto a los zapatos incómodos. ¿Por qué cojear cuando puedo bailar?

Sin embargo, él no le devolvió la sonrisa, se limitó a mirarla muy serio y a menear un poco la cabeza.

—¿Qué? —susurró ella.

Su respuesta fue titubeante y con un deje gruñón.

—La perfección es imposible. La mayor parte de las verdades matemáticas no pueden demostrarse. Desconocemos la gran mayoría de las relaciones matemáticas. Pero tú..., aquí de pie, descalza y con ese vestido..., eres perfecta.

Se inclinó hacia ella y la besó con un deseo ardiente. Cassandra sintió un ramalazo de placer, y la lejana música se perdió bajo el atronador ritmo de su corazón. Los zapatos se le cayeron de los dedos, que habían perdido la fuerza. Se pegó de nuevo a él, agradecida por el apoyo de esos poderosos brazos que la rodearon al instante y la estrecharon contra su cuerpo.

Cuando por fin dejó de besarla y la liberó, Cassandra le apoyó la frente en el torso. El suave tejido de lana y seda del frac absorbió el sudor de su piel mientras ella se concentraba en el poderoso y jadeante sonido de su respiración.

—Jamás podré olvidar esto —lo oyó decir a la postre. No parecía precisamente contento—. Tendré que pasarme toda la vida contigo en el fondo de la mente.

Cassandra quiso ofrecerle consuelo, pero intentar razonar era como tratar de andar por una charca llena de miel.

—Encontrará a otra —logró decir por fin, con una voz que no se parecía a la suya.

—Sí —replicó él con vehemencia—. Pero no serás tú.

Parecía una acusación.

La soltó mientras todavía era capaz de hacerlo y la dejó en el invernadero con los zapatos abandonados junto a los pies.

10

Tom se comportó como un cretino en todos los sentidos durante gran parte del otoño. Lo sabía. Sin embargo, demostrar paciencia y tolerancia exigía demasiado esfuerzo. Se mostró brusco e irritable con Barnaby, con sus secretarios, con sus contables, con sus abogados y con los jefes de los departamentos ejecutivos. El trabajo lo era todo. No dejó tiempo para los amigos y rechazó todas las invitaciones sociales a menos que estuvieran relacionadas con los negocios. Mantuvo desayunos políticos y almuerzos con inversores que accedieron a seguir poniendo capital para su línea de ferrocarril subterránea.

A mediados de octubre encargó la compra de una propiedad al norte de Londres, con una extensión de unas cien hectáreas. El vendedor era lord Beaumont, un vizconde asfixiado por las deudas, al igual que lo estaba gran parte de la nobleza terrateniente a esas alturas. Dado que pocas personas eran capaces de comprar grandes fincas, Tom compró la propiedad por una ganga con la intención de edificar el lugar con tiendas y viviendas para unos treinta mil residentes. Siempre había querido tener una ciudad propia. Sería satisfactorio ver que se diseñaba y se edificaba como era debido.

Por supuesto, la familia del vizconde lo despreciaba por haber comprado las tierras que habían sido suyas desde siempre. Sin embargo, su desprecio no les había impedido presentarle a una de las hijas menores, la señorita Adelia Howard, con la esperanza de que se casara con ella y llenara las arcas familiares.

Como le hacían gracia sus evidentes esfuerzos para no poner cara de asco al pensar en él como su futuro yerno, Tom aceptó una invitación a cenar. La cena fue larga, incómoda y formal..., pero la buena educación de Adelia lo impresionó. Parecía compartir su visión del matrimonio como una sociedad empresarial, en la cual cada parte tenía un papel separado y definido. Él ganaría dinero y pagaría las facturas. Ella tendría hijos y se encargaría de la casa. Después de que tuvieran un número de hijos adecuado, cada uno buscaría su propio placer y haría la vista gorda. Nada de pamplinas románticas con un hogar acogedor y paseos por el campo cogidos de la mano. Nada de poesía, nada de sensiblerías.

Nada de valses a la luz de la luna.

—No encontrará otra posibilidad mejor que la que yo le ofrezco —le dijo Adelia con una admirable falta de dramatismo cuando hablaron en privado en su casa—. A diferencia de la mía, hay pocas familias aristocráticas dispuestas a mezclar su sangre azul con el vulgo.

—Pero ¿a usted no le importa eso? —le preguntó Tom escéptico.

—Me importaría muchísimo más casarme con un hombre pobre y vivir en una casita destartalada con dos o tres criados. —Adelia lo miró de arriba abajo con frialdad—. Usted es rico y va bien vestido, y da la impresión de que no va a perder el pelo. Eso lo coloca por encima de la mayoría de mis pretendientes.

Tom se dio cuenta de que, al igual que sucedía con los melocotones, su sedoso exterior ocultaba un centro duro, un detalle que hizo que le cayera mejor. Se las apañarían bastante bien juntos.

Al fin y al cabo, era una oportunidad que no se repetiría en muchísimo tiempo.

Sin embargo, fue incapaz de obligarse a pedir su mano, porque no dejaba de pensar en lady Cassandra Ravenel. Maldita fuera.

Tal vez él le hubiera arruinado el vals, pero ella le había arruinado muchas más cosas.

Por primera vez en la vida, Tom había olvidado algo: lo que era besar a otras mujeres. Solo recordaba la dulce y rendida boca de Cassandra, las voluptuosas curvas de su cuerpo pegadas a la perfección contra el suyo. Como una melodía que se repetía sin cesar a lo largo de una sinfonía, ella era su *idée fixe*, su obsesión, que lo atormentaba ya estuviera dormido o despierto.

Su cuerpo y su mente le exigían que buscara a Cassandra, que hiciera todo lo necesario para conquistarla. Pero si lo conseguía, destruiría todo lo que hacía que mereciera la pena tenerla.

Incapaz de resolver la paradoja por su cuenta, decidió consultar a la máxima autoridad en esos temas: Jane Austen. Compró un ejemplar de *Persuasión* tal como lady Phoebe le había recomendado, con la esperanza de encontrar la solución a su dilema personal.

Mientras leía la novela, descubrió con alivio que la prosa de la señorita Austen no era florida ni almibarada. Al contrario, era cortante, irónica y sensata. Por desgracia, no soportaba la historia ni a ninguno de los personajes. Habría detestado la trama de haber detectado una, pero la novela consistía en una sucesión de capítulos donde la gente hablaba sin parar.

La supuesta heroína, Anne Elliot, a quien su familia había convencido de que pusiera fin a su compromiso con el capitán Wentworth, era tan pasiva y encorsetada que resultaba horrible. Wentworth, en cambio, se mostraba comprensiblemente distante.

Sin embargo, tuvo que admitir que sintió algún instante de afinidad con Anne, que tenía muchos problemas para identificar y expresar sus sentimientos. Eso lo entendía a la perfección.

Y luego llegó a la parte en la que Wentworth volcaba todos sus sentimientos en una carta de amor: «Me atraviesa usted el alma. Soy mitad esperanza, mitad agonía». Por algún motivo, sintió verdadero alivio cuando Anne descubrió la carta y se dio cuenta de que Wentworth todavía la amaba. Sin embargo, ¿cómo podía experimentar un sentimiento real por alguien que nunca había existido y por cosas que nunca habían pasado? La pregunta lo desconcertó y fascinó por igual.

Claro que la moraleja más profunda de la historia seguía siendo un misterio. Según había entendido, la lección de la novela era que nunca había que dejar que la familia interfiriera en los compromisos.

No obstante, pronto se descubrió de vuelta en la librería para pedirle al librero más recomendaciones. Volvió a casa con *Don Quijote*, *Los miserables* e *Historia de dos ciudades*, aunque no estaba seguro del motivo por el que quería leer esas novelas. Tal vez fuera la sensación de que contenían pistas sobre un esquivo secreto. Tal vez si leía suficientes novelas sobre los problemas de personas ficticias, encontraría alguna pista para solucionar el suyo.

—Bazzle —dijo Tom con voz distraída mientras leía los contratos que tenía en la mesa—, deja de rascarte de una puñetera vez.

—Sí, señor —fue la solícita respuesta. El niño siguió barriendo la parte exterior del despacho con su escoba y su recogedor.

Había muchas cosas de Bazzle que Tom había empezado a apreciar durante las últimas semanas. No se trataba de que el niño fuera muy inteligente, ya que no tenía educación y sabía sumar y restar lo justo para contar las monedas más pequeñas. Tampoco era un niño bonito, porque tenía el mentón corto y muy mal color de cara. Sin embargo, su carácter era magnífico, todo un milagro para un niño que procedía de una pocilga llena de peligros y enfermedades.

La vida no había sido amable con Bazzle, pero él aceptaba cada día como llegaba y hacía gala de una alegría terca que a Tom le gustaba. Nunca llegaba tarde, nunca se ponía enfermo y nunca mentía. Se negaba a coger una miga de pan si creía que pertenecía a otra persona. En más de una ocasión, Barnaby se había marchado a toda prisa para hacer un recado de última hora y había dejado los restos de su almuerzo —medio sándwich, un trozo de empanadilla o un poco de pan y queso— en su mesa. Una costumbre que a Tom le resultaba muy irritante, ya que la comida solía atraer a los bichos. Detestaba los insectos y los roedores desde la época en la que trabajaba como vendedor en el tren, cuando la única habitación que podía permitirse era una choza en la estación, infestada de toda clase de animales.

—Cómete lo que queda del almuerzo de Barnaby —le dijo a Bazzle, cuyo cuerpecito enclenque necesitaba alimento—. No tiene sentido desperdiciarlo.

—No soy un ladrón —replicó el niño, que miró la comida con deseo.

—No es un robo si te digo que la cojas.

—Pero es del señor Barnaby.

—Barnaby es muy consciente de que cualquier comida que deje acabará en la basura antes de que regrese. Él sería el primero en decírtelo. —Al ver que el niño seguía titubeando, añadió con sequedad—: O va a la basura o a tu estómago, Bazzle. Tú decides.

El niño procedió a devorar la empanadilla tan deprisa que Tom temió que la echara de vuelta.

En otra ocasión intentó, sin éxito, darle a Bazzle una pastilla de jabón aún con su envoltorio, procedente del armario de los suministros situado cerca de uno de los aseos del edificio.

Bazzle miró el jabón como si fuera una sustancia peligrosa.

—No lo necesito, señor.

—Niño, te hace muchísima falta. —Al ver que se olía una axila, Tom añadió con impaciencia—: Nadie puede detectar su propio olor corporal, Bazzle. Hazme caso cuando te digo que si cierro los ojos podría confundirte con una carreta tirada por un burro de las que hay en los muelles.

De todas maneras, el niño se negó a tocar el jabón.

—Si me lavo hoy, mañana estaré igual de sucio otra vez.

Tom lo miró con el ceño fruncido.

—¿Es que nunca te bañas, Bazzle?

El niño se encogió de hombros.

—Me meto debajo de la bomba de agua de algún establo o me echo agua por encima de una fuente.

—¿Cuándo lo hiciste por última vez? —Tras ver que el niño se devanaba los sesos en busca de una respuesta, Tom puso los ojos en blanco—. No pienses tanto, te vas a hacer daño.

Después de eso y dado que estaba ocupado con varios proyectos, le fue fácil olvidarse del problema de higiene de Bazzle.

Sin embargo, esa mañana, después de oír cómo se rascaba con ganas a hurtadillas, Tom levantó la cabeza y le preguntó:

—Bazzle, ¿tienes algún problema?

—No, señor —le aseguró el niño—. Solo unos cuantos bichos.

Tom se quedó helado mientras se apoderaba de él una creciente sensación de pánico.

—Por el amor de Dios, no te muevas.

Bazzle lo obedeció y se quedó quieto, con la escoba en la mano, mientras lo miraba con expresión interrogante.

Después de rodear su mesa, Tom se acercó al niño para echarle un vistazo.

—Nunca hay «solo unos cuantos bichos» —dijo al tiempo que instaba al niño a ladear la cabeza a un lado y a otro con sumo cuidado mientras veía las manchas rojas que se extendían por ese cuello tan delgaducho y por el nacimiento del pelo. Tal como esperaba, ese pelo desgreñado era el hogar de una buena cantidad de piojos—. Maldita sea. Si los piojos fueran personas, tu cabeza tendría la misma población que Southwark.

Confundido, el niño repitió:

—¿Si los piojos fueran personas...?

—Una analogía —respondió Tom con sequedad—. Una forma de hacer que algo sea más evidente al comparar dos cosas.

—No veo yo muy claro que un piojo sea una persona.

—Da igual. Suelta la escoba contra la pared y acompáñame. —Tom pasó junto a la mesa de la recepción del vestíbulo y entró en el despacho de su asistente—. Barnaby, deja lo que estés haciendo. Tengo una tarea para ti.

Su asistente, que estaba limpiándose los cristales de las gafas, lo miró abriendo mucho los ojos por encima de una pila de libros, documentos, mapas y planos.

—¿Señor?

—Este niño está infestado de piojos —anunció Tom—. Quiero que te lo lleves a un baño público y que lo bañes.

Barnaby puso cara de espanto y se rascó sin pensar sus rizos castaños.

—No le permitirán que se bañe si tiene piojos.

—No me meto yo en un baño de esos ni muerto —protestó Bazzle indignado—. Me llevo uno de esos jabones a un establo y me doy un lavado allí.

—Ningún establo te dejará entrar —le dijo el asistente—. ¿Crees que quieren que sus caballos tengan piojos?

—Pues busca otro sitio donde lavarlo —le ordenó Tom a su asistente sin miramientos.

Barnaby se puso en pie, se alisó el chaleco sobre la abultada barriga y se cuadró de hombros.

—Señor Severin —dijo con firmeza—, como bien sabe he hecho infinidad de cosas que no se encuentran entre las responsabilidades de mi puesto, pero esta...

—Las responsabilidades de tu puesto son las que yo diga que sean.

—Sí, pero... —Barnaby hizo una pausa para recoger una carpeta plegada y apartar a Bazzle—. Niño, ¿te importa alejarte un poco de mi mesa?

—Solo son unos cuantos bichos —protestó Bazzle—. Todo el mundo tiene bichos.

—Yo no —le aseguró Barnaby—, y me gustaría seguir así. —Miró de nuevo a su jefe—. Señor Severin, se me ha olvidado mencionarlo antes, pero... tengo que irme a casa antes de lo habitual hoy. Ahora mismo, de hecho.

—¿En serio? —replicó Tom al tiempo que entrecerraba los ojos—. ¿Por qué?

—Se trata de mi... abuela. Tiene fiebre. Fiebres intermitentes. Tengo que volver a casa para cuidarla.

—¿Por qué no puede hacerlo tu madre? —le preguntó Tom.

Barnaby meditó la respuesta un momento.

—Ella también tiene fiebre.

—¿La pilló por meterse en un baño? —preguntó Bazzle a su vez con recelo.

Tom miró a su asistente con expresión desdeñosa.

—Barnaby, ¿sabes lo que tienen en común mentir y torear?

—No, señor.

—Que si no sabes hacerlo bien, es mejor no hacerlo.

Su asistente adoptó una expresión contrita.

—La verdad, señor Severin, es que me aterran los piojos. Es

oír que se habla de ellos y me entran los picores. Una vez tuve un sarpullido y creí que eran piojos, y me puse tan mal que mi madre tuvo que prepararme un calmante. Creo que mi problema empezó cuando...

—Barnaby —lo interrumpió Tom con sequedad—, estás hablando de tus sentimientos. Y te recuerdo que estás hablando conmigo.

—Ah, sí, perdone, señor Severin.

—Ya me encargo yo del niño. Mientras tanto, ordena que limpien cada estancia de esta planta a fondo y que empapen cada centímetro de alfombra con benceno.

—Ahora mismo, señor.

Tom miró a Bazzle.

—Ven —le dijo antes de salir del despacho.

—Yo no me baño —anunció el niño con nerviosismo mientras lo seguía—. ¡Me largo!

—Me temo que cualquiera que trabaje para mí está obligado a dar aviso con quince días de antelación, por escrito, antes de que se le permita abandonar su puesto. —Estaba llevando al límite su política de absoluta sinceridad, pero haría una excepción por un niño al que los piojos se lo estaban comiendo vivo.

—Soy ilegítimo —protestó el niño.

—¿Qué tiene que ver eso?

—Significa que no sé escribir nada.

—Te refieres a «iletrado» —lo corrigió Tom—. En cuyo caso, Bazzle, tal parece que vas a trabajar para mí de forma indefinida.

El niño protestó y discutió a cada paso mientras Tom lo llevaba a Cork Street. La mayor parte de la avenida la ocupaban los grandes almacenes de Winterborne, con su enorme fachada de mármol y los ventanales de cristal abarrotados de lujosas mercancías. La afamada rotonda central de los grandes almacenes, con su maravillosa cúpula de cristal, relucía contra el cielo gris de noviembre.

Se dirigieron a un edificio mucho más pequeño y menos llamativo emplazado al final de la calle. Era una clínica médica con sala de operaciones, creada para beneficio del aproximadamente millar de trabajadores de Winterborne.

Dos años antes, Rhys Winterborne había contratado a la doctora Garrett Gibson para que trabajara en la clínica, pese a las sospechas del personal de que una mujer no estaba preparada para realizar una profesión tan exigente. Garrett Gibson se había dedicado a demostrar que todos se equivocaban, y en poco tiempo se distinguió como una cirujana con más talento de lo normal, además de como doctora. Por supuesto, todavía había quienes la consideraban una rareza, pero su reputación y su clientela habían crecido a buen ritmo.

Cuando se acercaron a las puertas de la clínica, el niño se paró en seco y se negó a moverse.

—¿Qué es?

—Una clínica médica.

—No me hace falta un matasanos —protestó Bazzle alarmado.

—Ya lo sé. Solo vamos a usar las instalaciones. En concreto, una ducha. —La clínica era el único lugar al que se le había ocurrido llevarlo. Allí encontraría una sala alicatada, agua caliente, medicinas y desinfectante. Y lo mejor de todo era que la doctora no se atrevería a rechazarlos debido al favor que Tom le había hecho a su marido.

—¿Qué es una ducha de esas? —preguntó Bazzle.

—Es una pequeña estancia con una cortina. El agua cae como si fuera lluvia de un aparato del techo.

—La lluvia no se va a cargar a los bichos —le dijo el niño.

—Unas buenas friegas con jabón bórico sí. —Tom abrió las

puertas y tiró del niño para que entrara. Le mantuvo una mano en el hombro, ya que se temía que pudiera salir corriendo. Cuando se le acercó la recepcionista de la sala de espera, una mujer seca y directa, Tom dijo—: Necesitamos una cita con la doctora Gibson.

—Me temo que la doctora Gibson tiene hoy la agenda completa. Sin embargo, puede que el doctor Havelock tenga un hueco si desea esperar.

—Estoy demasiado ocupado para esperar —replicó Tom—. Dígale a la doctora Gibson que estoy aquí, por favor.

—¿Y su nombre, caballero?

—Tom Severin.

La recepcionista perdió el ceño y abrió los ojos con algo parecido al asombro.

—Ay, señor Severin, ¡bienvenido a la clínica! Disfruté muchísimo de la feria y de los fuegos artificiales que organizó para el público cuando se inauguró su tren subterráneo.

Tom la miró con una sonrisa.

—Me alegro mucho. —Tal como había sido su intención, pagar por las celebraciones a lo largo y ancho de la ciudad no solo había agrandado su imagen, sino que además había conseguido que la gente olvidara la cantidad de inconvenientes provocados por la construcción de esa línea en concreto.

—Ha hecho usted muchísimo por Londres —continuó la mujer—. Es un benefactor público, señor Severin.

—Es muy amable, señorita...

—Señora Brown —le informó la mujer con una sonrisa de oreja a oreja—. Perdóneme, iré a buscar a la doctora Gibson ahora mismo.

Mientras la mujer se alejaba a toda prisa, Bazzle miró a Tom con expresión especulativa.

—Señor Severin, ¿es el hombre más importante de Londres? —le preguntó al tiempo que se rascaba la cabeza.

—No, ese es el editor jefe de *The Economist*. Yo estoy un poco más abajo en la lista, en algún lugar entre el comisario jefe de la policía y el primer ministro.

—¿Cómo sabe quién está más para arriba o para abajo?

—Cuando dos criaturas se encuentran en la jungla, tienen que pelearse para ver quién mata a quién. El ganador es el más importante.

—Una analogía —dijo Bazzle.

El comentario lo sorprendió hasta el punto de arrancarle una sonrisa.

—Sí. —Tal vez el niño fuera más listo de lo que había creído en un principio.

No había pasado ni un minuto cuando Garrett Gibson apareció en la sala de espera. Llevaba un vestido oscuro cubierto por una impecable bata blanca de cirujano y el pelo castaño recogido con severidad en un moño trenzado. Tenía una expresión franca y sonreía cuando le tendió la mano para saludarlo como lo haría un hombre.

—Señor Severin.

La miró con una sonrisa y le estrechó la mano con fuerza.

—Doctora Garrett Gibson —dijo—, este jovencito, Bazzle, es uno de mis trabajadores. Necesita de sus cuidados profesionales.

—Señorito Bazzle —susurró la doctora al tiempo que lo saludaba con una ligera inclinación de cabeza.

El niño la miró sin dar crédito mientras se rascaba la cabeza y el cuello.

—Bazzle —dijo Tom—, hazle una reverencia a la señora..., así.

El niño obedeció a regañadientes, sin dejar de mirar embobado a la doctora.

—¿Ella es la matasanos? —le preguntó a Tom, incrédulo.

—De momento, la única doctora con licencia para ejercer de toda Inglaterra —le contestó él.

La doctora Gibson sonrió al tiempo que su inquisitiva mirada recorría a Bazzle mientras este se rascaba.

—La razón de su visita es ahora más que evidente. —Miró a Tom—. Haré que una enfermera le dé todo lo necesario para que se desinfecte en casa...

—Tiene que ser aquí —la interrumpió él—. Vive en una pocilga, así que no puede lavarse allí.

—¿Por qué no en su casa? —le preguntó la doctora.

—Por el amor de Dios, mujer, no pienso dejar que se acerque siquiera a la puerta.

—Solo son unos cuantos bichos —protestó Bazzle. Se dio un tortazo en el brazo y añadió—: Y puede que un par de pulgas también.

—¿Pulgas? —repitió Tom al tiempo que se apartaba y se sacudía la manga en un acto reflejo—. ¿Tienes pulgas?

La doctora los miró con sorna.

—Muy bien, haré que una enfermera se encargue de él. Tenemos una sala alicatada con una ducha y un lavabo, allí pueden la...

—No, quiero que lo haga usted, así sabré que se hace como es debido.

—¿Yo? —Frunció el ceño—. Estoy a punto de almorzar con mi cuñada.

—Es una emergencia —le aseguró Tom—. El niño está sufriendo. Yo estoy sufriendo. —Hizo una pausa—. ¿Y si hago una gran donación a la institución benéfica que usted elija? Dígame cuál y extiendo el cheque antes de irme.

—Señor Severin —replicó ella con voz cortante—, parece creer que su dinero es la panacea para todos los problemas.

—Una panacea no, un bálsamo. Un maravilloso bálsamo calmante, sobre todo cuando se aplica una gruesa capa.

Antes de que la doctora pudiera replicar, otra voz se sumó a la conversación, una voz que sonó a la espalda de Tom.

—Podemos retrasar nuestro almuerzo, Garrett, o dejarlo para otro momento. Esto es más importante.

Tom sintió que se le ponía el vello de punta. Se dio media vuelta con incredulidad y se encontró a lady Cassandra Ravenel a su espalda. Acababa de entrar en la clínica y se acercaba a la recepción, mientras un criado de los Ravenel se quedaba junto a la puerta.

A lo largo de las últimas semanas, Tom había intentado convencerse de que con el paso del tiempo había adornado el recuerdo que tenía de ella. Incluso su cerebro, tan certero como era, podía alterar sutilmente su percepción de los hechos.

Sin embargo, Cassandra era más arrebatadora de lo que recordaba. Su deslumbrante belleza rubia iluminaba el ambiente estéril de la clínica. Llevaba un espléndido vestido de paseo de terciopelo verde y una capa a juego con una capucha ribeteada de piel blanca. Su pelo, tan brillante que parecía bruñido, estaba recogido con un complicado moño y rematado por un coqueto complemento que hacía las veces de sombrero. Sintió su presencia como una descarga, y se le pusieron los nervios de punta.

—Milady —consiguió decir, muy consciente de que lo había pillado desprevenido. Le avergonzaba que lo hubiera visto con un niño harapiento, que no dejaba de rascarse, en medio de la jornada laboral cuando debería estar ocupado con algo digno y productivo—. No era consciente de que... Nada más lejos de mi intención que fastidiar su almuerzo... —Se interrumpió, aunque acto seguido se puso de vuelta y media por dentro por estar haciendo el idiota.

Sin embargo, no vio desdén ni desaprobación en la mirada de Cassandra mientras se acercaba. Sonreía como si se alegrara de verlo. Le tendió una delgada mano enguantada, un gesto que delataba cercanía y familiaridad.

El día se convirtió al instante en el mejor que había tenido en semanas. El corazón se le aceleró por la alegría de tenerla cerca.

Esa mano se amoldaba a la suya como si cada articulación, cada delgado músculo y cada delicado ligamento estuvieran diseñados para un encaje perfecto. Fue así también cuando bailaron el vals, cuando sus cuerpos encajaron, moviéndose juntos con una coordinación mágica.

—¿Cómo se encuentra? —le preguntó mientras le sostenía la mano unos segundos más de la cuenta antes de soltársela.

—Muy bien, gracias. —Su reluciente mirada se concentró en Bazzle—. ¿Me presenta a su acompañante?

—Lady Cassandra, le presento a... —Tom dejó la frase en el aire cuando el niño se ocultó a su espalda—. Bazzle, ven aquí y saluda a la dama con una reverencia.

El niño se negó a moverse.

Tom lo entendía muy bien. Recordó lo abrumado que se sintió cuando vio por primera vez la deslumbrante y luminosa belleza de Cassandra. Seguramente no se parecía a ninguna otra persona que Bazzle hubiera visto en la vida.

—Aunque es mejor así —le dijo a Cassandra—. Debería mantenerse alejada de él.

—Tengo bichos —se oyó que decía Bazzle a su espalda.

—Qué disgusto —dijo ella con expresión compasiva—. Podría pasarle a cualquiera.

No obtuvo respuesta.

Cassandra siguió hablándole a Tom, aunque era evidente que las palabras iban dirigidas al niño.

—Lo ha traído al sitio correcto, por supuesto. La doctora Gibson es una mujer muy agradable y sabe justo lo que tiene que hacer con los bichos.

Bazzle se asomó con tiento por un costado de Tom.

—Me está picando cosa mala —dijo el niño.

—Pobrecillo. —Cassandra se acuclilló para quedar a la altura del pequeño y sonrió—. Pronto te sentirás mucho mejor. —Se quitó un guante y le tendió la mano—. Soy lady Cassandra. ¿Me estrechas la mano, Bazzle? —Sus delicados dedos se cerraron en torno a la pequeña y sucia mano—. Pues ya está..., ahora somos amigos.

Tom, aterrado por la idea de que fuera a contagiarse de la plaga andante que era Bazzle, se volvió hacia la doctora.

—¿Debería tocarlo? —le preguntó con sequedad al tiempo que le suplicaba y le ordenaba con la mirada un «Haga algo».

Garrett Gibson suspiró y le preguntó a Cassandra:

—¿Te importa si posponemos el almuerzo? Debo atender a este niño, y estoy segura de que voy a tardar un rato.

—Me quedaré para ayudar —se ofreció Cassandra, que se puso en pie y siguió mirando al niño con una sonrisa.

—¡No! —exclamó Tom, escandalizado por la mera idea.

—Te lo agradecería mucho —le dijo la doctora a Cassandra—. Empezaré a tratar a Bazzle si acompañas al señor Severin a los grandes almacenes y lo ayudas a seleccionar ropa confeccionada de niño. Tendremos que deshacernos de lo que lleva puesto.

—No necesito ayuda —le aseguró él.

—Lady Cassandra está familiarizada con la disposición de Winterborne's —le dijo la doctora— y sabrá perfectamente lo que Bazzle necesita. Si va solo, a saber lo que trae de vuelta.

Cassandra examinó el cuerpecito de Bazzle con expresión especulativa.

—La talla de los niños se etiqueta por edad. Creo que de siete a nueve años será suficiente.

—Pero tengo catorce —protestó Bazzle con tristeza. En cuanto los tres adultos clavaron la vista en él, los miró con una sonrisa mellada para dejarles claro que había sido una broma. Era la primera vez que Tom lo veía sonreír. Un gesto muy dulce, aunque reveló la urgente necesidad de aplicar polvo dental y de un buen cepillado.

Garrett se echó a reír.

—Ven, granujilla, vamos a librarnos de tus invitados indeseados.

—No hay necesidad de que me acompañe —masculló Tom mientras Cassandra y él atravesaban el departamento de ropa confeccionada de Winterborne's—. Soy más que capaz de pedirle a un dependiente que me busque ropa para Bazzle.

Tom sabía que se estaba comportando como un cretino insoportable cuando debería estar aprovechando la oportunidad para engatusarla. Sin embargo, esa situación no era algo que quería que Cassandra asociara con él.

La última vez que estuvieron juntos habían bailado un vals en un invernadero. En ese momento estaban despiojando a un hediondo golfillo de la calle.

No podía decirse que fuera un progreso.

Y lo peor era que lo haría quedar fatal en comparación con los caballeros de alcurnia que sin duda la estaban cortejando.

Claro que no estaba compitiendo por ella. Pero un hombre tenía su orgullo.

—Me complace ayudar —le aseguró ella con una alegría irritante. Se detuvo junto a una mesa donde se exponían prendas para que la gente las viera y comenzó a buscar entre las pilas de ropita—. ¿Puedo preguntarle cómo es que conoce a Bazzle?

—Estaba recogiendo colillas del suelo delante de mi edificio. El viento me arrancó el sombrero de la cabeza y él me lo devolvió en vez de quedárselo. Lo contraté para que barriera y limpiara el polvo de mis oficinas.

—¡Y ahora se ocupa de él! —exclamó ella con una sonrisa.

—No le dé demasiada importancia —masculló Tom.

—Ha perdido un tiempo muy valioso de su jornada laboral para traerlo en persona al médico —puntualizó ella.

—Únicamente porque mi asistente se negó a hacerlo. Mi intención solo es la de minimizar la existencia de bichos en mi lugar de trabajo.

—Da igual lo que diga, está ayudando a un niño que lo necesita, y creo que eso es maravilloso.

Mientras Tom la seguía por el departamento de ropa, tuvo que admitir que Cassandra sabía lo que estaba haciendo. Pasó con seguridad entre mostradores y estantes, se dirigió a las dependientas por su nombre y encontró lo que quería sin titubear.

—Compra de forma muy eficiente —admitió a regañadientes.

—Tengo práctica —replicó ella con ligereza.

La vio seleccionar unos pantalones, una camisa de algodón, una chaqueta de paño de lana, gruesos calcetines de lana, una gorra de lana y una bufanda. Unos resistentes zapatos de cuero acabaron en el montón de ropa, después de que Cassandra calculara el número y decidiera que era mejor escoger una talla más grande que una más pequeña.

—Señorita Clark, ¿tendría la amabilidad de envolverlo todo para llevar? —le preguntó ella a la dependienta—. Vamos bastante justos de tiempo.

—¡Ahora mismo, lady Cassandra! —contestó la muchacha.

Mientras la dependienta anotaba las prendas en una tarjeta y sumaba los precios, Cassandra miró con pesar la entrada de la escalera.

—El departamento de juguetes está justo en la planta inferior —le dijo a Tom—. Ojalá tuviéramos tiempo para comprarle algo.

—No necesita juguetes —replicó él.

—Todos los niños necesitan juguetes.

—Bazzle vive en un edificio de Saint Giles. Cualquier juguete que le dé se lo robarán enseguida.

La alegría de Cassandra se desinfló como un suflé que se estuviera enfriando.

—¿No tiene familia que cuide de sus posesiones?

—Es huérfano. Vive con un grupo de niños y un hombre al que llaman «tío Batty».

—¿Es usted consciente de eso y de todas formas le permite que regrese?

—Seguro que está mejor allí que en un asilo para pobres o en un orfanato.

Ella asintió con la cabeza, aunque parecía alterada.

Tom decidió cambiar de tema.

—¿Cómo le ha ido la temporada social hasta ahora?

Cassandra cambió de expresión, siguiendo su ejemplo.

—Echo de menos el sol —contestó a la ligera—. He estado llevando el horario de un erizo. Las cenas nunca empiezan antes de las nueve de la noche, las recepciones nunca empiezan antes de las diez y los bailes empiezan habitualmente a las once. Luego vuelvo a casa al amanecer, duermo casi todo el día y me despierto desorientada.

—¿Ya le ha echado el ojo a alguien?

La sonrisa que esbozó Cassandra no le llegó a la mirada.

—Todos son iguales. Como el año pasado.

Tom intentó sentirse mal por eso. Pero fue incapaz de suprimir la atávica sensación de alivio, el ritmo satisfecho con el que empezó a latirle el corazón... «Sigue siendo mía..., sigue siendo mía», pensó.

Regresaron a la clínica con el paquete de Winterborne's. Una enfermera lo condujo a la sala alicatada con azulejos blancos que contaba con una ducha, una bañera y un lavabo de acero, mesas de acero y diversos armarios, y un desagüe en el suelo. En el aire flotaba el fuerte olor a desinfectante, junto con el inconfundible aroma del jabón bórico y carbólico. Bazzle estaba inclinado sobre el lavabo, situado en un rincón, mientras la doctora Gibson le enjuagaba la cabeza con la boquilla de la manguera que estaba conectada a un grifo.

—He impregnado el cuero cabelludo de Bazzle con una solución química —explicó la doctora mientras secaba la cabeza del niño con una toalla—. Voy a necesitar ayuda para cortarle el pelo; me temo que no es una de mis habilidades.

—Yo puedo hacerlo —se ofreció Cassandra.

La doctora Gibson señaló uno de los armarios con un gesto de la cabeza.

—Las batas, los delantales y los guantes de goma están allí. Usa una de las tijeras de la bandeja, pero ten cuidado, están afiladísimas.

—¿Cómo de corto quieres el pelo?

—De unos dos o tres centímetros de largo debería bastar.

La voz quejumbrosa de Bazzle se oyó por debajo de la toalla.

—No quiero que me corten ni chispa.

—Sé que no es un proceso agradable —le dijo la doctora al niño a modo de disculpa—, pero te has portado muy bien y eso ayuda a que todo sea más rápido. —Colocó a Bazzle en un taburete metálico mientras Cassandra se ponía un largo delantal blanco.

Cuando Cassandra se acercó al niño y vio que este ponía cara de preocupación, le sonrió y le apartó unos mechones enredados de la frente.

—Tendré cuidado —le prometió—. ¿Quieres oír una canción mientras te corto el pelo? Mi hermana Pandora y yo compusimos una, se llama *Un cerdo en casa*.

Intrigado, Bazzle asintió con la cabeza.

Cassandra empezó a cantar una canción muy ridícula sobre las aventuras de dos hermanas que intentaban ocultar el cerdo que habían adoptado como mascota para que el granjero, el carnicero, la cocinera y el juez de paz —al que le gustaba mucho el beicon— no lo descubrieran. Mientras cantaba, se movió alrededor de la cabeza de Bazzle cortando largos mechones y dejándolos caer en el balde que la doctora Gibson sostenía para tal fin.

Bazzle la escuchaba como si estuviera embelesado y soltaba de vez en cuando una carcajada por la ridícula letra. En cuanto terminó la canción, le pidió otra y se quedó muy quieto mientras Cassandra cantaba *Mi perro se cree que es un pollo* seguida de *Por qué las ranas resbalan y los sapos están secos.*

Si Tom fuera capaz de enamorarse, lo habría hecho en ese preciso instante, al ver a lady Cassandra Ravenel cantarle a un golfillo mientras le cortaba el pelo. Era tan competente, lista y preciosa que sintió un dolor en el pecho, como una fuerte opresión que amenazaba con romper algo.

—Tiene un don con los niños —le susurró la doctora en un momento dado, a todas luces encantada con la situación.

Tenía un don con todo el mundo. Sobre todo con él. Nunca había estado tan embelesado como en ese momento.

Era intolerable.

Después de que Cassandra terminara de peinarle y retocarle el pelo a Bazzle, se apartó unos pasos para examinar el resultado con ojo crítico.

—¿Qué te parece? —preguntó ella.

—Perfecto —contestó la doctora Gibson.

—Por el amor de Dios —dijo él—, pero si había un niño debajo de toda esa lana.

Las sucias greñas habían desaparecido y habían dejado al descubierto una cabeza bien proporcionada, un cuello delgado y unas orejitas. Los ojos de Bazzle parecían el doble de grandes después de que desaparecieran los mechones de pelo enmarañados que los ocultaban.

Bazzle soltó un suspiro cansado.

—¿Y ahora qué viene? —preguntó.

—La ducha —contestó la doctora Gibson—. Te ayudaré a bañarte.

—¿Qué? —El niño parecía escandalizado por la sugerencia—. Nanay de eso.

—¿Por qué no?

—¡Es una mujer! —Le lanzó una mirada indignada a Tom—. No voy a dejar que una mujer me vea en cueros.

—Soy doctora, Bazzle —repuso Garrett Gibson en voz baja—, no una mujer.

—Tiene tetas —le dijo Bazzle a Tom con la impaciencia de alguien que tenía que explicar algo evidente—. Eso la convierte en una mujer.

A Tom le costó contener la sonrisa al ver la cara que puso la doctora.

—Yo lo ayudaré —dijo al tiempo que se quitaba la chaqueta.

—Abriré el grifo —anunció la doctora Gibson, que se dirigió al otro extremo de la sala.

Después de quitarse el chaleco, Tom buscó un lugar donde dejar la ropa.

—Démela —le dijo Cassandra mientras se acercaba.

—Gracias. —Le ofreció las prendas y empezó a desabrocharse la corbata—. Espere…, llévese esto también.

Cassandra puso los ojos como platos cuando vio que empezaba a desabrocharse los puños de la camisa.

—¿Qué más piensa quitarse? —le preguntó preocupada.

Tom sonrió al percatarse del brillo interesado que apareció en sus ojos.

—Solo me voy a remangar la camisa. —Hizo una pausa al tiempo que se llevaba las manos a los botones del cuello—. Aunque si insiste…

—No —se apresuró a decir ella, colorada por sus palabras—. Con eso es más que suficiente.

El cálido vapor del agua empezaba a extenderse por la estancia, humedeciendo los azulejos blancos. La piel de Cassandra estaba adquiriendo un tono luminoso por la humedad. Algunos mechones de pelo se le habían rizado en la frente, y él se moría por acariciarlos.

En cambio, se concentró en Bazzle, que tenía la misma cara que un prisionero a punto de subir al cadalso.

—Desnúdate detrás de la cortina, Bazzle.

A regañadientes, el niño se colocó detrás de la cortina forrada de goma y empezó a quitarse la ropa prenda a prenda. Siguiendo las instrucciones de la doctora, Tom cogió cada prenda y la metió en un balde con tapa medio lleno con una solución carbólica.

El cuerpecito delgaducho y pálido de Bazzle lo sorprendió por su fragilidad. Al verlo experimentó una punzada de un sentimiento desconocido... ¿Culpa? ¿Preocupación? Mientras el niño se metía bajo el agua que caía del techo, él cerró la cortina circular por completo.

La exclamación del niño resonó en toda la sala.

—¡Que me parta un rayo, es como la lluvia!

Tom cogió el cepillo de baño que le ofreció la doctora, impregnó las cerdas con una barra de jabón y se lo pasó al niño a través de una abertura en la cortina.

—Empieza a restregarte el esqueleto con esto. Yo te doy en los sitios donde no llegues.

Al cabo de un momento se oyó la voz preocupada de Bazzle al otro lado de la cortina.

—Se me está cayendo la piel a cachos.

—No es piel —replicó Tom—. Sigue frotándote.

No habían pasado ni diez segundos antes de que Bazzle soltara un:

—Listo.

—Apenas si has empezado —repuso Tom con exasperación. Al ver que Bazzle intentaba salirse de la ducha, lo devolvió al interior y cogió el cepillo—. Estás sucísimo, Bazzle. Necesitas unas buenas friegas, casi un decapante.

—Mañana tendré más mugre encima —protestó el niño, que escupió agua y lo miró con expresión desdichada.

—Sí, ya me lo has dicho antes. Pero un hombre se mantiene limpio, Bazzle. —Lo aferró de un enclenque hombro resbaladizo y le frotó la espalda con círculos suaves pero firmes—. En primer lugar, porque es bueno para tu salud. En segundo lugar, porque es un favor para todos los que tienen que estar cerca de ti. En tercer lugar, porque a las mujeres no les gusta que tengas el aspecto y el olor de un cadáver de más de un año. Sé que ahora mismo eso no te importa, pero un día... ¡Maldita sea, Bazzle, estate quieto! —Exasperado, alzó la voz para que lo oyeran al otro lado de la cortina—: Lady Cassandra, ¿se sabe alguna canción sobre baños?

De inmediato, ella empezó a cantar una titulada *A los patos no les gustan los charcos*. Para alivio de Tom, el niño dejó de forcejear.

Después de frotar y enjuagar al niño tres veces, le lavó el pelo con una pasta de champú bórico hasta dejárselo como los chorros del oro. Cuando por fin terminaron, Tom tenía todo el frontal mojado y el pelo chorreando. Envolvió el cuerpo sonrosado y blanco de Bazzle en una toalla seca, lo cogió en volandas y lo llevó al taburete.

—Tengo la sensación de haberme enfrentado a un barril lleno de monos —dijo Tom, jadeando por el esfuerzo.

La doctora Gibson se echó a reír mientras usaba otra toalla para secarle el pelo al niño.

—Bien hecho, señor Severin.

—¿Y yo qué? —protestó Bazzle—. ¡Que soy el mono!

—Bien hecho tú también —le dijo la doctora—. Ahora solo tienes que ser paciente un poquito más mientras te paso una lendrera por el pelo.

—Donaré mil libras más a la obra benéfica de su elección —le dijo Tom— si también le cepilla los dientes.

—Hecho.

Tom se dio media vuelta y se pasó las manos por el pelo antes de sacudir la cabeza como un perro mojado.

—Espere —oyó que decía Cassandra con un deje burlón en la voz. Se acercó a él a toda prisa con una toalla limpia y seca.

—Gracias. —Cogió la toalla y se secó el pelo con fuerza.

—Por Dios, está usted casi tan mojado como Bazzle. —Cassandra usó otra toalla para secarle la cara y el cuello. Con una sonrisa, levantó la mano para peinarle con los dedos el pelo desordenado.

Tom se quedó quieto mientras ella lo atendía. Una parte de él quería regodearse en sus atenciones, que parecían casi... maritales. Sin embargo, el dolor que sentía en el pecho se acentuó, su cuerpo empezó a arder por debajo de la ropa mojada y comenzó a sentirse no del todo civilizado. Miró de reojo a la doctora Gibson, que estaba de espaldas a ellos, ocupada con el pelo de Bazzle.

Acto seguido, clavó de nuevo la mirada en el rostro de Cassandra, que lo atormentaría hasta el último segundo de su vida. Había guardado cada sonrisa, cada beso, para atesorarlos como un valioso cofre lleno de joyas. Esos pocos segundos con ella eran todo lo que tenía o lo que jamás llegaría a tener.

De pronto, se inclinó y pegó los labios a los de ella, con suavidad pero con apremio. No había tiempo para la paciencia.

La oyó contener el aliento. Sus labios se entreabrieron tímidamente.

La besó por todas las medianoches y todas las mañanas que nunca compartirían. La besó con una ternura que jamás sabría expresar con palabras, y sintió su respuesta correrle por las venas, como si la dulzura de Cassandra se le hubiera colado hasta la médula. Se apoderó de sus labios con suavidad, dando un último y ferviente sorbo... antes de alejarse.

La piel de sus mejillas era húmeda y dulce, como si acabara

de entrar tras la lluvia. Le acarició los párpados cerrados con los dedos, su superficie frágil y sedosa, y las pestañas suaves como plumas.

A ciegas, la soltó, se dio media vuelta y empezó a deambular sin rumbo hasta que vio su chaqueta y su chaleco en una mesa de acero. Se vistió sin mediar palabra mientras intentaba recuperar la compostura como fuera.

A medida que el apasionado deseo desaparecía, se transformó en amargura.

Lo había desmontado para volverlo a ensamblar de otra forma. Por fuera todo parecía funcionar bastante bien, pero por dentro no era el mismo. Solo el tiempo diría de qué forma lo había cambiado. Sin embargo, estaba convencido de que el cambio no lo había favorecido.

Obligó a su mente a concentrarse en lo que debería estar concentrada: los negocios. Al recordar que tenía que asistir a una reunión esa tarde, y que antes tenía que pasarse por casa para cambiarse la ropa mojada, miró el reloj de bolsillo y frunció el ceño.

—Tengo poco tiempo —le dijo a la doctora Gibson con brusquedad—. ¿No puede peinarlo más deprisa?

—Si me lo vuelve a preguntar —respondió la doctora con voz afable—, este peine acabará en un lugar para el que no está destinado.

Bazzle se rio por lo bajo, ya que a todas luces había adivinado lo que quería decir.

Tom se metió las manos en los bolsillos y empezó a dar vueltas por la habitación. No se dignó a mirar a Cassandra.

—Supongo que debería irme ya —la oyó decir con voz un tanto insegura.

—Has sido un ángel —le aseguró Garrett Gibson—. ¿Te parece que intentemos almorzar juntas mañana?

—Sí, por favor. —Cassandra se acercó a Bazzle, que seguía

sentado en el taburete. Lo miró con una sonrisa a la cara, que casi quedaba a su misma altura—. Ha sido un placer conocerte, Bazzle. Eres un niño bueno, y muy guapo además.

—Adiós —susurró Bazzle, mirándola con esos ojos oscuros como platos.

—La acompaño afuera —dijo Tom con voz gruñona.

Cassandra se mantuvo en silencio hasta salir de la estancia y cerrar la puerta.

—Tom —se aventuró a decir mientras se dirigían a la zona de recepción—, ¿qué va a hacer con Bazzle?

—Voy a mandarlo a casa, a Saint Giles —contestó él sin miramientos.

—Si lo envía de vuelta, pronto acabará infestado de nuevo.

—¿Qué quiere que haga? —le preguntó con sequedad.

—Tal vez acogerlo como pupilo.

—Hay miles de niños ahí fuera, en su misma situación o peor. ¿Cuántos huérfanos cree que debería acoger, maldita sea?

—Solo uno. Solo a Bazzle.

—¿Por qué no lo acoge usted?

—No estoy en posición de poder hacerlo. Todavía no tengo casa propia, ni tendré acceso a mi dote hasta que me case. Usted tiene los medios y la capacidad para ayudarlo, es... —Cassandra se interrumpió, ya que al parecer había pensado mejor lo que estaba a punto de decir.

Aunque Tom lo sabía. Y se sentía más ofendido a cada segundo que pasaba. Se detuvo con ella en el pasillo, justo antes de llegar a la sala de espera.

—¿Le haría la misma sugerencia a uno de sus pretendientes de clase alta? —le preguntó con brusquedad.

Cassandra parecía desconcertada.

—¿Que si...? ¿Se refiere... a acoger a un niño como pupilo? Sí, les...

—No, no a un niño cualquiera. Este niño. Este niño analfabeto, infestado de parásitos y delgaducho, con su acento barrio-bajero. ¿Le pediría a lord Foxhall que lo acogiera y lo criara?

Asombrada por la pregunta, así como por su evidente enfado, Cassandra parpadeó con rapidez.

—¿Qué tiene que ver lord Foxhall con esto?

—Conteste la pregunta.

—No lo sé.

—La respuesta es que no —la acusó Tom con tirantez—, no lo haría. Pero a mí sí me lo ha sugerido. ¿Por qué?

—La historia de Bazzle es parecida a la suya. —Lo miró sin comprender . Usted está en situación de entenderlo y ayudarlo mejor que cualquier otra persona. Creía que sentiría compasión por él.

—La compasión no es uno de mis sentimientos —masculló Tom—. Y yo tengo apellido, maldita sea. No es un apellido de renombre, pero no soy un bastardo y nunca estuve sucio. Con independencia de lo que piense, Bazzle y yo no estamos cortados por el mismo patrón.

Cassandra reflexionó sobre sus palabras durante la pausa que se produjo una vez que las pronunció y frunció el ceño cuando pareció llegar a una conclusión.

—Sí que tiene cosas en común con Bazzle —le dijo en voz baja—. Creo que le recuerda cosas en las que preferiría no pensar, y eso lo incomoda. Pero nada de eso tiene que ver conmigo. No intente convertirme en una soberbia. Nunca he dicho que no fuera usted lo bastante bueno para mí... ¡Y bien sabe Dios que nunca lo he pensado! Las circunstancias de su nacimiento, o las mías, no son el problema. ¡Este es el problema! —Lo fulminó con la mirada y le dio un golpe en el centro del pecho con una mano, que luego dejó allí apoyada. Cuando habló, lo sorprendió al tutearlo—. Tienes el corazón congelado porque así lo quieres. Es más seguro para ti de esa forma, prefieres no dejar entrar a nadie. Pues que así sea. —Apartó la mano—. Pienso encontrar a alguien con quien pueda ser feliz. En cuanto al pobre Bazzle..., necesita más que tu amabilidad ocasional y despreocupada. Necesita un hogar. Dado que yo no puedo proporcionárselo, le dejaré su destino a tu conciencia.

Se alejó de él a paso vivo, dirigiéndose hacia el criado que la esperaba junto a la puerta.

Ese mismo día, más tarde, Tom, que no tenía conciencia, envió de vuelta al niño a Saint Giles.

11

Aunque el calendario social del otoño no contaba con eventos tan importantes como el de la temporada social propiamente dicha de la primavera, se celebraba un buen número de cenas y fiestas a las que asistían todos los caballeros que se encontraban en la ciudad. Lady Berwick se había propuesto como estrategia empezar temprano ese año a fin de que Cassandra pudiera conocer a los solteros más prometedores recién incorporados al mercado matrimonial mientras las demás jovencitas pasaban el otoño en las propiedades campestres de sus familias, disfrutando de la temporada de caza.

La temporada le parecía muy diferente ese año, ya que no contaba con la presencia de Pandora. Sin la compañía y las travesuras de su hermana gemela, la constante sucesión de cenas, reuniones y bailes empezaba a cansarla. Cuando se lo dijo a Devon y a Kathleen, se mostraron comprensivos y solícitos.

—Este proceso para buscar marido me parece muy forzado —comentó Devon—. Te arrojan a las proximidades de una selección limitada de hombres y te vigilan desde tan cerca que no te permiten relacionarte de forma sincera con ninguno. Después, tras un tiempo establecido de antemano, se espera que elijas a uno de ellos para que sea tu compañero durante toda la vida.

Kathleen se entretuvo sirviendo el té con más concentración de la necesaria.

—El proceso tiene sus peligros —convino con expresión pensativa.

Cassandra sabía exactamente a qué se refería su cuñada.

Parecía que hubiera pasado toda una vida desde que Kathleen se casó con su hermano, Theo, después de un cortejo vertiginoso. Por desgracia, Theo murió en un trágico accidente tras caerse del caballo poco después de la boda. Sin embargo, en ese corto periodo, Kathleen descubrió que había otra faceta oculta tras el simpático joven que la había cortejado con tanta galantería durante la temporada social. Una faceta temperamental y maltratadora.

Devon se inclinó hacia delante para besar los suaves tirabuzones pelirrojos de su mujer.

—Ningún miembro de esta familia será abandonado a la merced de alguien que no lo trate bien —dijo en voz baja—. Lucharía hasta la muerte por cualquiera de vosotras.

Kathleen volvió la cara para sonreírle con ternura al tiempo que alzaba una mano para acariciarle la mejilla.

—Sé que lo harías, cariño.

Cassandra se preguntó para sus adentros si algún día encontraría a un hombre que estuviera dispuesto a sacrificarse por ella. Claro que nunca aceptaría algo así, por supuesto. Pero en el fondo ansiaba saberse querida y necesitada con esa intensidad.

El problema era que empezaba a sentirse un poco desesperada. Y la desesperación podía obligarla, a la postre, a buscar el amor como si estuviera participando en la carrera que se celebraba en la feria del condado para atrapar al cerdo engrasado.

«Solo hay una forma efectiva de atrapar a un cerdo engrasado —le había dicho West en una ocasión—. Ofrécele una razón para que se acerque a ti.»

Por tanto, si quería encontrar el amor, debería ser paciente, mostrarse sosegada y ser amable. Tendría que dejar que fuese el amor quien la encontrara a ella a su debido tiempo.

Sin embargo, y puesto que «El amor es un cerdo engrasado» no era un lema muy digno, decidió que la versión latina era más elegante: «*Amor est uncta porcus*».

—¿Y el señor Sedgwick? —le preguntó Cassandra en voz baja a lady Berwick durante el último baile de octubre. El fastuoso y concurrido evento, organizado para festejar la presentación en sociedad de la sobrina del duque de Queensberry, la señorita Percy, se celebraba en una mansión de Mayfair.

—Me temo que sus credenciales se quedan cortas —contestó la mujer—. Yo no lo alentaría.

—Pero al menos baila —protestó Cassandra sin levantar la voz—. Casi ninguno de los caballeros elegibles ha pisado la pista de baile.

—Es vergonzoso —replicó una disgustada lady Berwick—. Hablaré de estos sinvergüenzas con las demás anfitrionas de la capital y me aseguraré de que no reciban ni una invitación más.

De un tiempo a esa parte se había puesto de moda entre los solteros más elegantes pasarse las veladas de pie en los vanos de las puertas y en los rincones, dándose aires de superioridad y negándose a bailar. En cuanto se abría el acceso a los comedores, se marchaban de inmediato para disfrutar de los manjares y del vino, y tras dar buena cuenta de ambos, se iban a otro baile o a otra velada y repetían el mismo comportamiento. De resultas, las jovencitas se pasaban la noche bailando con caballeros casados o con muchachos que todavía eran demasiado jóvenes.

—¡Valientes presumidos! —exclamó Cassandra con sequedad mientras recorría con la mirada a los grupos de privilegiados caballeretes. Había un espécimen en concreto especialmente guapo, delgado y rubio, pasando el rato cerca de un grupo de palmeras. No necesitaba moverse para ir pavoneándose. Lo vio mirar con una sonrisa desdeñosa a un grupo de muchachas que languidecían desconsoladas en un rincón.

Lady Berwick habló e interrumpió su escrutinio.

—Me han dicho que el señor Huntingdon ha aceptado la invitación. Cuando llegue, debes congraciarte con él. Es el heredero del título de conde de su tío, que está gravemente enfermo y no verá el nuevo año.

Cassandra frunció el ceño. Había visto al señor Huntingdon en dos ocasiones y le parecía un hombre educado, pero lento de entendederas.

—Me temo que no es mi tipo, milady.

—¿Que no es tu tipo? El título del que es heredero lo creó la reina María en 1565. Es difícil encontrar un linaje tan antiguo. ¿Le pones pegas a convertirte en la dueña y señora de una casa solariega majestuosa? ¿A moverte entre los círculos más selectos de la alta sociedad?

—No, milady.

—Entonces, ¿cuál es el problema?

—Es serio y aburrido. Su conversación no es ingeniosa y...

—Para mantener conversaciones están las amistades, no los maridos.

—... y esa barba que lleva, tan delgada y recorriendo la línea del mentón, es atroz. Un hombre debe ir afeitado o llevar una barba de verdad. Cualquier término medio parece un accidente fortuito.

Lady Berwick adoptó una expresión seria.

—Cassandra, una joven en su segunda temporada social no puede permitirse el lujo de ser quisquillosa.

Cassandra suspiró y asintió con la cabeza, mientras se preguntaba cuándo abrirían las puertas del comedor.

Lady Berwick se percató de la dirección de su mirada y añadió en voz baja:

—Nada de correr a llenar el plato cuando suene la campanilla. Las lorzas empiezan a asomarte por encima del corsé. Podrás saciar el apetito a placer cuando te cases, no antes.

Avergonzada, Cassandra intentó protestar aduciendo que no era ninguna glotona. El problema era que ya no tenía al lado a Pandora para distraerla y le resultaba difícil perder kilos mientras asistía a continuas cenas y saraos, y se pasaba el día entero durmiendo. Ojalá se hubiera mirado la espalda antes de salir de casa esa noche. ¿De verdad tenía lorzas?

Se le quedó la mente en blanco cuando vio entrar a un hombre alto y moreno en el salón de baile. Era Tom Severin, a cuyo brazo se agarraba con fuerza una mujer delgada de pelo oscuro. Experimentó una desagradable sensación en el estómago. Nunca lo había visto asistir a ese tipo de eventos y la única suposición posible era que estaba cortejando a su acompañante.

—Ah, allí está el señor Severin —comentó como si tal cosa mientras la abrumaban unos celos ponzoñosos—. ¿Quién es la mujer que lo acompaña?

Lady Berwick miró hacia la pareja.

—La señorita Adelia Howard. Una de las hijas de lord Beaumont. La familia debe de tener serias dificultades económicas si se ha visto obligada a sacrificarla entregándola a un don nadie sin posición social.

Cassandra dejó de respirar un instante.

—¿Están comprometidos? —logró preguntar.

—Todavía no, que yo sepa. Ni lo han anunciado ni están corriendo las amonestaciones. Sin embargo, si ha aparecido acompañándola en público, no creo que tarden mucho.

Cassandra asintió con la cabeza mientras trataba de relajarse.

—El señor Severin no es un don nadie —se atrevió a decir—. Es un hombre muy importante.

—Entre los de su clase —concedió lady Berwick, y entrecerró los ojos mientras observaba a la pareja, que se había detenido con un grupo para conversar—. Aunque desde el punto de vista social son dispares, es innegable que hacen una pareja impresionante.

Era cierto, pensó Cassandra desolada. Ambos eran altos, delgados, de pelo oscuro y semblante serio y distante.

Tom flexionó los hombros, como si los hubiera tensado de repente, y echó un vistazo por la estancia. Al verla, pareció quedarse hipnotizado hasta que ella apartó la mirada. Se apretó con fuerza las manos, que tenía unidas en el regazo, e intentó encontrar una excusa para marcharse temprano del baile. Había pasado una semana desde que se lo encontró en la clínica de Garrett Gibson y desde entonces se había sentido frustrada y melancólica. No, no podía marcharse…, eso sería una cobardía, además de que le facilitaría las cosas a él, algo que no estaba dispuesta a hacer. Se quedaría sin hacerle el menor caso y fingiría estar divirtiéndose de lo lindo.

En el otro extremo del salón del baile el joven rubio estaba examinándose el puño izquierdo de la camisa. Al parecer se le había desabrochado por debajo de la manga de la chaqueta y no podía abrochárselo. O bien se le había roto el gemelo, o lo había perdido. Lo observó con discreción, porque el pequeño dilema la distraía de su problema.

Decidió hacer algo al respecto de forma impulsiva.

—Milady —le susurró a lady Berwick—, voy al excusado un momento.

—Te acompañaré… —dijo la mujer al tiempo que hacía ademán de levantarse, pero se detuvo al ver que se acercaban un par de amigas íntimas—. Ah, aquí están la señora Hayes y lady Falmouth.

—No tardaré —le aseguró Cassandra, que se escabulló antes de que lady Berwick pudiera replicar.

Salió de la estancia por uno de los arcos y enfiló un pasillo aledaño antes de regresar al salón por otra puerta y colocarse detrás del grupo de palmeras. Se metió la mano en el bolsillo oculto en las faldas del vestido y sacó una cajita de costura de madera. La llevaba encima desde que un anciano caballero casi ciego le pisó la cola del vestido el año anterior durante un baile y le descosió un volante.

Después de sacar un imperdible, cerró la cajita y la devolvió al bolsillo. Se acercó al grupo de plantas tras el cual seguía el joven rubio y dijo en voz baja:

—No se dé media vuelta. Llévese la mano izquierda a la espalda, con la palma hacia arriba.

El joven se quedó inmóvil.

Cassandra esperó con gran interés para ver su reacción. Al comprobar que la obedecía muy despacio, sonrió. Tras apartar un par de hojas, aferró los extremos del puño y alineó el ojal.

El joven ladeó la cabeza y murmuró:

—¿Qué está haciendo?

—Colocándole un alfiler imperdible en el puño para que no le caiga sobre la muñeca. Aunque no merece recibir mi ayuda. No se mueva. —Abrió con destreza el imperdible y lo insertó en la tela.

—¿Por qué dice que no merezco su ayuda? —lo oyó preguntarle.

Cassandra respondió con sequedad:

—Tal vez tenga algo que ver con el comportamiento tan presumido que usted y los demás solteros están demostrando. ¿Para qué asistir a un baile si no van a bailar con nadie?

—Estaba esperando hasta encontrar a una mujer con quien mereciera la pena hacerlo.

Irritada, le soltó:

—Todas las jóvenes presentes esta noche son dignas de bailar con ellas. No se les ha invitado para que ustedes se diviertan por su cuenta, están aquí para hacer de parejas de baile.

—¿Lo hará usted?

—¿El qué?

—Bailar conmigo.

Cassandra soltó una carcajada perpleja.

—¿Con un hombre que se da tantos aires? No, gracias. —Cerró el imperdible y le dio un tirón a la manga de la chaqueta para ocultarlo.

—¿Quién es usted? —le preguntó él. Al ver que no contestaba añadió con voz lastimera—: Por favor, baile conmigo.

Cassandra reflexionó al respecto un instante.

—En primer lugar, baile con algunas de las muchachas del rincón. Después puede invitarme a mí.

—¡Pero son floreros!

—Está muy feo llamarlas así.

—Pero es lo que son.

—Muy bien —replicó ella con brusquedad—. Adiós.

—¡No, espere! —Una larga pausa—. ¿Con cuántas de ellas debo bailar?

—Ya se lo haré saber cuando me parezca suficiente. Además, no se muestre condescendiente cuando las invite. Sea simpático, si es posible.

—Lo soy —protestó—. Tiene usted una impresión equivocada de mí.

—Ya veremos. —Cassandra hizo ademán de alejarse, pero él se volvió para atraparla por la muñeca.

Tras apartar una hoja de palmera y verla cara a cara, lo oyó contener la respiración.

A esa distancia, Cassandra vio que debían de ser de la misma edad. Tenía los ojos verdosos y un cutis tan terso y claro como la porcelana, salvo por unas cuantas manchitas en la frente que delataban que había sufrido de las espinillas juveniles. El apuesto rostro que había por debajo de ese pelo ondulado rubio de corte espléndido era el de alguien que todavía no había experimentado sufrimientos ni pérdidas en la vida. El de alguien con la certeza de que todos sus errores serían enmendados por otras personas, de manera que jamás tendría que enfrentarse a las consecuencias.

—¡Por Dios! —exclamó—. Qué hermosa es usted.

Cassandra lo miró con gesto de reproche.

—Por favor, suélteme —le dijo con delicadeza.

Él la obedeció de inmediato.

—La vi antes en el otro extremo del salón. Había planeado presentarme.

—Menos mal —repuso ella—. Estaba en un sinvivir porque no sabía si se había fijado en mí o no.

Al percatarse del sutil sarcasmo de su voz, el joven pareció quedarse perplejo.

—¿No sabe quién soy?

Cassandra tuvo que echar mano de toda su fuerza de voluntad para no soltar una carcajada.

—Me temo que no. Pero aquí todo el mundo cree que es un hombre que habla con las palmeras. —Se dio media vuelta y se alejó.

En cuanto llegó al lado de lady Berwick, se le acercó el señor Huntingdon, que ya había reservado la siguiente pieza con ella. Con una sonrisa alegre en la cara, lo acompañó a la pista de baile. Era un vals de Chopin. Después se le acercó el siguiente caballero que la había invitado a bailar, y tras ese, otro más. Pasó de los brazos de uno a los del siguiente riéndose y coqueteando.

Fue agotador.

Porque era consciente de la presencia de Tom en todo momento. Y también era consciente de que nada podía compararse con la noche que bailaron el vals en el invernadero de los Clare, bajo la luz de la luna y entre las sombras, como si flotaran. Nunca había experimentado esa ligereza bailando con otros hombres, esa especie de embeleso, ni antes ni después. Su cuerpo aún recordaba la caricia de sus manos, tan fuertes y delicadas, mientras la guiaban sin empujarla ni tirar de ella. Sin esfuerzo.

Estaba intentando con ahínco sentir algo, lo que fuera, por cualquiera de esos hombres tan agradables y adecuados. Pero no podía.

Y él era el culpable.

Descubrió que tenía un hueco libre en su carnet de baile, y decidió no aceptar la invitación de ningún caballero para rellenarlo, aduciendo que se encontraba fatigada. Regresó junto a lady Berwick para tomarse un respiro momentáneo. Mientras se abanicaba la cara y el cuello, que sentía acalorados, vio que la atención de su carabina estaba puesta en alguien que se encontraba entre la multitud.

—¿A quién está mirando, milady? —le preguntó.

—He estado observando a lord Lambert —contestó la mujer—. Uno de los caballeros de los que me quejé hace un rato.

—¿Cuál de ellos es?

—El caballero rubio que acaba de bailar el vals con la tímida y menuda señorita Conran. Me pregunto qué lo habrá motivado a invitarla a bailar.

—No tengo la menor idea.

Lady Berwick la miró con sorna.

—¿Será algo que le hayas dicho mientras estabas a su espalda, detrás de las palmeras?

Cassandra abrió los ojos de par en par y sintió que se ruborizaba por el bochorno.

Lady Berwick adoptó una expresión un tanto ufana.

—Niña, puedo ser vieja, pero no soy ciega. Fuiste en dirección contraria al excusado.

—Solo me ofrecí a sujetarle con un alfiler imperdible el puño de la camisa —se apresuró a explicarle Cassandra—. Había perdido el gemelo.

—Un gesto demasiado atrevido —sentenció su carabina, que enarcó una de sus cejas canosas—. ¿Qué le has dicho?

Cassandra repitió la conversación que había mantenido con lord Lambert y, para su alivio, a lady Berwick pareció hacerle gracia en vez de indignarla.

—Viene hacia aquí —le advirtió la mujer—. Pasaré por alto tu pequeña cacería ya que parece que ha dado resultados.

Cassandra agachó la cabeza para ocultar una sonrisa.

—Mi intención no era cazarlo. Lo he hecho por simple curiosidad —admitió.

—Como heredero del marqués de Ripon, lord Lambert es un gran partido. Su familia está muy bien relacionada y es respetable, y la propiedad ligada al título tiene uno de los mejores terrenos de Inglaterra para cazar urogallos. Las deudas los tienen asfixiados y, por tanto, el marqués se alegraría mucho de que su hijo se casara con una joven con una dote como la tuya.

—Lord Lambert es demasiado joven para mi gusto —protestó Cassandra.

—Ese no es motivo para descartarlo. A las mujeres de nuestra posición solo se nos permite hacer una elección importante en la vida, que no es otra que la de decidir el hombre que nos gobernará para siempre. Es más fácil mantener el control con un marido joven que con uno maduro.

—Milady, perdóneme, pero eso suena espantoso dicho de esa manera.

Lady Berwick esbozó una sonrisa un tanto amarga.

—La verdad normalmente lo es. —Dio la impresión de que quería añadir algo más, pero lord Lambert se acercó a ellas en ese momento y se presentó con una pequeña reverencia.

—Roland, lord Lambert, a sus pies.

Roland. Le iba como anillo al dedo. Un nombre adecuado para el príncipe de un cuento de hadas o para un intrépido caballero inmerso en su cruzada. Era unos cuantos centímetros más alto que ella, delgado y atlético. Pese a la obligada reverencia y la seguridad que irradiaba, había algo en su forma de mirarla que le recordó a un cachorrito, como si esperase una recompensa después de haber obedecido una orden.

Una vez que lady Berwick realizó las presentaciones y de que se intercambiaran los saludos de rigor, lord Lambert le preguntó:

—¿Me concede el honor de bailar la siguiente pieza?

Cassandra titubeó antes de responder.

La horrible verdad era que le daba lo mismo bailar con él o no bailar. ¿Por qué era tan difícil sentir un ligero interés por ese joven de atractivo tan fresco? A lo mejor era por ese aire de superioridad que lo rodeaba como si fuera una colonia pesada. O tal vez fuera por la impresión de que no le importaba acabar con lord Lambert, con Huntingdon y su ridícula barba o con cualquiera de los demás solteros presentes esa noche. Ninguno de ellos la emocionaba. No le parecían adecuados para acabar sometida a su yugo.

Sin embargo, el atisbo de inseguridad que vio en los ojos verdosos de Lambert la suavizó en contra de su voluntad.

«Sé justa con él —se dijo—. Sé justa con él y dale una oportunidad.»

Esbozó una sonrisa con toda la calidez de la que fue capaz y le colocó con delicadeza la mano en el brazo que le ofrecía.

—Por supuesto —contestó, y dejó que la guiara hasta el centro de la pista de baile.

—He cumplido la condena —dijo él—. De hecho, he invitado a bailar a las más insignificantes del grupo.

—Qué afortunadas ellas —replicó, y dio un respingo al oír lo crítica que había parecido—. Lo siento —se disculpó antes de que él pudiera hablar—. Normalmente no tengo la lengua tan afilada.

—No pasa nada —le aseguró lord Lambert de inmediato—. Es lo normal en una mujer con su aspecto.

Parpadeó sorprendida.

—¿Cómo?

—Ha sido un halago —se apresuró a explicarse él—. Me refiero a que... cuando una mujer es tan hermosa como usted lo es..., no hace que falta que se muestre...

—¿Agradable? ¿Educada?

Lord Lambert abrió la boca, consternado, y el rubor tiñó su cutis de alabastro.

Cassandra meneó la cabeza y soltó una carcajada.

—Milord, ¿vamos a bailar o nos vamos a quedar aquí parados, insultándonos mutuamente?

Su pregunta pareció aliviarlo.

—Deberíamos bailar —contestó, y comenzó a guiarla por los pasos del vals.

—Mirad eso —dijo asombrado uno de los caballeros del grupo con el que charlaba Tom—. Una pareja dorada.

Al seguir su mirada, Tom descubrió a Cassandra bailando el vals en el centro de la estancia con un hombre rubio excepcionalmente guapo. Aunque desconocía la identidad del caballero en cuestión, no le cupo duda de que pertenecía a la aristocracia. Parecía el resultado de varias generaciones de cría selecta que hubieran producido especímenes cada vez más refinados y hermosos hasta acabar consiguiendo el ejemplar ideal.

—Lambert y lady Cassandra —dijo otro integrante del grupo, el señor George Russell, que añadió con sequedad—: Una pareja demasiado perfecta. No deberían separarse jamás.

Tom miró a la pareja de baile de lady Cassandra de nuevo con más atención tras reconocer el nombre. El padre de lord Lambert era el marqués de Ripon, uno de los negociadores más corruptos de la Cámara de los Lores, con importantes inversiones en el negocio del ferrocarril.

—Sin embargo, la dama es muy exigente —siguió Russell—. Según he oído, recibió cinco proposiciones de matrimonio la temporada pasada y las rechazó todas. Es posible que Lambert corra la misma suerte.

—Semejante belleza puede ser tan exigente como quiera —comentó alguien.

Adelia habló en ese momento y su voz cristalina resultó tan afilada como una cuchilla.

—Es lo que todos ustedes desean —dijo entre carcajadas, dirigiéndose a todos los caballeros del grupo—. Los hombres afirman que quieren encontrar a una joven sencilla y sensata con la que casarse, pero ninguno puede resistirse a perseguir a una coqueta rubia con curvas voluptuosas, hoyuelos en las mejillas y risas tontas..., sin pararse siquiera a pensar que puede ser una cabeza de chorlito.

—Me declaro culpable —admitió uno de los caballeros, y los demás se echaron a reír.

—No es ninguna cabeza de chorlito —replicó Tom, incapaz de morderse la lengua.

Adelia lo atravesó con la mirada, con la sonrisa firmemente plantada en los labios.

—Se me había olvidado. Usted conoce a la familia. No me diga que lady Cassandra es una intelectual. Un genio no acreditado de estos tiempos modernos.

Otro coro de carcajadas, en esa ocasión más discretas.

—Es muy inteligente —repuso Tom con frialdad— e ingeniosa. Y también es extremadamente generosa. Nunca la he oído criticar a nadie.

Adelia se ruborizó, consciente de la sutil pulla.

—Tal vez debería cortejarla —sugirió a la ligera—. Si cree que ella le daría el sí.

—Es demasiado inteligente como para hacer tal cosa —replicó Tom, y el grupo se echó a reír.

Después de esa conversación bailó con Adelia y actuó como su acompañante en todo momento hasta el final de la velada, mientras ambos fingían que no había sucedido nada. Sin embargo, bajo la superficie, eran muy conscientes de que cualquier posibilidad de cortejo había acabado hecha jirones por culpa de esos comentarios tan afilados.

Durante el resto de la noche y a lo largo del mes siguiente, lord Lambert estuvo a punto de ahogar a Cassandra con sus continuas atenciones. Asistía a todos los eventos sociales a los que ella iba, la visitaba con frecuencia en Ravenel House y le enviaba ramos de flores extravagantes y dulces en latas doradas. La gente empezó a hacer comentarios sobre la familiaridad con la que se trataban y a bromear sobre la pareja tan bonita que hacían. Cassandra lo aceptó todo porque no parecía tener un motivo de peso para rechazarlo.

Roland, lord Lambert, era todo lo que ella debía desear..., o casi todo. No había nada en él que pudiera reprocharle, salvo algunos defectillos que podrían parecer mezquinos si los señalaba. Su forma de referirse a sí mismo como miembro de «la clase dirigente», por ejemplo, y el comentario de que esperaba interesarse algún día en la diplomacia, aunque careciera de la capacitación necesaria para encargarse de las relaciones internacionales.

Para ser justa, lord Lambert tenía muchas cualidades que le gustaban: era educado y se expresaba muy bien, y contaba anécdotas muy entretenidas que le sucedieron durante su gran tour por Europa del año anterior. También era capaz de demostrar afecto y cariño, como cuando le habló de la muerte de su madre, acaecida tres años antes. Le gustó mucho la ternura con la que hablaba de ella, así como el gran cariño que parecía profesarles a sus dos hermanas. Describía a su padre, el marqués de Ripon, como un hombre severo, pero no cruel; como un padre que siempre había querido lo mejor para él.

Lord Lambert pertenecía al círculo más selecto de la alta sociedad, a la flor y nata de la aristocracia, un grupo en el que los caballeros tenían la sangre más azul que existía, los chalecos más blancos y las expresiones más arrogantes. Las complicadas reglas de comportamiento de la clase alta le resultaban tan naturales como el respirar. Si se casaba con él, pasarían la temporada social en la capital y el resto del año en la propiedad de Northumberland, rodeada de los preciosos páramos que la separaban de Escocia. Estaría muy lejos de su familia, pero siempre podría usar el tren, que hacía muchísimo más rápido el trayecto. Sus mañanas estarían muy ocupadas y disfrutaría de tardes tranquilas. Sus días estarían marcados por el ritmo familiar de la vida en el campo: los periodos de arado, siembra y cosecha.

Por supuesto, también estaría la intimidad conyugal. No sabía bien qué pensar al respecto. El día que permitió que lord Lambert le robara un beso después de haber salido a pasear con él en carruaje por la tarde, su entusiasmo —que casi le resultó doloroso por la excesiva fuerza que empleó— apenas si le dejó margen de actuación a ella. Pero sin importar cómo resultara esa faceta de su relación, tendría compensaciones. En concreto, hijos.

—Primero el matrimonio y luego el amor —le dijo a Pandora durante una conversación—. Mucha gente lo hace en ese orden. Supongo que ese también será mi caso.

Pandora, que parecía preocupada, le preguntó:

—¿Te sientes aunque sea un poco atraída por lord Lambert? ¿Sientes mariposas en el estómago?

—No, pero... me gusta su aspecto físico...

—Da igual si es guapo o no —afirmó su hermana con voz autoritaria.

Cassandra esbozó una sonrisa irónica.

—Tú no te has casado con un trol precisamente.

Su hermana se encogió de hombros y sonrió con timidez mientras replicaba:

—Lo sé, pero aunque Gabriel no fuera guapo, desearía compartir la cama con él.

Cassandra asintió con la cabeza y frunció el ceño.

—Pandora, ya he sentido eso antes con otra persona. Los nervios, la emoción y las mariposas. Pero... no era lord Lambert.

Su hermana puso los ojos como platos.

—¿Con quién?

—Eso no importa. No está disponible.

Su hermana bajó la voz hasta convertirla en un dramático susurro.

—¿Está casado?

—¡Por el amor de Dios, no! Es..., en fin, es el señor Severin. —Suspiró y espero a que su hermana hiciera un chiste o se burlara de ella.

Sin embargo, Pandora parpadeó y guardó silencio mientras asimilaba la información. Después, sorprendió a Cassandra al decir con voz reflexiva:

—Entiendo por qué te gusta.

—¿De verdad?

—Sí, es muy atractivo, y su personalidad tiene aristas muy interesantes. Es un hombre, no un muchacho.

Típico de su hermana identificar claramente los motivos por los que ella encontraba tan atractivo a Tom Severin y a lord Lambert tan... poco atractivo.

Lord Lambert había nacido en cuna de oro y en muchos sentidos su carácter aún no se había desarrollado del todo. No había tenido que abrirse camino en la vida por sí solo y era muy posible que nunca tuviera que hacerlo. Tom Severin, en cambio, empezó sin nada salvo su inteligencia y su voluntad, y se había convertido en una persona muy poderosa en opinión de todo el mundo. Lord Lambert disfrutaba de una vida placentera y lánguida, mientras que Tom pasaba sus días ocupado con su inagotable energía. Hasta la faceta más fría y calculadora de su personalidad le resultaba emocionante. Estimulante. No le cabía la menor duda de que lord Lambert sería un hombre fácil con el que vivir el día a día..., pero en cuanto a si era el hombre con el que quería compartir la cama...

—¿Por qué no está disponible? —quiso saber Pandora.

—Tiene el corazón congelado.

—Pobre hombre —replicó su hermana—. Debe de ser de hielo bien duro si es incapaz de enamorarse de ti.

Cassandra sonrió y se inclinó hacia delante para abrazarla.

—¿Recuerdas cuando éramos pequeñas y acababas con algún moratón en la espinilla o dándote un golpe en el dedo gordo del pie y yo fingía que me dolía exactamente en el mismo sitio? —le preguntó Pandora, que había apoyado la cabeza en su hombro.

—Sí. Debo admitir que me molestaba bastante verte cojear cuando la dolorida era yo —contestó Cassandra.

Pandora rio entre dientes y se apartó de ella.

—Si te dolía algo, quería compartir tu dolor. Eso es lo que hacen las hermanas.

—No es necesario que nadie se sienta mal por mí —le aseguró Cassandra con decidida alegría—. Tengo la intención de llevar una vida feliz. La verdad, da igual si deseo o no a lord Lambert. De todas formas, dicen que la atracción desaparece con el paso del tiempo.

—En algunos matrimonios desaparece, sí, pero no en todos. En el caso de los padres de Gabriel creo que no ha desaparecido. Y si acaso sucede, ¿no te gustaría al menos empezar tu vida de casada experimentándola? —Al ver la indecisión que asomaba a los ojos de su hermana, Pandora respondió su propia pregunta—: Sí, claro que te gustaría. Sería repugnante acostarte con un hombre al que no deseas.

Cassandra se frotó las sienes con expresión distraída.

—¿Es posible moldear los sentimientos para que se conviertan en los que quiero? ¿Puedo convencerme de desear a alguien?

—No lo sé —contestó Pandora—. Pero en tu caso yo lo descubriría antes de tomar una decisión que influirá en el resto de tu vida.

12

Tras mucha reflexión, Cassandra decidió que aunque no estaba segura de lo que sentía en realidad por lord Lambert, no lo deseaba en absoluto. Lo menos que podía hacer, por los dos, era descubrir si había un mínimo de compatibilidad entre ambos.

La oportunidad se presentó pronto, ya que se anunció que se celebraría un banquete benéfico considerado el evento del mes en casa de lord Delaval, en Belgravia.

La velada incluía una exposición de arte privada y una subasta a beneficio del Fondo Benevolente de Artistas. Un paisajista con mucho talento pero limitado éxito, llamado Erskin Gladwine, había muerto poco tiempo antes, dejando una esposa y seis hijos sin medios para salir adelante. Los beneficios de la venta de arte irían a un fondo para los Gladwine y para otras familias de artistas fallecidos.

Dado que lady Berwick se había tomado una merecida noche de descanso de su labor como carabina, Cassandra asistió al evento benéfico con Devon y Kathleen.

—Intentaremos desempeñar bien nuestro papel a la hora de vigilarte —anunció Kathleen con fingida preocupación—, pero me temo que no seremos lo bastante estrictos, ya que sin duda nosotros también necesitamos carabina.

—Somos Ravenel —añadió Devon—. Solo podemos comportarnos como es debido hasta cierto punto o la gente no se lo creerá.

Poco después de su llegada, Cassandra se sorprendió al ver que también estaba presente el padre de lord Lambert, el marqués de Ripon. Aunque sabía que lo conocería tarde o temprano, no se sentía preparada. Como poco, se habría puesto un vestido mucho más favorecedor que el que llevaba: un diseño confeccionado con muaré de seda que era el que menos le gustaba de todos los que tenía. Los kilos que había ganado habían hecho que tuvieran que sacarle a las costuras de la cintura, pero el canesú de escote cuadrado no se podía alterar sin estropearlo, de modo que se le veían demasiado los pechos. Además, el típico diseño ondulado del muaré, sumado al color marrón dorado, le confería la desafortunada apariencia de la veta de la madera.

Lambert se la presentó a su padre, el marqués, cuyo aspecto era más joven de lo que imaginaba. A diferencia de su hijo, que era rubio, tenía el pelo oscuro veteado de canas y unos ojos del color del chocolate amargo. Su rostro era apuesto, aunque de facciones duras, con la textura del mármol erosionado. Le hizo una genuflexión y, cuando se irguió de nuevo, se sorprendió un poco al darse cuenta de que apartaba la mirada de sus pechos.

—Milady —la saludó—, los rumores sobre su belleza no exageraban.

Cassandra le dio las gracias con una sonrisa.

—Es un honor conocerlo, milord.

El marqués la miró con expresión calculadora.

—¿Ha venido como amante de las artes, lady Cassandra?

—Sé poco de arte, pero espero aprender más. ¿Va a pujar por alguna obra hoy, milord?

—No, mi intención es hacer una donación, pero la obra del pintor es poco más que mediocre. No la colgaría ni en mi trascocina.

Aunque a Cassandra le desconcertó esa crítica al trabajo del difunto señor Gladwine, y en un evento benéfico para su viuda y sus hijos para más inri, intentó no mostrar su reacción.

Consciente al parecer de lo desagradables que sonaban las palabras del marqués, lord Lambert se apresuró a añadir:

—Mi padre es un buen conocedor de arte, sobre todo de los paisajes.

—Por lo que he visto de momento —dijo ella—, admiro la habilidad del señor Gladwine para pintar la luz: una escena a la luz de la luna, por ejemplo, o el brillo del fuego.

—Los trucos visuales no son lo mismo que el mérito artístico —replicó el marqués con desdén.

Cassandra sonrió y se encogió de hombros.

—De todas formas, me gusta su obra. Tal vez algún día tenga la amabilidad de explicarme qué hace que un cuadro merezca la pena y así, tal vez, sepa qué debo buscar.

El marqués la miró con aprobación.

—Tienes unos modales exquisitos, querida —dijo, tuteándola—. Dice mucho de ti que estés dispuesta a escuchar las opiniones de un hombre y a acomodarte a sus puntos de vista. —Esbozó una sonrisilla al añadir—: Qué lástima que no te haya conocido antes que mi hijo. Da la casualidad de que también busco esposa.

Aunque lo había dicho con intención de halagarla, a Cassandra le pareció un comentario muy extraño, sobre todo en presencia de lord Lambert. Desconcertada, se devanó los sesos en busca de una réplica adecuada.

—Estoy segura de que cualquier mujer se sentiría honrada de recibir sus atenciones, milord.

—De momento no he encontrado ninguna que las merezca. —La recorrió de arriba abajo con la mirada—. Tú, en cambio, serás una encantadora incorporación a mi familia.

—Como mi esposa —puntualizó lord Lambert entre risas—. No como la tuya, padre.

Cassandra se quedó callada. Con una punzada de rabia y preocupación, se dio cuenta de que ambos hombres consideraban el matrimonio como un asunto zanjado, como si no hicieran falta el cortejo ni el consentimiento.

La mirada del marqués le resultaba inquietante. Había algo en esos rasgos adustos que la hacía sentirse desaliñada e insignificante.

Lord Lambert le ofreció el brazo.

—Lady Cassandra, ¿le apetece que veamos el resto de los cuadros?

Le hizo otra genuflexión al marqués y se alejó con lord Lambert.

Recorrieron despacio el circuito de estancias públicas de la planta principal de la mansión, donde se exponían los cuadros. Se detuvieron delante de uno en el que se veía el Vesubio en erupción, en toda su furia roja y amarilla.

—No le dé importancia al descaro de mi padre —le aconsejó lord Lambert sin darle mucha importancia—. No acostumbra a medir las palabras cuando se trata de expresar lo que piensa. Lo importante es que cuenta con su aprobación.

—Milord —repuso ella en voz baja, consciente de las personas que paseaban a su espalda—, de alguna manera hemos llegado a un malentendido..., a la suposición..., de que un compromiso entre nosotros es la conclusión inequívoca.

—¿No lo es? —le preguntó él con sorna.

—¡No! —Al captar el deje acerado de su propia voz, moderó el tono antes de continuar con más calma—. No hemos tenido un cortejo formal. La temporada social ni siquiera ha empezado. No estaré preparada para aceptar un compromiso matrimonial hasta que nos hayamos conocido mucho mejor.

—Entiendo.

—¿De verdad?

—Entiendo lo que quiere.

Cassandra se relajó, aliviada al ver que no parecía haberse ofendido. Siguieron por la hilera de cuadros: la panorámica nocturna de un castillo en ruinas, el incendio del viejo teatro de Drury Lane, un estuario de noche. Sin embargo, era incapaz de concentrarse en las pinturas. Su mente era un hervidero de pensamientos, ya que tenía la horrible impresión de que cuanto más trataba a lord Lambert, peor le caía. La posibilidad de que ella tuviera sueños y pensamientos propios ni parecía habérsele pasado por la cabeza. Esperaba, en palabras de su padre, que ella se acomodara a sus puntos de vista. ¿Cómo iba a amarla si no tenía el menor interés en conocerla de verdad?

Claro que, ¡por el amor de Dios!, si rechazaba a ese hombre, el parangón de la aristocracia, a quien todo el mundo consideraba perfecto...

Dirían que estaba loca. Dirían que era imposible complacerla. Que él no tenía la culpa, sino que toda era suya.

Tal vez estarían en lo cierto.

De repente, lord Lambert la sacó de las estancias principales y la arrastró a un pasillo.

Mientras tropezaba, Cassandra soltó una carcajada.

—¿Qué hace?

—Ahora lo verás —le contestó, tuteándola de repente. La metió en una estancia cerrada al público, posiblemente una salita familiar cómoda y acogedora, y cerró la puerta.

Desorientada por la repentina oscuridad, Cassandra extendió un brazo para mantener el equilibrio. Se quedó sin aliento cuando lord Lambert la abrazó.

—Ahora —dijo él con un deje ronco y satisfecho— voy a darte lo que me has pedido.

Irritada, si bien le encontraba cierta gracia a la situación, replicó:

—No le he pedido que me arrastre a una habitación a oscuras ni que me manosee.

—Querías conocerme mejor.

—No me refería a esto... —protestó ella, pero él la besó, con demasiada fuerza, moviendo los labios contra los de ella mientras ejercía presión.

¡Por el amor de Dios! ¿No había entendido que lo que quería era pasar más tiempo juntos para poder hablar y descubrir los gustos de cada uno? ¿Le interesaba ella como persona en lo más mínimo?

La fuerza del beso le resultaba dolorosa, casi hostil, de modo que le deslizó las manos por las mejillas, acariciándolas con suavidad, con la esperanza de tranquilizarlo. Al ver que no funcionaba, apartó la cara y jadeó:

—Milord... Roland... No tan fuerte. Con delicadeza.

—De acuerdo. Cariño..., cariño... —Se apoderó de su boca de nuevo, aunque la presión apenas varió.

Cassandra se obligó a quedarse quieta mientras soportaba sus besos en vez de disfrutarlos. Intentó obligarse a sentir algo de placer, cualquier cosa salvo la creciente sensación de desagrado. Los brazos de Lambert eran como dos bandas de hierro a su alrededor. Estaba tan excitado que el torso se le agitaba como un fuelle.

De hecho, la escena empezaba a parecerse a una farsa en la que un bufón apasionado forzaba a una virgen escandalizada. Era digna de Moliére. ¿No había una escena parecida en *El despecho amoroso*? O tal vez fuera en *Tartufo*...

El hecho de que estuviera pensando en obras teatrales del siglo XVII en ese preciso momento no era una buena señal.

«Concéntrate», se ordenó. La boca de lord Lambert no era desagradable en sí misma. ¿Por qué parecía tan distinto besar a un hombre y a otro? Deseaba muchísimo que sus besos le gustasen, pero no se parecía en absoluto a las vivencias que experimentó en el invernadero de los Clare: el fresco aire nocturno que olía a humedad y a helechos; estar descalza y de puntillas mientras disfrutaba de la deliciosa presión de la boca de Tom

Severin; con ternura pero urgencia a la vez..., y de repente sintió que la calidez se extendía en su interior.

Sin embargo, en ese momento lord Lambert la instó a separar los labios y le introdujo la húmeda lengua en la boca.

Cassandra apartó la cabeza casi escupiendo.

—No..., espere..., ¡no! —Intentó apartarlo de un empujón, pero la abrazaba con tanta fuerza que le fue imposible meter las manos entre los dos—. Mi familia me estará buscando.

—No llamarán la atención sobre tu ausencia.

—Suélteme. No me gusta esto.

Forcejearon un momento, hasta que él la acorraló contra la pared.

—Dos minutos más —dijo él, jadeando por la excitación—. Me lo merezco después de todas las flores y los regalos que te he mandado.

«¿Se lo merece?»

—¿Creía que me estaba comprando con esas cosas? —le preguntó incrédula.

—Lo deseas, da igual lo que finjas. Con un cuerpo como el tuyo... Todo el mundo lo sabe con solo mirarte.

Sus palabras le provocaron una desagradable sorpresa.

En ese momento, él empezó a toquetearle el pecho, dándole fuertes tirones al escote y metiéndole la mano por el corpiño. Sintió un rudo y brusco apretón en un pecho.

—¡No! ¡Me hace daño!

—Vamos a casarnos. ¿Qué más da si nos damos el gusto antes de la boda? —Le dio un pellizco en un pezón, con la fuerza necesaria para magullarle la sensible zona.

—¡Pare! —El miedo y la indignación la atravesaron. De forma instintiva, le agarró los dedos y se los dobló hacia atrás. Él la soltó con un gruñido de dolor.

Sus respiraciones jadeantes resonaban en la oscuridad. Después de colocarse bien el corpiño, Cassandra se abalanzó hacia la puerta, pero se quedó paralizada al oír la voz tranquila de lord Lambert.

—Antes de que salgas corriendo, piensa en tu reputación. Un escándalo te arruinaría, aunque no lo hayas provocado tú.

Algo que era muy injusto. Pero cierto. Por increíble que pareciera, todo su futuro dependía de que saliera de esa estancia con tranquilidad, al lado de lord Lambert, sin mostrar el menor indicio de lo que había sucedido.

Apretó con fuerza el puño y bajó el brazo hasta pegarlo al costado. Se obligó a esperar, sin prestarle mucha atención mientras él se colocaba la ropa y se hacía algo en la parte delantera de los pantalones. Tenía los labios secos y doloridos. El pezón le dolía muchísimo. Se sentía avergonzada, sudorosa y absolutamente desdichada.

Lord Lambert habló como si no hubiera pasado nada. Comprobar que era capaz de pasar de un extremo a otro en un abrir y cerrar de ojos la dejó helada.

—Hay algo que deberías aprender, querida. A un hombre no le sienta bien que lo tientes hasta cierto punto y lo dejes frustrado.

La acusación la desconcertó por completo.

—¿Qué he hecho para tentarlo?

—Sonríes y coqueteas, y te contoneas al andar...

—¡Mentira!

—Y te pones esos vestidos tan ceñidos con los pechos levantados hasta la barbilla. Vas enseñando tus encantos y luego te quejas cuando te doy lo que vas pidiendo.

Incapaz de soportarlo más, Cassandra buscó a tientas el pomo de la puerta, que se abrió despacio. Tomó una honda bocanada de aire, desesperada por respirar mientras salía de la estancia.

Lord Lambert se colocó a su lado. Con el rabillo del ojo, Cassandra se dio cuenta de que le ofrecía el brazo. No lo aceptó. La idea de tocarlo le revolvía el estómago.

Mientras regresaban a las estancias públicas, le habló sin mirarlo, con un leve temblor en la voz.

—Está loco si cree que voy a querer relacionarme con usted después de esto.

Cuando por fin llegaron a su destino, se percató de que Kathleen los estaba buscando con discreción. Al principio, su cuñada pareció aliviada de verla. Sin embargo, conforme se acercaban a ella, Kathleen captó la tensión en el rostro de Cassandra y adoptó una expresión inescrutable.

—Cariño —dijo Kathleen con voz alegre—, estoy pensando en pujar por un paisaje... Tienes que darme tu opinión. —Miró a lord Lambert al añadir—: Milord, me temo que debo reclamar a mi pupila, de lo contrario, la gente dirá que soy una carabina de lo más laxa.

Él sonrió.

—La dejo a su cuidado.

Kathleen entrelazó el brazo con el de Cassandra mientras se alejaban.

—¿Qué ha pasado? —le preguntó en voz baja—. ¿Habéis discutido?

—Sí —contestó Cassandra con dificultad—. Quiero irme pronto. No tan pronto como para provocar habladurías, pero lo antes posible.

—Me inventaré una excusa.

—Y... no dejes que se me acerque.

La voz de Kathleen sonó con una calma absoluta mientras le daba un apretón en una mano.

—No lo permitiré.

Se acercaron a lady Delaval, la anfitriona del evento, y Kathleen le dijo con pesar que tendrían que marcharse antes de tiempo, ya que el bebé tenía cólico y quería volver a casa para cuidarlo.

Cassandra solo fue consciente a medias de las conversaciones que se sucedían a su alrededor. Estaba aturdida, un poco desorientada, como le sucedía cuando se levantaba de la cama antes de despertarse del todo. Su mente no dejaba de repasar una y otra vez todo lo que lord Lambert había dicho y hecho.

«Todo el mundo lo sabe... Vas enseñando tus encantos.»

Esas palabras la habían hecho sentirse incluso peor que el manoseo, si acaso era posible. ¿Otros hombres la veían también de esa manera? ¿Era eso lo que pensaban? Quería encogerse y esconderse en un rincón. Le palpitaban las sienes como si tuviera demasiada sangre en la cabeza. El pecho le dolía allí donde la había manoseado y pellizcado.

Kathleen habló con Devon en ese momento y le pidió que ordenara que les llevaran el carruaje a la puerta.

Él no se molestó en adoptar una máscara social agradable. Se le endureció el semblante y entrecerró los azules ojos.

—¿Hay algo que debería saber? —preguntó en voz baja mientras miraba a su esposa primero y luego a Cassandra.

Ella le respondió con un ligero movimiento de cabeza. Lo más importante era no hacer nada que pudiera crear un escándalo. Si Devon descubría la insultante actitud de lord Lambert y si este seguía por allí..., el resultado sería desastroso.

Devon la miró con expresión seria, ya que era evidente que no le hacía gracia marcharse sin saber exactamente qué había sucedido. Sin embargo, para su alivio, cedió:

—¿Me lo contarás de camino a casa?

—Sí, primo Devon.

Una vez que estuvieron los tres en el carruaje de vuelta a Ravenel House, Cassandra pudo respirar mejor. Kathleen se sentó a su lado y le cogió una mano.

Devon, que estaba sentado frente a ellas, la miró con el ceño fruncido.

—Cuéntanos lo que ha pasado —dijo sin preámbulos.

Cassandra les contó todo lo sucedido, incluida la forma en la que lord Lambert la había toqueteado. Aunque fue humillante contar los detalles, creía que necesitaban saberlos para comprender hasta qué punto lord Lambert se había mostrado ofensivo e insultante. Mientras la escuchaban con atención, la expresión de Devon pasó de ser seria a furibunda, mientras que Kathleen se puso blanca como el papel.

—Fue culpa mía por no resistirme más al principio —dijo Cassandra con voz desdichada—. Y este vestido... es demasiado ceñido, no es elegante para una dama decente y...

—Que Dios me ayude. —Aunque Devon habló en voz baja, lo hizo con la misma intensidad que si hubiera gritado—. Tú no has tenido la culpa de lo que él ha hecho. No has dicho ni hecho nada que lo justifique, ni tampoco lo justifica lo que llevas puesto.

—¿Crees que te dejaría salir de casa con algo inapropiado? —le preguntó Kathleen con sequedad—. Da la casualidad de que estás bien dotada..., un detalle que es una bendición, no un crimen. Me gustaría volver y azotar a ese malnacido por insinuar que de algún modo has tenido la culpa.

Dado que no estaba acostumbrada a oír semejante lenguaje en boca de Kathleen, la miró con los ojos como platos por la sorpresa.

—Y no te lleves a engaño —continuó con voz apasionada—, esto solo es una muestra de cómo podría haberte tratado después de la boda porque, como su esposa, estarías a su merced. Los hombres como él nunca aceptan la responsabilidad: atacan a los demás y luego dicen que los provocaron para hacerlo. «Mira lo que me has obligado a hacer.» Pero la elección siempre fue suya. Hacen daño y asustan a los demás para sentirse poderosos.

Kathleen habría continuado, pero Devon se inclinó hacia delante y le colocó una mano en la rodilla. No para que se controlara ni para interrumpirla, sino porque al parecer necesitaba tocarla. Esos ojos azules oscuros miraban a su esposa con cariño. Fue como si durante esa mirada se produjera toda una conversación entre ellos.

Cassandra sabía que los dos estaban pensando en su hermano, Theo, el primer marido de Kathleen, que tenía un carácter violento y que a menudo había atacado verbal y físicamente a las personas que lo rodeaban.

—De pequeña me vi sometida a menudo al temperamento de los Ravenel —dijo Cassandra en voz baja—. Mi padre y mi hermano parecían enorgullecerse a veces de esos arrebatos, de su capacidad para poner nerviosos a los demás. Creo que querían que la gente pensara que eran poderosos.

Devon la miró con sorna.

—Los hombres poderosos no pierden los estribos. Conservan la calma mientras los demás gritan y se lían a puñetazos. —Se echó hacia atrás en el asiento, tomó una honda bocanada de aire y luego lo soltó despacio—. Gracias a la influencia de mi esposa, he aprendido a no desatar mi genio tan a menudo como antes.

Kathleen lo miró con ternura.

—Tuyos son el esfuerzo y el mérito de tu mejora. Pero ni siquiera en tus peores momentos se te habría pasado por la cabeza tratar a una mujer como lord Lambert lo ha hecho esta noche.

Cassandra levantó la vista para mirar a Devon a los ojos.

—Primo, ¿qué vamos a hacer?

—Me gustaría empezar por hacerlo papilla —respondió él con ferocidad.

—Ay, no, por favor... —protestó.

—No te preocupes, cariño. Eso es lo que me gustaría hacer, no lo que voy a hacer. Mañana lo acorralaré y le dejaré bien claro que, a partir de este momento, no se puede acercar a ti por ningún motivo. Nada de visitas a la casa, nada de flores, ningún contacto, sea del tipo que sea. Lambert no se atreverá a molestarte de nuevo.

Cassandra hizo una mueca y apoyó la cabeza en el hombro de Kathleen.

—La temporada social ni ha empezado todavía y va a ser horrorosa. Lo sé.

La pequeña mano de Kathleen le acarició el pelo.

—Es mejor haber descubierto ahora el verdadero carácter de lord Lambert en vez de hacerlo después —susurró ella—. Pero siento muchísimo que haya acabado así.

—Lady Berwick se lo tomará fatal —comentó Cassandra con una risa forzada—. Había puesto muchas expectativas en el enlace.

—Pero... ¿tú no? —oyó que le preguntaba Kathleen en voz baja.

Negó despacio con la cabeza.

—Siempre que he intentado imaginarme un futuro con lord Lambert, me ha resultado imposible. No sentía absolutamente nada. Ni siquiera soy capaz de hacer el esfuerzo de odiarlo ahora mismo. Creo que es espantoso, pero... no es lo bastante importante para que lo odie.

13

—Señor, han regresado —anunció Barnaby con un deje funesto en la voz, tras abrir la puerta del despacho de Tom sin avisar.

Tom no levantó la mirada del presupuesto para mampostería y construcción de puentes que tenía delante.

—¿Quiénes han regresado? —preguntó distraído.

—Los bichos.

Tom levantó la cabeza y parpadeó.

¿Cómo dices?

—Los bichos de Bazzle —le explicó Barnaby con expresión seria.

—¿Bazzle ha venido con ellos o han decidido hacernos una visita por su cuenta?

Su asistente estaba demasiado alterado como para encontrar la situación graciosa.

—Le he dicho a Bazzle que no podía pasar. Está esperando fuera.

Tom soltó un suspiro exasperado y se puso en pie.

—Yo me encargo, Barnaby.

—Señor, si me permite —se atrevió a añadir su asistente—. La única manera de librarse de los bichos consiste en librarse de Bazzle.

Tom lo miró con seriedad.

—Cualquier niño, ya sea rico o pobre, puede tener piojos.

—Sí, pero... ¿debemos tener a uno de ellos en la oficina?

Tom no se dignó a contestarle siquiera y, en cambio, bajó la escalera consumido por la irritación.

Aquello tenía que acabar. No soportaba ni las interrupciones ni los bichos ni a los niños, y Bazzle era las tres cosas a la vez. En ese momento, otros hombres en su misma posición estaban ocupados con sus negocios, como debería estar haciendo él. Le daría al niño unas monedas y le diría que no regresara. Bazzle no era asunto suyo. El muchacho no era ni mejor ni peor que los otros miles de rufianes que pululaban por las calles de la ciudad.

Al pasar por el vestíbulo de entrada con su suelo de mármol, vio a un empleado subido a una escalera que estaba adornando las cornisas y las ventanas con guirnaldas navideñas de hojas verdes y lazos rojos.

—¿Qué es eso? —exigió saber Tom.

El hombre lo miró con una sonrisa.

—Buenos días, señor Severin. Estoy colocando la decoración navideña.

—¿Quién te ha ordenado que lo hagas?

—El gerente, señor.

—Estamos todavía en noviembre, caray —protestó él.

—Los grandes almacenes de Winterborne ya han desvelado los escaparates navideños.

—Entiendo —murmuró Tom.

Rhys Winterborne, con su incansable afán por generar ventas, acababa de dar él solo el pistoletazo de salida para las compras navideñas más temprano que nunca. Lo que significaba que tendría que soportar todo un mes de festividades, sin posibilidad de escapatoria. Todas las casas y los edificios se llenarían de guirnaldas verdes y de decoraciones plateadas, y todas las puertas tendrían un ramillete de muérdago debajo del cual besarse.

Todos los días llegarían montones de felicitaciones por correo y los periódicos se llenarían de anuncios navideños, por no mencionar las incontables interpretaciones de *El Mesías*. Las calles estarían llenas de grupos de personas cantando villancicos que asaltarían a los inocentes peatones con sus desafinados esfuerzos a cambio de unos cuantos peniques.

Tom no odiaba precisamente la Navidad. Normalmente la toleraba con elegancia, pero ese año no se sentía con ánimos para celebrar nada.

—Señor Severin, ¿quiere que deje de colgar guirnaldas? —le preguntó el hombre.

Tom esbozó una sonrisa falsa.

—No, Meagles. Sigue con tu trabajo.

—Recuerda mi nombre —comentó el hombre, encantado.

Tom se vio tentado de replicar: «No es que seas especial, me acuerdo de los nombres de todo el mundo», pero logró contenerse.

El gélido viento le llegó hasta los huesos cuando salió a la calle. El día era de esos tan fríos que cortaba la respiración y hacía que los pulmones se congelaran por dentro.

Vio la pequeña forma de Bazzle, toda huesos, acurrucada en un lateral de los escalones de piedra con la escoba sobre las rodillas. Iba vestido con harapos que parecían sacados de la basura y llevaba una gorra en la cabeza que casi se transparentaba de lo desgastada que estaba. Tom lo vio levantar una mano para rascarse el cuello y la cabeza, un gesto que le resultó demasiado familiar.

Era un pedacito diminuto de humanidad sin importancia alguna que se aferraba a la vida con uñas y dientes. Si Bazzle desaparecía de repente de la faz de la Tierra, pocas personas se darían cuenta o se percatarían de su ausencia. Que lo partiera un rayo si entendía por qué debería importarle el destino del niño.

Aunque le importaba.

¡Maldición!

Se acercó despacio al niño y se sentó a su lado en los escalones.

El muchacho se asustó, dio un respingo y se volvió para mirarlo. Ese día su mirada era distinta y sus ojos se asemejaban a dos ventanas rotas con la oscura pupila en el centro. Tiritaba de frío por culpa del gélido azote del viento.

—¿Dónde está tu ropa nueva? —le preguntó Tom.

—El tío Batty dice que es demasiado peripuesta para mí.

—La ha vendido —repuso Tom sin más.

—Sí, señor —replicó el niño con dificultad porque le castañeteaban los dientes.

Antes de que pudiera dejar bien claro lo que pensaba de ese ladrón malnacido, una ráfaga de aire especialmente fuerte hizo que el niño se tensara, muerto de frío.

A regañadientes, Tom se quitó la chaqueta del traje, confeccionada con paño negro de lana y forrada de seda, que su sastre de Strickland e Hijos le había entregado la semana anterior. El corte de la prenda era el último grito de la moda, con una sola hilera de botones, sin costura en la cintura y con anchos puños. Como no podía ser de otra manera, se había puesto el traje nuevo ese día en vez de ponerse uno viejo. Contuvo un suspiro y cubrió el sucio cuerpo del niño con la costosa prenda.

Bazzle exclamó por la sorpresa al verse rodeado por el cálido capullo de lana y seda. Se arrebujó con la chaqueta e incluso logró cubrirse las piernas con ella.

—Bazzle —dijo Tom, que tenía la impresión de que le estaban arrancando las palabras con unas tenazas de acero—, ¿te gustaría trabajar para mí?

—Eso es lo que hago, señor.

—En mi casa. Como mozo de la servidumbre o como aprendiz de criado. O tal vez puedas echar una mano en las caballerizas o en los jardines. El caso es que vivirías allí.

—¿Con usted?

—Yo no diría tanto. Pero sí, en mi casa.

El niño se lo pensó.

—¿Quién le barrería la oficina?

—Supongo que puedes acompañarme por la mañana, si quieres. De hecho, verte todos los días irritará tanto a Barnaby que debo insistir en que lo hagas. —Como el muchacho no contestaba, insistió—: ¿Y bien?

Bazzle lo miró con gesto preocupado.

—Al tío Batty no le gustará.

—Llévame hasta él —se apresuró a decir Tom—. Zanjaremos el tema. —De hecho, tenía muchas ganas de arrancarle la piel a tiras al tal tío Batty.

—Ah, no, señor Severin..., un ricachón como usted..., le arrancarían el hígado y lo dejarían tieso.

Tom sonrió, ya que el comentario le hizo gracia. Se había pasado la mayor parte de la infancia sobreviviendo en tugurios y en estaciones de tren, defendiéndose solo, constantemente expuesto a los vicios e inmundicias de las que la humanidad era capaz. Había peleado para defenderse, para conseguir comida, para conseguir trabajo... Mucho antes de que le creciera la barba, estaba tan curtido y era tan cínico como cualquier adulto de Londres. Pero claro, ese niño no tenía manera de saberlo.

—Bazzle —dijo, mirándolo con seriedad—, no es necesario que te preocupes por mí. Sé cómo debo comportarme en sitios peores que Saint Giles. También puedo protegerte a ti.

El niño siguió frunciendo el ceño mientras mordisqueaba con gesto distraído una de las solapas de la chaqueta de lana.

—No tiene por qué preguntarle a Batty nada de nada. No es mi tío.

—¿Qué tipo de acuerdo tienes con él? ¿Se queda con tus ganancias a cambio de una cama y de la comida? Bueno, pues ahora trabajarás en exclusiva para mí. El alojamiento será mejor, la comida más abundante y podrás quedarte con lo que ganes. ¿Qué me dices?

Los ojos llorosos del niño lo miraron con recelo.

—No querrá bajarme los pantalones, ¿eh? ¡Que yo de sodomita nada!

—Mis preferencias en ese tema no se extienden a los niños —respondió Tom con acidez—. De ninguno de los dos sexos. Prefiero a las mujeres hechas y derechas. —A una en particular.

—¿Nada de sodomía? —insistió el niño, para asegurarse.

—No, Bazzle, a mi lado no correrás el menor peligro de ser sodomizado. No me interesa sodomizarte ni ahora ni en el futuro. El nivel de sodomía en mi casa será de cero. ¿Me he explicado con claridad?

El niño lo miró con un brillo alegre en los ojos y recuperó su actitud habitual.

—Sí, señor.

—Bien —se apresuró a replicar Tom, que se puso de pie y se sacudió el polvo de los pantalones—. Voy en busca del abrigo e iremos a ver a la doctora Gibson. Seguro que estará encantadísima de ver que le hacemos otra visita sorpresa.

La alegría desapareció de la cara de Bazzle.

—¿Otra ducha? —preguntó temeroso—. ¿Cómo la otra vez? Tom sonrió.

—Será mejor que te acostumbres al agua y al jabón, Bazzle. Vas a tener mucha relación con ellos en el futuro.

Una vez que Bazzle estuvo limpio, desparasitado y vestido con ropa y zapatos nuevos..., otra vez..., Tom lo llevó a su casa situada en Hyde Park Square. Había comprado la mansión con su fachada blanca de estuco cuatro años antes, prácticamente amueblada. Contaba con cuatro plantas, tejado abuhardillado y jardines privados que rara vez pisaba. Había conservado casi en su totalidad al servicio doméstico, que se había acostumbrado a regañadientes a trabajar para un señor de orígenes humildes. A Tom le hacía gracia que pensaran que habían sufrido un descenso en su estatus dado que el anterior señor de la casa era un barón del norte de Yorkshire.

El ama de llaves, la señora Dankworth, era distante, eficiente y del todo impersonal, lo que la convertía en la preferida de todos ellos a ojos de Tom. La señora Dankworth apenas lo molestaba y jamás se escandalizaba por nada, ni siquiera cuando llevaba invitados sin previo aviso. Ni siquiera pestañeó cuando uno de sus conocidos, que trabajaba en un laboratorio industrial, realizó un experimento en el salón que acabó destrozando la alfombra.

Por primera vez en cuatro años, sin embargo, la señora Dankworth pareció aturdida, o más bien espantada, cuando apareció acompañado por Bazzle y le pidió que «hiciera algo con él».

—Necesita un trabajo para las tardes —añadió Tom—. Y también necesita un lugar donde dormir y alguien que le explique cuáles son sus obligaciones y las reglas de esta casa. Y que le enseñe a lavarse los dientes.

La mujer, baja y gruesa, miró a Bazzle como si no hubiera visto nunca a un niño.

—Señor Severin —dijo—, aquí no hay nadie que pueda ocuparse de un niño.

—No necesita que se ocupen de él —le aseguró Tom—. Bazzle es autosuficiente. Solo quiero que se aseguren de que come y se asea con regularidad.

—¿Cuánto tiempo se quedará? —le preguntó la mujer con preocupación.

—De forma indefinida. —Tom se marchó sin más y volvió a

la oficina, donde debía reunirse con dos miembros de la Junta Metropolitana de Obras.

Después de la reunión, hizo caso omiso del impulso de regresar a casa para ver cómo le iba a Bazzle. En cambio, decidió cenar en su club.

Siempre sucedía algo interesante en Jenner's. El ambiente del legendario club era fastuoso, pero relajante; no demasiado ruidoso, pero tampoco en completo silencio. Todos los detalles, desde el costoso licor que se servía en vasos de cristal tallado hasta los mullidos sofás y sillones Chesterfield, se habían elegido para que los miembros se sintieran gratificados y privilegiados. Para formar parte del club, uno de los socios debía ofrecer referencias del solicitante, que también debía mostrar sus ingresos y sus deudas, tras lo cual su nombre se añadía a una lista de espera de años. La entrada se lograba solo cuando uno de los miembros del club moría, y el afortunado al que se le ofrecía la membresía sabía que no debía protestar en absoluto por la desorbitada cuota anual.

Antes de acercarse al bufet para servirse la cena, Tom entró en uno de los salones del club para tomarse una copa. Casi todos los sillones estaban ocupados, como era habitual a esa hora de la noche. Mientras atravesaba el circuito de estancias conectadas entre sí, vio que algunos amigos y conocidos le hacían gestos para que se uniera a ellos. Estaba a punto de indicarle a un empleado que le llevara un sillón donde sentarse cuando se percató del pequeño incidente que tenía lugar en una de las mesas. Tres hombres mantenían una discreta pero intensa discusión, y la tensión se palpaba en el ambiente.

Tom observó el pequeño grupo y reconoció a Gabriel, lord St. Vincent. No era ninguna sorpresa encontrar a lord St. Vincent en el club, puesto que el establecimiento pertenecía a su familia y su abuelo materno fue el mismísimo Ivo Jenner. St. Vincent había sucedido a su padre de un tiempo a esa parte en la gestión del club. Según se decía, estaba haciendo un trabajo magnífico, con ese aplomo y ese carácter sosegado que lo caracterizaban.

Sin embargo, en ese instante no había nada sosegado en él. Arrastró la silla hacia atrás al levantarse y arrojó un periódico a la mesa como si le hubiera quemado la mano. Aunque hizo un esfuerzo visible por mantener la compostura, apretó los dientes varias veces.

—Milord —lo saludó Tom, que se acercó en ese momento—, ¿cómo está?

St. Vincent se volvió hacia él y su rostro adoptó de inmediato una expresión educada que no era sino una máscara.

—Severin. Buenas noches. —Le tendió la mano para saludarlo con un apretón y procedió a presentarle a los dos hombres que lo acompañaban a la mesa, que también se habían puesto en pie—. Lord Milner y el señor Chadwick, es un placer presentarles a nuestro socio más reciente, el señor Severin.

Ambos inclinaron la cabeza y lo felicitaron.

—Severin —murmuró lord St. Vincent—, lo normal sería que te invitara a tomarte una copa de brandi, pero me temo que debo marcharme. Te pido que me disculpes.

—Espero que no sean malas noticias.

St. Vincent respondió con el asomo de una sonrisa tristona, distraído.

—Sí, son malas noticias. No sé qué puedo hacer al respecto. Seguramente, no mucho.

—¿Puedo ayudar en algo? —se ofreció Tom sin dudarlo.

St. Vincent lo miró en ese momento, y esos ojos de un tono azul glaciar se clavaron en él, templándose por la oferta.

—Gracias, Severin —contestó con sinceridad—. Todavía no sé qué necesitamos hacer. Pero tal vez recurra a ti más adelante si es necesario.

—Si me da algún detalle del problema, tal vez pueda ofrecer alguna sugerencia.

St. Vincent lo miró en silencio un instante.

—Acompáñame.

Tom respondió con un breve asentimiento de cabeza. La curiosidad se multiplicaba por momentos.

Tras recoger el periódico que había arrojado a la mesa, St. Vincent les dijo a sus amigos en voz baja:

—Gracias por la información, caballeros. Esta noche la cena y las copas corren por cuenta de la casa.

Ambos reaccionaron con sendas sonrisas y murmuraron las gracias a la vez.

Mientras abandonaban el salón, la expresión agradable de St. Vincent desapareció.

—Te enterarás de esto dentro de poco —dijo—. El problema está relacionado con la hermana de mi mujer, lady Cassandra.

Tom tomó una honda bocanada de aire.

—¿Qué ha pasado? ¿Le han hecho daño? —La mirada de reojo del vizconde le indicó que su reacción resultaba un tanto exagerada.

—No físicamente —respondió St. Vincent, que lo guio hasta un espacioso salón recibidor contiguo al vestíbulo de entrada. La estancia, que contaba con percheros de níquel y estanterías de caoba, estaba atestada de abrigos y objetos varios.

Un portero se le acercó de inmediato.

—¿Milord?

—Niall, mi abrigo y mi sombrero. —Mientras el empleado desaparecía en busca de las prendas, añadió en voz baja, dirigiéndose a Tom—: Un pretendiente despechado ha difamado a lady Cassandra. Los rumores empezaron a circular hace dos o tres días. El individuo les dijo a sus amigos que era una coqueta promiscua sin corazón..., y se aseguró de decirlo en su club, para que todo aquel que estuviera cerca lo oyera. Asegura que lady Cassandra le permitió ciertas libertades sexuales y que después lo rechazó cruelmente cuando intentó redimir su honor proponiéndole matrimonio.

Para Tom la ira siempre había sido un sentimiento abrasador. Pero lo que sentía en ese momento lo superaba con creces. La sensación que experimentaba era más fría que el hielo.

Solo necesitaba saber un detalle.

—¿Quién es?

—Roland, lord Lambert.

Tom echó a andar hacia el vestíbulo.

—Yo también quiero mi abrigo —le dijo con brusquedad al portero.

—Muy bien, señor Severin —oyó que replicaba el hombre con voz amortiguada.

—¿Adónde vas? —le preguntó St. Vincent cuando Tom se volvió hacia él.

—A buscar a lord Lambert —masculló Tom— y a meterle una vara por el culo. Después lo arrastraré hasta la plaza del Ayuntamiento y lo dejaré allí empalado hasta que se retracte públicamente de todas las mentiras que ha dicho sobre lady Cassandra.

El vizconde lo miró con forzada paciencia.

—Lo último que necesitan los Ravenel es que reacciones sin pensar y que hagas algo impulsivo. Además, todavía no conoces ni la mitad de la historia. La cosa empeora.

Tom se quedó blanco.

—¡Por el amor de Dios! ¿Qué puede ser peor que eso?

A ojos de la sociedad, la reputación de una mujer lo era todo. ¡Todo! Si el honor de Cassandra quedaba mínimamente mancillado, sería considerada una paria y la desgracia recaería también sobre su familia. No tendría la menor oportunidad de casarse con un hombre de su mismo estatus social. Sus antiguas amistades no querrían saber nada de ella. Sus futuros hijos sufrirían el desaire de sus pares. Lo que había hecho lord Lambert era el colmo de la crueldad. Sabía muy bien que su mezquina venganza destrozaría la vida de lady Cassandra.

St. Vincent le entregó el periódico que se había colocado debajo del brazo.

—Esta es la edición vespertina del *London Chronicle* —dijo con voz tensa—. Lee la columna superior de la sección de sociedad.

Tom lo miró fijamente antes de bajar la vista a la columna en cuestión, que, según vio con desdén, había sido escrita por alguien que firmaba con un escueto: «Anónimo».

Ha llegado el momento de que reflexionemos sobre una especie bien conocida en Londres: la coqueta sin corazón. Muchas de estas criaturas han llegado recientemente a la ciudad para renovar el placer de la temporada social, pero una en concreto nos servirá como ejemplo de las de su clase.

Coleccionar corazones como si fueran trofeos parece ser el pasatiempo de cierta dama a la que nos referiremos como «lady C». Hace relativamente poco tiempo recibió más proposiciones de matrimonio de las que debería hacerlo cualquier joven bien educada, aunque el motivo no es ningún misterio. Es una maestra en el arte del coqueteo erótico tras haber perfeccionado las miradas de soslayo, los susurros seductores y otros recursos típicos para enardecer el ardor masculino. Lady C acostumbra a atraer a los hombres hacia un rincón tranquilo, donde los excita con besos furtivos y desinhibidas caricias, y después los acusa de haberse propasado.

Lady C, por supuesto, afirma después que es inocente y asegura que sus pequeños ensayos son inocuos. Se limita a atusarse esos rubios tirabuzones y a proseguir su alegre camino, poniendo en ridículo a más hombres, algo que parece ser su pasatiempo preferido. Ahora que su falta de decoro ha salido a la luz, ha llegado el momento de que los miembros decentes de la sociedad decidan qué precio debe pagar por su escandaloso comportamiento, si acaso debe pagar alguno. Dejemos que su juicio sea advertencia suficiente para que otras jovencitas aprendan que no está bien (¡no, está muy mal!) jugar con los sentimientos de los jóvenes educados y descarriarse en el proceso.

En resumen, dejemos que lady C sea un ejemplo.

La malicia que destilaba el artículo lo sorprendió. Era un asesinato público. Jamás había visto ni oído que se hubiera cometido semejante tropelía con una muchacha inocente. En caso de que esa fuera la venganza de lord Lambert por el rechazo que había recibido, resultaba tan desproporcionada que ponía su cordura en tela de juicio. Y una vez que el rumor se había extendido hasta hacerse de dominio público, las damas de la sociedad recogerían el testigo, y era de todos sabido que no solían demostrar piedad por sus congéneres.

Antes de que la semana llegara a su fin, Cassandra estaría condenada al ostracismo.

—¿Cómo es posible que el editor haya accedido a publicar esto? —quiso saber Tom, que le devolvió el periódico al vizconde con brusquedad—. Es un maldito libelo.

—Sin duda lo hace con el convencimiento de que la familia de Cassandra no querrá someterla a la tortura de una denuncia por difamación. Además, es posible que el tal «Anónimo» tenga cierta influencia sobre él o sobre el dueño del periódico.

—Descubriré quién es el autor de la columna —dijo Tom.

—No —replicó lord St. Vincent al instante—. No interfieras en este asunto. Les diré a los Ravenel que te has ofrecido para ayudar. Estoy seguro de que te lo agradecerán. Pero es la familia quien debe decidir cómo manejar la situación.

El portero llegó en ese momento con el abrigo del vizconde y lo ayudó a ponérselo, mientras Tom se sumía en un reflexivo silencio.

No soportaba quedarse al margen y de brazos cruzados. Algo en su interior se había liberado de la jaula donde estaba encerrado y no se apaciguaría hasta que el mundo hubiera recibido su castigo por haberle hecho daño a Cassandra.

Al pensar en lo que debía de estar sufriendo, en lo asustada, furiosa y dolida que debía de estar..., experimentó una sensación desconocida y terrible que le retorció las entrañas. Quería a Cassandra entre sus brazos. Quería protegerla de toda esa espantosa inmundicia.

Salvo que no podía hacer nada en lo que a ella se refería.

—No intervendré —prometió a regañadientes—. Pero quiero su palabra de que me informará en caso de que haya algo que yo pueda hacer. Por más insignificante que sea.

—La tienes.

—¿Va a ver a la familia ahora?

—Sí, voy en busca de mi esposa y la llevaré a Ravenel House. Querrá estar con Cassandra. —St. Vincent parecía enfadado y al mismo tiempo exhausto—. Pobre muchacha. Nunca ha sido un secreto que lo que Cassandra desea por encima de todo es una vida convencional. Pero con unas cuantas palabras maliciosas, Lambert ha destrozado cualquier oportunidad que tuviera de conseguirla.

—No cuando el rumor que ha puesto en circulación es una mentira sin fundamento.

El vizconde esbozó una sonrisa irónica.

—Severin, no se puede silenciar un rumor de esa forma. Cuantos más hechos se añadan a una mentira, más gente insistirá en creerla.

14

La humillación pública, pensó Cassandra con pesar, era como ahogarse en el mar. Una vez que se desaparecía bajo la superficie, uno se hundía sin remedio.

Habían pasado veinticuatro horas desde que Pandora y Gabriel fueran a Ravenel House. En circunstancias normales, la inesperada visita habría sido una sorpresa magnífica, pero nada más ver la cara pálida de su hermana, Cassandra comprendió que algo iba muy mal.

Todos se reunieron en el salón familiar, y ella se sentó entre Kathleen y Devon. Pandora estaba demasiado alterada como para sentarse, de modo que se paseó de un lado para otro de la estancia, soltando alguna que otra exclamación, mientras Gabriel explicaba la situación con tiento.

A medida que Cassandra asimilaba lo que lord Lambert había hecho, se fue quedando helada por la estupefacción y el miedo. Devon le llevó una copa de brandi e insistió en que se la bebiera; le rodeó los dedos con una mano y mantuvo la copa firme mientras ella se la llevaba a los labios.

—Tienes familia —le dijo con firmeza—. Tienes a muchas personas que te quieren y que te defienden. Vamos a luchar contra esto juntos.

—¡Empezaremos por matar a lord Lambert! —exclamó Pandora, sin dejar de moverse de un lado para otro—. De la forma más lenta y dolorosa posible. Lo descuartizaremos poco a poco. Voy a matarlo con unas pinzas.

Mientras su gemela seguía despotricando, Cassandra se echó en brazos de Kathleen y susurró:

—Será como combatir el humo. No hay forma de ganar.

—Lady Berwick nos podrá ayudar más que nadie —repuso Kathleen con calma—. Conseguirá el apoyo y la comprensión de sus amigas, todas mujeres muy respetables de la alta sociedad, y nos aconsejará la mejor manera de capear esta tormenta.

Sin embargo, al igual que sucedía con la mayoría de las tormentas, dejaría destrozos a su paso.

—Contarás con el apoyo de mi familia —le aseguró Gabriel—. No tolerarán el menor insulto hacia tu persona. Sin importar lo que necesites, te lo ofrecerán.

Cassandra le dio las gracias de manera inexpresiva, sin mencionar que unos duques, por más poderosos que fueran, no podían obligar a otras personas a arriesgarse a sufrir el ostracismo social por relacionarse con ella.

Bebió sorbos de brandi hasta que apuró la copa, mientras el resto del grupo discutía qué hacer. Decidieron que Devon le pediría a Ethan Ransom que encontrase a lord Lambert, quien seguramente se había ocultado después del terremoto que había provocado. St. Vincent iría a las oficinas del *London Chronicle* por la mañana y presionaría al editor para que revelase la identidad del columnista anónimo. Kathleen mandaría llamar a lady Berwick, que organizaría la estrategia para contrarrestar los perniciosos rumores.

Aunque Cassandra intentó prestar atención, el cansancio la envolvía como si fuera una burbuja, de manera que se quedó sentada con la cabeza gacha y los hombros derrotados.

—Cassandra se siente *mustilánguida* —anunció Pandora—. Necesita descansar.

Kathleen y Pandora la acompañaron a la planta superior, mientras que Devon y Gabriel siguieron hablando en el salón familiar.

—No quiero dar la impresión de que me compadezco de mí misma —murmuró Cassandra al tiempo que se sentaba al tocador mientras Kathleen le cepillaba el pelo—, pero no creo que lo que hice merezca esto.

—No te lo mereces —convino Kathleen, que la miró a los ojos a través del espejo—. Como bien sabes, la vida es injusta. Tuviste la mala suerte de atraer a lord Lambert, y era imposible que supieras de lo que era capaz.

Pandora se arrodilló junto a la silla.

—¿Quieres que me quede esta noche? No quiero estar lejos de ti.

Eso le arrancó una sonrisa a Cassandra, que tenía los labios secos.

—No, el brandi me ha dado sueño. Solo quiero descansar. Pero necesitaré verte mañana.

—Volveré a primera hora.

—Tienes que trabajar —protestó Cassandra. Pandora había creado su propia empresa de juegos de mesa y estaba montando una pequeña fábrica, además de visitar a los proveedores—. Vuelve más tarde, cuando ya te hayas encargado de todas tus tareas.

—Estaré aquí para la hora del té. —Pandora, que la miró con mucha atención, dijo—: No te estás comportando como me esperaba. Yo he llorado y gritado, mientras que tú te has quedado muy callada.

—Estoy segura de que lloraré en algún momento. Pero ahora mismo solo me siento fatal y decaída.

—¿Debería quedarme callada yo también? —le preguntó su hermana.

Cassandra negó con la cabeza.

—No, en absoluto. Es como si tú estuvieras llorando y gritando por mí cuando yo no puedo.

Pandora le pegó la mejilla al brazo.

—Eso es lo que hacen las hermanas.

Esa mañana el ambiente en la casa era de una tranquilidad pavorosa. Devon se había marchado y Kathleen estaba muy ocupada escribiendo un sinfín de notas y de cartas, pidiendo ayuda a sus amigos para enfrentarse al escándalo. Los criados estaban más callados de lo habitual, Napoleón y Josefina apenas si tenían ánimo, e incluso el ruido habitual del tráfico de la calle había desaparecido. Daba la sensación de que alguien había muerto.

En cierto sentido, así había sido. Cassandra había despertado para encontrarse en una nueva vida con un futuro distinto. Todavía tenía que descubrir hasta qué punto había cambiado y hasta dónde llegaría su humillación. Pero, con independencia de cómo la tratasen los demás, debía admitir su responsabilidad en todo ese desastre. Tenía al menos parte de culpa. Por eso precisamente existían todas las reglas de lady Berwick.

Todos los coqueteos inocentes y los besos robados de los que había disfrutado en el pasado adquirían en ese momento un cariz distinto. En su momento le parecieron un entretenimiento inocente, pero había estado jugando con fuego. De haber permanecido junto a su carabina o a sus familiares y de haberse comportado con decoro, lord Lambert jamás podría haberla arrastrado a una habitación y propasarse como lo hizo.

La única ventaja de haber caído en desgracia, pensó con desgana mientras se vestía con la ayuda de su doncella, era que se le había quitado el apetito. Tal vez así perdería los kilos de más que la habían atormentado desde principios del verano.

Cuando llegó la hora del té, bajó la escalera con premura, a sabiendas de que Pandora llegaría pronto. El té de la tarde era un ritual sagrado para los Ravenel, ya estuvieran en Hampshire o en Londres. Allí en Ravenel House, el té se servía en la biblioteca, una estancia espaciosa de planta rectangular cuyas paredes eran una sucesión interminable de estanterías de caoba y que contaba con varios grupos de mullidos divanes y sillones.

Aminoró el paso al acercarse a la biblioteca y oír la conocida voz adusta de lady Berwick, que estaba hablando con Kathleen. Ay, Dios..., enfrentarse a lady Berwick sería lo peor de todo ese desastre. Se mostraría muy seria y desdeñosa, y también se sentiría muy decepcionada.

Cuando llegó a la puerta y se asomó, le ardía la cara por la vergüenza.

—... en mis tiempos habría habido un duelo —decía lady Berwick—. Si fuera un hombre, yo misma lo habría retado ya.

—Por favor, no diga eso delante de mi marido —repuso Kathleen con sorna—. No necesita que lo animen. Parece civilizado por fuera, pero es una capa muy superficial.

Cassandra entró en la estancia con nerviosismo e hizo una genuflexión.

—Milady... —consiguió decir—, lo siento muchísimo, yo... —Sintió un nudo en la garganta y fue incapaz de continuar.

Lady Berwick le dio unas palmaditas al asiento del diván donde se encontraba. Cassandra obedeció la orden y se acercó a ella. Se sentó y se obligó a mirarla a los ojos, aunque esperaba ver reprobación y reproche en ellos. Sin embargo, para su sorpresa, el gris acerado de su mirada tenía una expresión amable.

—Nos han repartido una mano espantosa, querida —dijo lady Berwick con voz serena—. Tú no tienes la culpa. Tu conducta no ha sido peor que la de cualquier otra muchacha en tu posición. Mejor que la de muchas, de hecho, e incluyo a mis dos hijas en el grupo.

Se habría echado a llorar al oírla de no ser porque eso habría hecho que la mujer, que valoraba muchísimo el autocontrol, se sintiera incómoda.

—Yo sola me lo he buscado —murmuró Cassandra—. No debería haberme saltado ni una sola de sus reglas, ni por un instante.

—Tampoco lord Lambert debería haber obviado todo comportamiento caballeroso —replicó lady Berwick con gélida indignación—. Su comportamiento ha sido de lo más vil. Mis amigas y confidentes están todas de acuerdo. Es más, saben qué partido espero que tomen con respecto a Lambert. —Tras una tensa pausa, añadió—: Sin embargo, no será suficiente.

—¿Se refiere para salvar mi reputación? —consiguió preguntar Cassandra.

Lady Berwick asintió con la cabeza.

—No voy a andarme por las ramas: tu situación es problemática, querida. Hay que hacer algo.

—Tal vez sea oportuno un viaje al extranjero —sugirió Kathleen con tiento—. Podríamos enviar a Cassandra a América. Tenemos contactos en Nueva York gracias a la familia de St. Vincent. Estoy segura de que le permitirán quedarse todo el tiempo que sea necesario.

—Eso calmaría el escándalo —convino lady Berwick—, pero Cassandra sería irrelevante a su regreso. No, no hay forma de escapar de esto. Debe contar con la protección de un marido con un apellido respetable. —Hizo un mohín mientras pensaba—. Si St. Vincent sigue dispuesto a hablar con su amigo lord Foxhall con tiento, y prevalece la caballerosidad de este... Creo que expresó un interés en Cassandra...

—Por favor, no —gimió ella mientras la asaltaba una oleada de humillación.

—... y si Foxhall no la acepta —continuó lady Berwick sin miramientos—, puede que sí lo haga su hermano menor.

—No soporto la idea de suplicarle a alguien que se case conmigo por lástima —dijo Cassandra.

Lady Berwick la miró con expresión implacable.

—Por mucho que proclamemos tu inocencia y que denunciemos que Lambert es un sinvergüenza, tu posición sigue siendo precaria. Según mis fuentes, te vieron escabullirte con Lambert del salón de baile. Estoy intentando salvarte del ostracismo más absoluto. Niña, si no te casas de inmediato, les causarás muchísimos problemas a tu familia y a tus amigos. Allá adonde vayas, te darán la espalda y te insultarán. Cada vez saldrás menos, para ahorrarte el dolor y la vergüenza, hasta que te conviertas en prisionera en tu propia casa.

Cassandra se quedó callada mientras dejaba que la discusión continuase sin ella. La llegada de Helen y Winterborne supuso un alivio, ya que ambos estaban dispuestos a consolarla y a comprender su situación, y luego apareció Devon con Pandora y St. Vincent. Era reconfortante estar rodeada de su familia, que quería lo mejor para ella y que haría todo lo que pudiera para ayudarla.

Por desgracia, no había noticias alentadoras. Devon les dijo que Ethan Ransom estaba siguiendo la pista de lord Lambert, aunque de momento no lo había encontrado.

—¿Qué hará Ethan cuando encuentre a lord Lambert? —quiso saber Cassandra.

—Puede hacer bien poco —respondió Devon—, aunque al menos podrá darle un susto de muerte.

—Si eso es posible —repuso ella, ya que le costaba mucho imaginarse al arrogante lord Lambert asustado por algo.

Winterborne habló en ese momento, ya que conocía a Ethan desde antes que los demás.

—Cuando Ransom trabajaba para el gobierno —dijo en voz baja—, era a él a quien enviaban para aterrorizar a los terroristas.

Eso hizo que Cassandra se sintiera un poco mejor.

Devon miró a lord St. Vincent.

—¿Cómo te ha ido en el *London Chronicle*? ¿Has averiguado quién escribió la columna?

—Todavía no —admitió St. Vincent—. He probado con sobornos y con amenazas de medidas legales, así como físicas; pero el editor jefe no dejaba de gritar «libertad de prensa» como si estuviera ondeando una bandera en un desfile. Seguiré presionando de distintas formas hasta que ceda, pero llevará tiempo.

—Como si la «libertad de prensa» le diera a alguien el derecho de calumniar —protestó Helen indignada.

—La calumnia es difícil de demostrar —dijo Winterborne, que le cogió la mano a su esposa y jugueteó con sus dedos—. Si una opinión publicada no se basa en un relato retorcido de los hechos a propósito, no es una calumnia. Quienquiera que escribiese la columna fue muy cuidadoso al redactarla.

—Es evidente que la escribió lord Lambert, ¿no? —repuso Pandora.

—Yo no estaría tan segura —replicó Helen con aire pensativo—. No parece el modo de expresarse de una persona joven. Es una especie de regañina..., de sermón..., algo parecido a lo que diría un padre que no aprobase los actos de un hijo.

—O una carabina —añadió Pandora con una sonrisa hacia lady Berwick, quien la miró con desaprobación.

—Pero ¿quién tendría motivos para señalar a Cassandra como chivo expiatorio? —quiso saber Kathleen.

Lady Berwick meneó la cabeza.

—Es inconcebible. Que yo sepa, no tiene un solo enemigo.

En ese momento llevaron el té y varias bandejas con dulces: bizcochitos de limón, *scones* con pasas, diminutos sándwiches y magdalenas con mermelada. Cassandra pensó en llevarse uno de los dulces a la boca, pero mucho se temía que sería incapaz de tragar sin ahogarse.

Casi se habían tomado el té cuando apareció el mayordomo en la puerta para anunciar la llegada de una visita.

—Milord..., el marqués de Ripon.

La biblioteca se quedó en silencio de repente.

Cassandra se dio cuenta de que la taza y el platillo que sostenía en las manos temblaban.

Lady Berwick se los quitó de las manos enseguida.

—Respira y no pierdas la calma —le susurró al oído—. No estás obligada a hablar con él.

Devon se levantó para recibir al marqués, que apareció con el sombrero y los guantes para indicar que no se quedaría mucho tiempo si su presencia resultaba molesta.

—Ripon —lo saludó Devon con voz airada—, no te esperaba.

—Perdóname, Trenear. No era mi intención interrumpir. Sin embargo, habida cuenta de los últimos acontecimientos, sentí la necesidad de hablar contigo lo antes posible.

El marqués parecía muy serio, en su voz no había ni rastro del deje desdeñoso que Cassandra le había oído con anterioridad. Se arriesgó a mirarlo de soslayo. Su apostura le recordaba a un halcón, con ese cuerpo delgado y tan bien vestido, y el pelo negro salpicado de canas plateadas.

—He venido a decirles que condeno por completo los actos de mi hijo —continuó—. Su conducta me ha apenado y me ha enfurecido muchísimo. La educación que ha recibido no explica ni excusa semejante comportamiento. No entiendo cómo se atreve a hablar del tema con tanta despreocupación.

—Eso se lo puedo decir yo —lo interrumpió Pandora, furiosa—. Lanzó el rumor por despecho, porque mi hermana lo rechazó.

Ripon miró a Cassandra a la cara.

—Le pido disculpas humildemente en su nombre.

Ella respondió a las palabras con un leve gesto de la cabeza, al comprender que no era un hombre dado a rebajarse en ninguna circunstancia.

Lady Berwick dijo con voz gélida:

—Ripon —comenzó—, lo deseable habría sido que hubiera venido su hijo en persona a pedir disculpas.

—Sí. —Su voz parecía triste—. Por desgracia, no tengo la menor idea de su paradero. Estoy seguro de que teme mi reacción por lo que ha hecho.

—¿Qué me dice de la columna del *London Chronicle*, Ripon? —le preguntó St. Vincent, que lo miraba fijamente—. ¿Sabe quién la escribió?

—No sé nada de eso —contestó el marqués—, salvo que es reprobable. —Volvió a mirar a Devon—. Para mí, el asunto de mayor importancia es cómo ayudar a lady Cassandra. Su reputación se ha visto dañada..., pero tal vez dicho daño no sea irreversible. —Levantó las manos como si esperase una descarga de flechas—. Les ruego que me permitan explicarme. —Hizo una pausa—. Lady Cassandra, si le trajera a mi hijo y apareciera ante usted, contrito y profundamente arrepentido...

—No —lo interrumpió ella con voz tan tensa como un arco—. No me interesa lo más mínimo. No quiero volver a verlo.

—Tal como pensaba. En ese caso, hay otro candidato que me gustaría que tuviera en cuenta: yo. —Al ver su sorpresa, Ripon continuó con tiento—: Soy viudo. Llevo un tiempo buscando a alguien con quien compartir la relación plácida que tuve con mi difunta esposa. Me parece usted ideal en todos los aspectos. El matrimonio conmigo restauraría su reputación y la alzaría en el escalafón social. Sería la madre de mis futuros hijos y la señora de una gran mansión. Yo sería generoso como marido. Mi esposa fue una mujer muy feliz, cualquiera que la conociese puede decírselo.

—¿Cómo voy a convertirme en la madrastra de lord Lambert? —preguntó Cassandra asqueada.

—No tendría que volver a verlo jamás. Lo desterraré de la propiedad para siempre si así lo desea. Su felicidad y su comodidad estarán por encima de todo lo demás.

—Milord, no podría...

—Por favor —la interrumpió Ripon con delicadeza—, no me dé una respuesta ahora mismo. Le ruego que me conceda el honor de tomarse algo de tiempo para pensarlo.

—Se lo pensará —terció lady Berwick con sequedad.

Cassandra la miró en muda protesta, pero consiguió morderse la lengua. Le debía a lady Berwick no contradecirla en público. Pero sabía muy bien lo que la mujer estaba pensando: semejante proposición, de parte de un hombre tan relevante, no era algo que se pudiera despreciar sin más.

—Llevo solo mucho tiempo, lady Cassandra —siguió el marqués en voz baja—, he echado de menos tener a alguien a quien cuidar. Usted le aportaría mucha felicidad a mi vida. Estoy seguro de que nuestra diferencia de edad hace que se sienta un poco reticente. Sin embargo, tener un marido maduro conlleva ciertas ventajas. Si fuera mía, cada obstáculo, cada espina y cada bache serían eliminados de su camino.

Cassandra miró a lady Berwick, que había alzado las cejas un poquito, aunque era un gesto muy significativo, como si quisiera decirle «¿Lo ves? A fin de cuentas no es tan terrible».

—Tendrá muchas preguntas y preocupaciones, por supuesto —dijo el marqués—. Cuando desee hablar conmigo, vendré enseguida. Mientras tanto, haré todo lo que esté en mi mano para defender su honor.

Una voz nueva se unió a la conversación:

—En fin, sería un buen cambio, para variar.

Cassandra sintió que el corazón le daba un doloroso vuelco cuando miró hacia a la puerta, donde se encontraba Tom Severin.

15

El mayordomo, que había estado esperando el momento oportuno para anunciar al recién llegado, pareció visiblemente irritado al ver que Tom se atribuía el derecho de entrar sin que él hubiera cumplido con su cometido.

—Milord —le dijo a Devon—, el señor Severin.

A diferencia del marqués, Tom ya se había quitado el sombrero y los guantes, como si tuviera la intención de quedarse un buen rato.

Devon se acercó a él, bloqueándole la entrada de manera efectiva.

—Severin..., ahora no. Estamos lidiando con un asunto familiar. Más tarde me reuniré contigo y te explicaré...

—Ah, te interesa que me quede —le aseguró Tom a la ligera, que lo rodeó para adentrarse en la biblioteca—. Buenas tardes a todos. O, más bien, buenas noches. ¿Vamos a tomar el té? Espléndido, me vendría bien una taza.

Devon se volvió para mirarlo con el ceño fruncido por el asombro mientras se preguntaba qué estaba tramando su amigo.

Tom parecía relajado y muy seguro de sí mismo, un hombre que siempre caminaba cinco pasos por delante de los demás. Sin embargo, todavía lo rodeaba esa aura peligrosa de guardar siempre un as en la manga, esa volatilidad que se ocultaba tras su templanza.

Cassandra le dirigió una mirada rebosante de anhelo, pero Tom no la miró.

—Señor Severin, ¿cómo le gusta el té? —le preguntó Kathleen con amabilidad al tiempo que extendía el brazo para coger una taza limpia de la bandeja.

—Con leche, sin azúcar.

Devon empezó a hacer las presentaciones.

—Lord Ripon, le presento a...

—No es necesario —lo interrumpió Tom al instante—. Ya nos conocemos. Da la casualidad de que lord Ripon forma parte de un comité selecto que concede contratos a empresas constructoras de ferrocarriles. Por raro que parezca, los más lucrativos siempre van a parar a una empresa de la que él es un gran inversor.

Ripon lo miró con frío desdén.

—¿Se atreve usted a cuestionar mi integridad?

Tom reaccionó con fingida sorpresa.

—No, ¿le he parecido crítico? Nada más lejos de mi propósito, que no era otro que el de mostrarle mi admiración. Los sobornos privados y el servicio público hacen una bonita pareja. Como el vino tinto con la ternera madurada. Estoy seguro de que yo tampoco podría resistirme a la tentación, como le sucede a usted.

Lady Berwick se dirigió a Tom, visiblemente indignada:

—Joven, no solo es usted una distracción inoportuna, sino que además tiene los modales de una cabra.

El comentario le arrancó a Tom una sonrisa.

—Milady, le pido perdón y también que me conceda un minuto o dos de su tiempo. Tengo un buen motivo para estar presente.

La dama resopló y siguió mirándolo con recelo.

Después de aceptar la taza de manos de Kathleen y de rehusar el platillo, Tom se acercó a la chimenea, en cuya repisa apoyó el hombro. La luz del fuego se reflejó en las cortas capas de su pelo mientras observaba a los reunidos en la estancia.

—Supongo que ya se ha tratado el tema del paradero desconocido de lord Lambert —comentó—. ¿Ha dado señales de vida?

—Todavía no —respondió Winterborne—. Ransom ha enviado a sus hombres para localizarlo.

Cassandra sospechaba que Tom sabía algo que los demás ignoraban. Parecía estar jugando al gato y al ratón.

—Señor Severin, ¿tiene usted información al respecto? —le preguntó con voz titubeante.

Tom la miró en ese momento, y la máscara imperturbable se le cayó por un instante. Esa mirada tan intensa y penetrante logró abrasar el entumecimiento que la había consumido durante las últimas veinticuatro horas.

—No, preciosa —dijo con suavidad, como si no hubiera nadie más en la estancia. El apelativo cariñoso, usado de forma deliberada, provocó unos cuantos jadeos escandalizados, incluido el de Cassandra—. Siento mucho lo que le ha hecho Lambert —siguió—. No hay nada más asqueroso que un hombre que fuerza a una mujer. El hecho de que además se haya propuesto calumniarla públicamente demuestra que es un mentiroso además de un bruto. Los dos peores rasgos que puede tener un hombre en mi opinión.

La cara de lord Ripon adquirió una expresión feroz.

—Es superior a usted en todos los sentidos —soltó el marqués—. Mi hijo ha demostrado un lapsus de sentido común, pero sigue formando parte de la flor y nata de la sociedad.

Tom torció el gesto.

—Pues la nata se ha agriado en su caso.

Ripon se volvió hacia Devon.

—¿Vas a permitirle que siga aquí, cacareando como un gallo sobre un montón de excrementos?

Devon miró a Tom con cierta exasperación.

—Severin, ¿podemos ir al grano?

Tom apuró el té de dos sorbos y lo obedeció.

—Después de leer la atroz calumnia publicada en el *London Chronicle* me quedé perplejo. Lord Lambert ya había hecho suficiente daño con sus rumores, así que... ¿por qué echarle más sal a la herida escribiendo una columna en las páginas de sociedad? No era necesario. Pero si él no fue el autor, ¿quién la escribió? —Dejó la taza vacía en la repisa y comenzó a pasearse de forma distraída de un lado para otro de la estancia mientras hablaba—. Al final creé una teoría: tras descubrir que su hijo había destrozado cualquier oportunidad de conseguir en matrimonio la mano de lady Cassandra, lord Ripon decidió aprovecharse de la situación. En ningún momento ha ocultado su deseo de volver a casarse, y lady Cassandra es la candidata ideal. Pero para conseguirla, primero debía destruir su reputación a fin de arrebatarle cualquier otra alternativa. Una vez que la hubiera arrastrado por el fango, entraría en escena y se presentaría como la mejor solución.

El silencio se hizo en la biblioteca. Todos miraron al marqués, que a esas alturas estaba lívido.

—Está loco —soltó—. Su teoría es un desatino y un insulto a mi honor. Jamás podrá demostrarla.

Tom miró a St. Vincent.

—Supongo que el editor del periódico se ha negado a revelar la identidad del autor de la columna, ¿verdad?

El vizconde adoptó una expresión contrita.

—En redondo. Debo encontrar la manera de hacerlo hablar sin despertar en su defensa la ira de toda la prensa británica en el proceso.

—Sí —murmuró Tom, que había empezado a darse golpecitos en el labio inferior con un dedo—, suelen mostrarse muy protectores con sus fuentes.

—Trenear —dijo lord Ripon, que seguía hablando entre dientes—, ¿serías tan amable de echarlo de aquí?

—Me iré yo solo —replicó Tom como si tal cosa. Se dio media vuelta, como si tuviera intención de irse; pero se detuvo, como si se le hubiera ocurrido algo de repente—. Aunque, Trenear, como tu amigo que soy..., me resulta decepcionante que no me hayas preguntado qué tal me ha ido el día. Me da la impresión de que no te preocupas por mí.

Antes de que Devon pudiera replicar, Pandora intervino.

—Yo lo haré —se ofreció con alegría—. Señor Severin, ¿qué tal le ha ido el día?

Tom le regaló una sonrisa fugaz.

—He estado muy ocupado. Después de seis tediosas horas de negociaciones, le hice una visita al editor jefe del *London Chronicle*.

St. Vincent enarcó las cejas.

—¿Después de que yo me reuniera con él?

Tratando de parecer arrepentido, Tom contestó:

—Ya sé que me dijo que no lo hiciera, pero resulta que yo tenía cierta ventaja sobre él de la que usted carece.

—Ah, ¿sí?

—Le dije que el dueño del periódico lo despediría y lo echaría de una patada a la calle como no me dijera el nombre del columnista anónimo.

St. Vincent lo miró con curiosidad.

—¿Ibas de farol?

—No, esa estrategia es para las negociaciones mercantiles. En este caso yo soy el nuevo dueño del periódico. Y aunque da la casualidad de que el editor jefe es un firme defensor de la libertad de prensa, también es un gran defensor de su puesto de trabajo.

—Has comprado el *London Chronicle* —terció Devon, que habló muy despacio, como si quisiera asegurarse de que lo había entendido bien—. Hoy.

—Nadie podría hacerlo en menos de un día —se burló Ripon.

Winterborne esbozó el asomo de una sonrisa.

—Él sí —replicó Devon, señalando a Tom con un gesto de la cabeza.

—Pues sí —confirmó este mientras se quitaba una pelusa de un puño—. Solo he necesitado un acuerdo preliminar de compra y cierta cantidad de dinero en efectivo. Ripon, seguro que no le sorprende que el editor lo nombrara a usted como el columnista anónimo.

—¡Lo niego! ¡Pienso denunciarlo y también lo denunciaré a usted!

Tom se sacó un pliego de papel doblado de un bolsillo interno de la chaqueta y lo miró con gesto pensativo.

—La sustancia más peligrosa que existe sobre la faz de la Tierra es la pulpa de la madera prensada en forma de papel. En mi caso, prefiero enfrentarme a una hoja afilada de acero antes que a ciertas hojas de papel. —Ladeó un poco la cabeza con la mirada fija en el marqués—. La columna original —anunció al tiempo que agitaba la hoja—. De su puño y letra. —Se hizo un silencio abrumador que Tom aprovechó para echarle un vistazo al documento—. Tengo un sinfín de planes interesantes para mi periódico —murmuró—. Mañana, por ejemplo, vamos a sacar un especial sobre cómo cierto aristócrata sin escrúpulos conspiró con su consentido retoño para arruinar el buen nombre de una joven inocente, y todo por avaricia y lujuria. Mi editor ya está manos a la obra. —Miró al marqués con expresión burlona—. Al menos ahora las calumnias serán recíprocas.

—¡Lo denunciaré por difamación! —gritó lord Ripon con la

cara demudada por la furia, tras lo cual salió en tromba de la biblioteca.

Todo el grupo se sumió en el silencio durante más de medio minuto.

Tras soltar el aire despacio, Devon se acercó a Tom para intercambiar un efusivo apretón de manos.

—Gracias, Severin.

—No reparará todo el daño que ha causado —dijo Tom con seriedad.

—Pero ayudará mucho, bien lo sabe Dios.

—Cualquier tipo de publicidad es de mal gusto —repuso lady Berwick con severidad y mirando furiosa a Tom—. Sería mejor que guardara silencio y evitara publicar todo artículo amable sobre Cassandra.

Helen intervino en ese momento con voz serena.

—Milady, perdóneme, pero creo que nos interesa que la verdad se extienda en la misma medida que se ha extendido la mentira.

—Lo único que conseguiremos es causar controversia —protestó la mujer.

Tom miró a Cassandra. Algo en sus ojos le provocó una ardiente punzada en la boca del estómago.

—Haré lo que usted quiera —dijo él.

Cassandra apenas era capaz de pensar. Le resultaba difícil asimilar que Tom estuviera en la biblioteca, con su imponente presencia, que no la había olvidado, que había hecho todo eso para defenderla. ¿Qué significaba? ¿Qué quería?

—Publíquelo, sí, por favor. Y... —dejó la frase en el aire, insegura.

—¿Sí? —le preguntó él al verla titubear.

—¿Ha comprado un periódico... por mí?

Tom sopesó la respuesta durante unos segundos antes de contestar. Cuando habló, lo hizo con una voz que ella no le había oído antes, ronca y un tanto trémula.

—Por usted haría cualquier cosa, no hay límites.

Cassandra se quedó sin palabras.

Y se dio cuenta, mientras guardaba silencio allí sentada, de que su familia tampoco sabía bien qué decir. Todos estaban anonadados por el comentario de Tom y por el verdadero significado de su presencia en la biblioteca.

Tom miró las caras estupefactas que tenía delante y esbozó una sonrisa torcida y un tanto burlona. Al cabo de un rato se atrevió a decir:

—Me pregunto si sería posible que lady Cassandra y yo nos...

—¡Ni hablar! —lo interrumpió lady Berwick—. Nada de conversaciones sin carabina con... caballeros. —La deliberada pausa que hizo antes de pronunciar la última palabra dejó bien claras sus dudas sobre si debía considerarlo como tal.

—Severin —terció Devon con expresión implacable—, Cassandra ha tenido ya bastante por un día. Sea lo que sea lo que quieras decirle, puede esperar.

—No —replicó nerviosa Cassandra. Era muy consciente de la opinión que Devon tenía sobre Tom. Aunque era respetable como amigo, no le parecía adecuado como marido. Sin embargo, después de lo que había hecho por ella, no podía permitir que su familia lo despachara de forma tan abrupta. Sería una muestra de ingratitud y de mala educación. Y aunque recordaba bien las afirmaciones de Devon sobre la personalidad de Tom, en ese momento no podía darle la razón.

No del todo, en cualquier caso.

Tratando de parecer digna, dijo:

—Al menos permitidme que le dé las gracias al señor Severin por su amabilidad. —Miró a Kathleen con expresión suplicante sin que lady Berwick se diera cuenta.

—Tal vez Cassandra y el señor Severin podrían charlar unos minutos en el otro extremo de la biblioteca con nosotros aquí presentes —sugirió su cuñada con diplomacia.

Lady Berwick cedió con un renuente asentimiento de cabeza.

Devon soltó un suspiro cansado.

—No me opongo —murmuró.

Cassandra se puso de pie, si bien sentía las piernas flojas, y se sacudió las faldas del vestido. Echó a andar acompañada por Tom hacia el otro extremo de la biblioteca, donde se alzaba una hilera de altas ventanas que rodeaba una puerta de cristal, una de las entradas laterales de la casa.

Tom la llevó hasta un rincón iluminado por la débil luz que entraba por las ventanas, procedente del nublado exterior. La tomó con delicadeza por un brazo, justo sobre el codo, con tanta suavidad que apenas si lo notó bajó la manga del vestido.

—¿Cómo estás? —le preguntó en voz baja.

Si hubiera empezado de cualquier otra forma, Cassandra habría logrado mantener la compostura. Pero esa sencilla pregunta, sumada a la sincera preocupación y a la ternura con las que la miraba, hizo que las náuseas y el entumecimiento desaparecieran al instante, demasiado rápido. Intentó contestar, pero no logró articular palabra. Solo atinaba a respirar de forma rápida y superficial. Al cabo de un momento se sorprendió al igual que sin duda sorprendió a Tom, y al resto de los presentes en la biblioteca, al echarse a llorar. Abochornada, enterró la cara entre las manos.

En un abrir y cerrar de ojos, sintió que Tom la estrechaba entre sus brazos. Oyó que le decía en voz baja al oído, para tranquilizarla:

—No, no…, no pasa nada. Tranquila. Cariño mío. Pobrecita mía.

Se le quedó atascado un sollozo en la garganta y sintió que le goteaba la nariz.

—Pa… pañuelo —logró decir.

De alguna manera, Tom descifró el murmullo. La alejó lo

justo para poder llevarse una mano a un bolsillo de la chaqueta, del que sacó un pañuelo doblado de lino blanco. Cassandra lo aceptó para secarse las lágrimas y sonarse la nariz. Para su alivio, Tom la abrazó de nuevo.

—¿De verdad debemos tener espectadores en este momento? —lo oyó preguntar con voz irritada por encima de su cabeza. Al cabo de un instante, añadió—: Gracias. —Sin bien no parecía muy agradecido.

Al suponer que su familia se marchaba de la biblioteca, Cassandra se apoyó en él.

—Estás temblando —dijo Tom en voz baja—. Cariño..., todo esto ha sido un infierno para ti, ¿verdad?

—Ha sido es... espantoso —balbució—. Humillante. Me han retirado las invitaciones a una cena y a un baile. ¡Es increíble que lord Lambert haya demostrado un comportamiento tan espantoso y haya esparcido mentiras sobre mí, y que la gente las crea!

—¿Lo mato por ti? —se ofreció Tom con una alarmante sinceridad.

—Preferiría que no lo hicieras —contestó con voz lacrimógena, y volvió a sonarse la nariz—. No está bien ir por ahí matando personas, aunque lo merezcan, y no hará que me sienta mejor.

—¿Qué puedo hacer para que te sientas mejor? —se ofreció Tom con voz amable y gran sinceridad mientras la acariciaba con las manos para tranquilizarla.

—Lo que estás haciendo ahora —contestó con un trémulo suspiro—. Abrázame.

—Todo el tiempo que quieras. Haré lo que me pidas. Cualquier cosa. Me tienes a tu disposición para cuidarte. No permitiré que te hagan daño.

A veces había palabras que un ser humano necesitaba oír, aunque no acabara de creérselas.

—Gracias por ayudarme —le dijo.

—Siempre.

Sintió la calidez de los labios de Tom en la cara mientras se bebía sus lágrimas. Sin abrir los ojos, alzó la cara, deseando sentir en la boca esos besos tan dulces y tentadores. Tom la complació y la besó con ternura, separándole los labios con delicadeza. Cassandra le echó los brazos al cuello entre hipidos. El beso se tornó más apasionado, más erótico y ella se dejó llevar y empezó a responder.

Le enterró los dedos en los mechones limpios y sedosos de la coronilla, instándolo a agachar más la cabeza porque ansiaba más pasión, más intimidad. Tom se dejó hacer y comenzó a besarla con tanta avidez que Cassandra sintió que le flaqueaban las rodillas y que la inundaba un deseo abrasador que se extendía por sus extremidades y le llegaba hasta la punta de los dedos. Parecía estar al borde de la muerte.

Se percató de que Tom se estremecía por entero. Se apartó de sus labios para besarla en el pelo, que tenía alborotado, y sintió su aliento abrasador en el cuero cabelludo como si fueran volutas de vapor. Ella se retorció entre sus brazos, intentando besarlo de nuevo, pero él se resistió.

—Te he deseado desde hace mucho tiempo —dijo a regañadientes—. Cassandra, no he estado con ninguna mujer. No desde que... Espera. Antes de que siga hablando, que quede claro que no me debes nada, ¿lo entiendes? Habría aprovechado la menor oportunidad para desenmascarar a lord Ripon como el estafador mentiroso que es, aunque tú no hubieras estado involucrada.

—De todas formas, te lo agradezco —logró decir ella.

—¡Que el Señor se apiade de mí! No me lo agradezcas. —Tom tomó una trémula bocanada de aire antes de continuar—: Si es lo único que quieres de mí, te abrazaré durante toda la eternidad. Pero podría hacer muchísimo más por ti. Podría adorarte. Podría... —Dejó la frase en el aire y se acercó tanto a ella que Cassandra sintió que se ahogaba en el tropical azul y verde de sus ojos—. Cásate conmigo, Cassandra..., y los mandaremos a todos al cuerno.

16

Mientras Tom esperaba su respuesta, tomó la cara de Cassandra entre las manos. Le acarició con los pulgares la tersa piel de las mejillas, hinchadas y sonrosadas por las lágrimas. Sus pestañas, largas y mojadas, se asemejaban a rayos de estrellas.

—¿A quién mandaremos al cuerno? —le preguntó ella desconcertada.

—Al mundo. —A Tom se le pasó por la cabeza que, en cuanto a proposiciones matrimoniales se refería, tal vez podría haber formulado la suya algo mejor—. Permíteme que lo diga de otra manera... —dijo, pero Cassandra ya se había apartado de él. Masculló un juramento.

Cassandra se acercó a una estantería cercana y clavó la mirada en los tomos encuadernados en cuero.

—Ya habíamos acordado los motivos por los que el matrimonio entre nosotros no podría funcionar —dijo ella con voz trémula.

Sabía que Cassandra no se encontraba en el mejor momento para mantener esa discusión. Ni por asomo. De hecho, él tampoco se encontraba en el mejor momento. Sin embargo, estaba segurísimo de que esperar no le serviría de nada, lo mismo que a ella.

Su cerebro empezó a redactar una lista de argumentos.

—Al final he decidido que sí podría funcionar. Las circunstancias han cambiado.

—Las mías no —replicó ella—. Da igual lo sucedido o lo que digan los demás, el matrimonio no es mi única alternativa.

—Te lo estabas planteando con Ripon —repuso Tom molesto.

Cassandra se volvió hacia él y se frotó la frente con un gesto cansado.

—No quiero discutir contigo. Sería lo mismo que si alguien intentase frenar una locomotora en marcha.

Al darse cuenta de que estaba siendo demasiado combativo, suavizó la voz y relajó los brazos a los costados.

—No sería una discusión —la contradijo con expresión inocente, razonable—. Solo quiero que me des la misma oportunidad que le has dado a Ripon para exponer mis argumentos.

Cassandra esbozó una sonrisilla muy a su pesar.

—Intentas aparentar ser tan inofensivo como un corderito. Pero los dos sabemos que no lo eres.

—Tengo mis momentos de cordero —le aseguró él. Al ver la expresión incrédula de Cassandra, insistió—: Ahora mismo tengo uno. Soy un cordero al cien por cien.

Ella meneó la cabeza.

—Te agradezco muchísimo el ofrecimiento, pero no me interesa la vida acelerada y caótica en medio de la ciudad más grande del mundo con un marido incapaz de amarme.

—Eso no es lo que te ofrezco —se apresuró a decirle—. Al menos, no es todo lo que te ofrezco. Como poco, deberías saber más sobre lo que vas a rechazar. —Al ver los asientos vacíos y las bandejas dispuestas al otro lado de la biblioteca, exclamó—: ¡Té! Vamos a tomarnos un té mientras menciono algunos de los puntos que deberías tener en cuenta.

Cassandra seguía sin parecer muy convencida.

—Solo te pido que me escuches —le dijo para convencerla—. El tiempo necesario para tomarte una taza de té, nada más. Puedes hacer eso por mí, ¿verdad? ¿Por favor?

—Sí —accedió Cassandra a regañadientes.

Tom mantuvo la misma expresión, aunque sintió que lo consumía la satisfacción. Durante las negociaciones siempre intentaba conseguir que la otra parte dijera que sí lo antes posible y tan a menudo como fuera posible. Eso aumentaba considerablemente las probabilidades de que más adelante hicieran concesiones.

Se acercaron al diván y a la mesa auxiliar. Tom se quedó de pie mientras Cassandra cogía algunas cosas del carrito del té y preparaba tazas y platos limpios. Le señaló el lugar en el diván donde quería que él se sentase, y la obedeció al punto.

Ella se sentó a su lado, se alisó las faldas y extendió el brazo para coger la tetera. Con la destreza y la elegancia propias de una dama, vertió el té a través de un diminuto colador de plata y mezcló la leche en las tazas con una cucharilla. Una vez terminado el ritual, se llevó la taza a los labios y lo miró expectante por encima del borde dorado de la porcelana. Ver sus ojos brillantes por las lágrimas hizo que se le desbocara el corazón, presa del caos. Era un manojo de nervios y anhelo. Cassandra era todo lo que siempre había deseado y, contra todo pronóstico, tenía a su alcance una oportunidad para conseguirla si encontraba las palabras adecuadas, el argumento adecuado...

—Una vez me dijiste que tu sueño era ayudar a los demás —empezó—. Como dueña y señora de la casa, te limitarías a tejer calcetines y gorros para los pobres y a llevarles cestas de comida a las familias de la zona, algo que está muy bien. Pero como mi esposa podrías alimentar y educar a miles. A decenas de miles. Podrías ayudar a las personas a una escala que ni te imaginas. Sé que mi dinero te da igual, pero estoy seguro de que no te da igual lo que puede conseguir. Si te casas conmigo, tal vez no formes parte de la flor y nata de la alta sociedad, pero contarás con un poder político y económico superior al suyo. —Hizo una pausa mientras examinaba a hurtadillas la reacción de Cassandra. Parecía más perpleja que entusiasmada mientras intentaba imaginarse la clase de vida que le estaba describiendo—. Además... —añadió con retintín—, zapatos ilimitados.

Cassandra asintió con un gesto distraído de la cabeza al tiempo que extendía el brazo para coger un dulce, pero luego se lo pensó mejor.

—También tendrías libertad —siguió Tom—. Si no me echas en cara mis entradas y salidas, yo no te echaré en cara las tuyas. Redacta tus propias normas. Organiza tu agenda. Cría a los niños como te plazca. La casa será tu territorio para controlarlo como decidas. —Hizo una pausa para mirarla, expectante. Ni un gesto—. Además —añadió—, te ofreceré todos los beneficios del compañerismo sin los inconvenientes del amor. No habrá altibajos, ni confusión, ni expectativas no cumplidas. Nunca tendrás que preocuparte de que tu marido deje de quererte ni de que se vaya a enamorar de otra persona.

—Pero quiero que me amen —replicó Cassandra mientras clavaba la mirada en su regazo con el ceño fruncido.

—El amor es lo peor que les sucede a las personas en las novelas —protestó—. ¿De qué le sirvió a Cathy la pasión desenfrenada de Heathcliff? Mira a Sydney Carton: si hubiera querido menos a Lucie, habría esperado a que guillotinasen a su marido, se habría casado con ella y habría continuado con su exitosa carrera como abogado. Pero no, tuvo que comportarse con nobleza, porque el amor lo volvió tonto. Y luego tenemos a Jane Eyre, una mujer bastante sensata, pero tan aturdida por haber hecho el amor que no se percató de que en el piso superior había una loca pirómana. Habría muchos más finales felices en la literatura si la gente dejase de enamorarse.

Cassandra se quedó boquiabierta por el asombro.

—¿Has estado leyendo novelas?

—Sí. El asunto es que si pudieras pasar por alto el insignificante detalle de mi incapacidad para establecer vínculos emocionales con otros seres humanos, seríamos felices juntos.

Ella siguió concentrada en las novelas.

—¿Cuántas has leído?

Tom repasó mentalmente.

—Dieciséis. No, diecisiete.

—¿Cuál es tu escritor preferido?

Entrelazó los dedos y los flexionó varias veces mientras meditaba la respuesta.

—De momento, o Charles Dickens o Julio Verne, aunque Gaskell es bastante pasable. Las tramas matrimoniales de Austen son aburridas, Tolstoi está preocupado por el sufrimiento, y nada que esté escrito por alguien con el apellido Brontë se parece en lo más mínimo a la realidad.

—Ah, ¡pero Jane Eyre y el señor Rochester! —exclamó Cassandra, como si esa pareja fuera la personificación del romanticismo.

—Rochester es un botarate irracional —sentenció él sin rodeos—. Podría haberle contado a Jane la verdad y haber llevado a su esposa a una clínica suiza decente.

Atisbó el asomo de una sonrisa en los labios de Cassandra.

—Tu versión de la trama tal vez sea más sensata, pero no es ni mucho menos tan interesante. ¿Has probado a leer algún libro de un novelista norteamericano?

—¿Escriben libros? —le preguntó, y se alegró al arrancarle una carcajada. Se dio cuenta de que había logrado hacerse con toda su atención, de modo que le preguntó con tiento—: ¿Por qué te interesa que haya leído novelas?

—No lo sé muy bien, la verdad. Supongo que te hace parecer más humano. Cuando hablas de negocios y de contratos, cuesta...

—Contratos —la interrumpió al tiempo que chasqueaba los dedos.

Cassandra, que había extendido de nuevo el brazo para coger un dulce, dio un respingo, apartó la mano y lo miró con expresión interrogante.

—Tú y yo negociaremos un contrato —anunció—. Una serie de expectativas conyugales convenidas entre ambos que usaremos como referencia y que iremos modificando según veamos.

—¿Te refieres a... a uno de esos documentos redactados por abogados...?

—No, nada tendría validez legal. Solo sería para nuestro uso privado. La mayoría de lo que escribamos sería demasiado personal como para que lo vieran terceras personas. —Cassandra estaba totalmente atenta a sus palabras—. Así los dos tendremos una mejor idea de cómo será el futuro —siguió—. Y tal vez te ayude a calmar algunas de tus preocupaciones. Empezaremos a diseñar nuestra vida juntos antes de que comience.

—Diseñar —repitió ella con una débil carcajada, mirándolo como si hubiera perdido el juicio—. ¿Como si se tratara de un edificio o de una máquina?

—Exactamente. Nuestro acuerdo particular.

—¿Qué pasa si uno de los dos no cumple con el acuerdo?

—Tendremos que confiar en el otro. Eso forma parte del matrimonio. —Al darse cuenta de que Cassandra miraba de nuevo los dulces, Tom cogió el plato y lo colocó delante de ella—. Toma, ¿te gustaría comerte uno?

—Gracias, pero no. Quiero decir que sí, me gustaría comerme uno, pero no puedo.

—¿Por qué no?

—Estoy intentando rebajar.

—Rebajar ¿qué?

Cassandra se puso colorada y adoptó una expresión enfurruñada, como si creyera que se estaba mostrando obtuso a propósito.

—Mi peso.

Tom deslizó la mirada por sus voluptuosas y magníficas curvas. Estupefacto, meneó la cabeza.

—¿Por qué?

Ella se puso más colorada, si cabía, antes de admitir:

—He engordado más de cinco kilos desde la boda de Pandora.

—¿Qué más da? —replicó él, más desconcertado que antes—. Cada centímetro tuyo es maravilloso.

—No para todo el mundo —repuso ella con retintín—. Mis proporciones se han pasado de lo ideal. Y ya sabes cómo habla la gente cuando alguien se aleja de la perfección.

—¿Por qué no pruebas a que te importe un comino?

—Qué fácil para ti decirlo, con lo delgado que eres.

—Cassandra —dijo con sorna—, tengo los ojos de diferente color. Sé muy bien lo que dice la gente cuando alguien no es perfecto.

—Eso es distinto. Nadie cree que el color de ojos sea un tema de falta de disciplina.

—Tu cuerpo no es un adorno diseñado para el placer de los demás. Te pertenece a ti sola. Eres magnífica tal cual. Ya subas o bajes de peso, seguirás siendo magnífica. Cómete un dulce si te apetece.

Cassandra parecía absolutamente pasmada.

—¿Me estás diciendo que si cogiera otros cinco kilos, incluso diez más de los que ya tengo, seguirás encontrándome deseable?

—¡Por Dios, sí! —contestó sin titubear—. Da igual el tamaño que tengas, encontraré un lugar para cada curva.

Cassandra lo miró con expresión arrobada, como si hubiera hablado en una lengua extranjera e intentara traducir sus palabras.

—Ahora, en cuanto al contrato... —siguió Tom con tono brusco.

De repente, Cassandra lo sorprendió al abalanzarse sobre él con la suficiente fuerza como para desequilibrarlo y tirarlo de espaldas sobre el diván. Su tierna boca se pegó a la de él y sus cuerpos quedaron unidos. Fue una sensación tan maravillosa y paralizante que Tom dejó las manos en el aire uno, dos, tres segundos antes de abrazarla. Aturdido, le devolvió el beso y sintió el roce cálido de su lengua contra la suya, adentrándose más allá de los dientes hasta rozarle la cara interna de la mejilla. La erección fue inmediata. Se moría por devorarla, acariciarla, abrazarla, besarla y sentirla en todas partes. Cassandra amoldó el cuerpo de forma que quedó encajada entre sus muslos con un movimiento instintivo, y él fue incapaz de contener un gemido, porque la oleada de placer lo dejó al borde del precipicio.

Menos mal que estaban tumbados, porque Tom habría sido incapaz de permanecer de pie después de eso. El calor abrasador se extendió desde su miembro hasta el resto del cuerpo en círculos concéntricos. Sería un milagro que no acabara el encuentro poniéndose en evidencia. Mientras se esforzaba por recuperar un mínimo de control, levantó la pierna derecha hasta dejarla sobre el diván y apoyó con fuerza el pie izquierdo en el suelo para mantener el equilibrio. Acto seguido, deslizó las manos por el cuerpo de Cassandra, deleitándose con su maravillosa figura a través de las capas de tafetán y terciopelo.

Esos pechos tan voluptuosos y marfileños sobresalían por encima del escote del corpiño. Con delicadeza, la aferró por el torso y tiró de ella hacia arriba para subirla un poco más a fin de acariciar con los labios esa piel tan delicada como el cristal, aunque suave y cálida. Recorrió la turgente curva de un pecho hasta llegar al canalillo. Con muchísima suavidad, le introdujo la punta de la lengua entre los pechos y se deleitó al sentir el estremecimiento que la recorrió.

Le metió dos dedos por el escote y se lo bajó. Su piel fue quedando a la vista milímetro a milímetro, hasta descubrir un precioso pezón rosado que se endureció al punto. Era exquisita, voluptuosa. Todo el deseo que había experimentado hasta la fecha no podía compararse con lo que sentía en ese momento, con ese anhelo que lo atravesaba cada vez que respiraba. La acarició con la boca, succionando el turgente pezón con los labios y dejando que ella sintiera el roce de sus dientes, la calidez de su lengua. Pronto marcó el ritmo, alternando entre la succión y los lametones. No pudo evitar alzar las caderas para frotar su duro miembro de forma sensual contra el dulce peso del cuerpo de Cassandra. Era demasiado voluptuosa y maravillosa como para permanecer completamente quieto.

Sin embargo, el placer amenazó con devorarlo de nuevo y se vio obligado a detenerse. Le soltó el pecho con un gemido frustrado, entre jadeos.

Cassandra protestó al instante.

—No, por favor..., Tom..., me siento...

—¿Desesperada? —le preguntó él—. ¿Febril? ¿Cómo si estuvieras a punto de estallar?

Ella asintió con la cabeza y tragó saliva con fuerza antes de apoyarle la frente en el hombro.

Tom volvió la cabeza y le rozó la sien con los labios. Cassandra olía a flores prensadas, a sal y a talco húmedo. Hechizado y excitado, inhaló su aroma a placer.

—Hay dos formas de hacer que pase —susurró él—. Una es esperar.

La respuesta de Cassandra no se hizo esperar.

—¿Y la otra?

Pese al anhelo y al deseo ardiente que lo embargaba, esbozó una sonrisilla al escucharla. La dejó en el diván, de modo que quedó de costado, mirándolo, y le pasó un brazo por debajo del cuello. Se apoderó de sus labios y le introdujo la lengua con delicadeza para acariciarle el interior de la suave boca. Bajó la mano libre por las pesadas faldas de terciopelo y se las levantó por delante hasta dar con la cadera, cubierta por la delgada camisola de batista.

Cassandra apartó la boca con un jadeo.

Se quedó quieto, sin apartarle la mano de la cadera. Miró su cara ruborizada para averiguar su estado de ánimo y reconoció la excitación en su respiración acelerada. ¡Por Dios, había olvidado lo que era ser tan inocente!

—No te haré daño —le aseguró.

—Sí, es que... estoy muy nerviosa...

Tom se inclinó sobre ella y le deslizó los labios por la mejilla hasta recorrerle toda la cara.

—Cassandra —susurró—, todo lo que tengo, todo lo que soy, está a tu servicio. Solo tienes que decirme lo que quieres.

Ella se ruborizó todavía más, si acaso era posible.

—Quiero que me toques —se obligó a decir ella con timidez.

Con movimientos circulares y lentos, le alisó la camisola sobre la cadera. Su trasero era voluptuoso y firme, tan suculento como un melocotón. Quería darle un mordisco, apretar los dientes contra su turgente piel. Trazó un perezoso sendero con la mano hacia la parte delantera de su cuerpo, allí donde el rígido borde del corsé se le clavaba en el abdomen. Tras bajar la mano, encontró la abertura de sus calzones y acarició con tiento el borde de encaje. Deslizó los nudillos por la abertura y rozó esos suaves rizos como por accidente. Cassandra dio un respingo al sentir la caricia. Siguió acariciándole el vello púbico con los nudillos hasta que la oyó gemir en voz baja. Alentado por el sonido, introdujo todavía más la mano hasta colocarle la palma sobre la vulva. Introdujo los dedos muy despacio entre los pliegues para acariciarla entre los labios, en busca de su calor..., de su ternura..., de su cálida humedad.

No terminaba de creerse que Cassandra le permitiera tocarla de forma tan íntima. Jugueteó con ella despacio, atento a cada movimiento y estremecimiento de esa parte tan vulnerable de su cuerpo. Se apoderó de sus sedosos labios menores y les dio un tironcito. Cassandra, presa de los temblores, le enterró la cara en el cuello y cerró las piernas.

—No, sepáralas para mí —la animó Tom mientras la acariciaba detrás de la oreja con la nariz.

Cassandra separó los muslos despacio para permitir que siguiera atormentándola y explorándola hasta encontrar la ardiente entrada a su cuerpo. La acarició con suavidad, y ella se mordió el labio, avergonzada y sorprendida, al darse cuenta de lo mojada que estaba. Con ternura, le deslizó un húmedo dedo hacia arriba para rodearle el clítoris medio escondido y aumentar así las sensaciones, aunque no llegó a tocarla donde ella más lo deseaba.

Cassandra cerró los ojos. Un mechón de pelo rubio se le había escapado del recogido y le caía sobre la mejilla, agitándose con su deliciosa y entrecortada respiración. Tom fue aumentando su placer despacio, pero sin tregua, acariciándola hacia abajo antes de ascender nuevamente. Se concentró en las respuestas de Cassandra y se deleitó al verla jadear, retorcerse y pegarse a él. Se inclinó sobre ella y se metió el pezón en la boca para mordisqueárselo con suavidad. Ella empezó a alzar las caderas con un ritmo involuntario, cada vez más arriba. Con mucha delicadeza, le introdujo la punta del dedo corazón. Los virginales músculos se cerraron en torno a él, pero se detuvo con paciencia hasta sentir el primer indicio de rendición. Consiguió meter el dedo en su sedoso interior hasta la primera falange. Y más adentro..., hasta el primer nudillo..., y más adentro todavía. Sus músculos lo aprisionaron con delicadeza, como si recibiera de buena gana la invasión.

En ese momento se llevó el otro pezón a la boca para atormentárselo con la lengua y los dientes. Le exploró el interior del cuerpo, palpándola con suavidad, hasta dar con los puntos que la hacían retorcerse. Cassandra le pegó los labios abiertos al cuello, entre jadeos, y le besó la piel con fervor.

Poco a poco le sacó el dedo, cálido y húmedo por el néctar de su cuerpo, y le acarició el clítoris con movimientos lentos y circulares. En cuestión de segundos la tuvo jadeando y retorciéndose contra él mientras se acercaba al clímax. Se apoderó de sus labios, los succionó y los lamió, para beberse sus gemidos de placer como si estuviera sacando miel de un panal.

De repente, un ruido interrumpió el trance lujurioso en el que se encontraban: un ruido seco en la puerta, seguido del pomo al girar.

Cassandra chilló asustada y se tensó entre sus brazos.

Con un gruñido feroz, Tom la colocó debajo de su cuerpo a fin de ocultar sus pechos desnudos.

—¡Ni se te ocurra abrir la puerta! —exclamó Tom, enfatizando cada palabra para que lo oyera bien quienquiera que estuviese a punto de entrar.

17

La puerta se abrió lo justo para que se pudiera oír la voz de Devon.

—Estamos esperando todos en el salón sin nada que hacer. Habéis tenido tiempo de sobra para hablar.

Pese al pánico de Cassandra, Tom siguió con la mano entre sus muslos, acariciándola y torturándola de un espasmo de placer a otro. Estaba en pleno éxtasis, y que lo colgaran si iba a permitir que se lo estropearan.

—Trenear —dijo con una calma letal—, soy consciente de que tengo pocos amigos. Detestaría tener que matarte. Pero como no nos dejes solos...

—Lady Berwick me va a matar a mí como no vuelva al salón familiar con Cassandra —le informó la voz de Devon, amortiguada por la puerta—. Si me dan elegir, prefiero arriesgarme contigo. Además, ten en cuenta que con independencia de lo que estéis intentando decidir entre los dos, no pasará nada a menos que yo dé mi consentimiento. Algo muy improbable, teniendo en cuenta lo que sé de ti después de diez años de relación.

Fue casi imposible para Tom, tan elocuente por regla general, pronunciar palabra mientras Cassandra se retorcía bajo su cuerpo. La sintió estremecerse y arquearse, tras lo cual le enterró la cara en la chaqueta para no hacer ruido. La penetró de nuevo con el dedo, encantado de sentir la presión de sus músculos alrededor. La lujuria lo invadió al instante nada más imaginar que la poseía por completo y que la sentía retorcerse y aprisionarlo en su interior...

—Todavía no hemos decidido nada —le dijo a Devon con brusquedad—. Ya te pediré tu consentimiento después, pero ahora mismo lo que quiero es tu ausencia.

—¿Y qué es lo que quiere Cassandra? —preguntó Devon.

Estuvo a punto de contestar por ella, pero Cassandra apartó la cara de su chaqueta, se mordió el labio después de un fuerte espasmo y dijo con una voz asombrosamente calmada:

—Primo Devon, si pudieras darnos cinco minutos más...

Se produjo un breve silencio.

—Muy bien —convino Devon. La puerta se cerró del todo.

Cassandra volvió a enterrarle la cara en el torso mientras jadeaba sin control. Sus hábiles dedos la acompañaron durante los últimos estremecimientos mientras le acariciaba el clítoris con el pulgar y mantenía el dedo corazón enterrado en ella. A la postre, le sacó el dedo y acarició con suavidad ese suave vello rizado.

—Lo siento, preciosa —le susurró al tiempo que le acunaba el cuerpo saciado y tembloroso—. Mereces tiempo e intimidad, y también consideración. No que te manoseen en la biblioteca junto al carrito del té.

Cassandra lo sorprendió con una trémula carcajada.

—He sido yo quien lo ha pedido —le recordó. Para satisfacción de Tom, se mostraba tranquila y alegre después del encuentro, y ya no había ni rastro de tensión en su rostro. La oyó tomar una honda bocanada que procedió a soltar despacio—. ¡Madre mía! —exclamó con un hilo de voz.

Tom no pudo contenerse y la besó de nuevo.

—Eres lo más dulce que he tenido entre los brazos —le susurró—. Quiero ser el hombre que te dé placer. El hombre al que busques por las noches. —Le acarició con la nariz los labios aterciopelados antes de mordisqueárselos—. Quiero llenar tus vacíos..., darte lo que necesites. Mi preciosa Cassandra..., dime lo que tengo que hacer para estar contigo. Aceptaré todas tus condiciones. Nunca le he dicho esto a nadie. Yo... —Se detuvo, muy consciente de lo inadecuadas que resultaban las palabras para expresar la magnitud de su deseo y el extremo al que estaba dispuesto a llegar por ella.

Cassandra intentó incorporarse con movimientos lentos y descoordinados, como si estuviera bajo el agua. La observó con pesar mientras se colocaba bien el corpiño y ocultaba así sus magníficos pechos. Tenía la cara algo ladeada, pero atisbó su expresión distante, como si estuviera sumida en sus pensamientos.

—El primo Devon dijo que negociar contigo fue una pesadilla —comentó ella después de un largo silencio—. Dijo que le sorprendió que no acabara en un asesinato.

La esperanza se abrió paso en su interior al comprender que le estaba pidiendo que la tranquilizase.

—No sería así entre nosotros —le aseguró al punto—. Tú y yo negociaríamos de buena fe.

Cassandra frunció el ceño.

—¿No intentarías confundirme? ¿No añadirías letra pequeña al contrato?

De repente se le ocurrió que la expresión recelosa de Cassandra se parecía mucho a la de Bazzle cuando le preguntó por la sodomía.

—Nada de letra pequeña —le aseguró de inmediato—. Nada de trucos. —Como daba la impresión de que ella todavía no estaba muy convencida, exclamó—: ¡Por el amor de Dios, mujer, no se me ocurriría engañar a mi esposa porque sé que después tendría que vivir con las consecuencias! Tendremos que confiar el uno en el otro.

—Eso forma parte del matrimonio —repuso Cassandra con aire distraído, repitiendo las palabras que él mismo había dicho poco antes. Lo miró a los ojos, y se puso muy colorada, con una expresión radiante, al parecer, porque había llegado a una conclusión—. Pues muy bien.

Tom sintió que se le paraba el corazón al escucharla.

—Muy bien, ¿qué?

—Acepto tu proposición, pendiente de las negociaciones y de la aprobación de mi familia.

Una oleada a caballo entre el triunfo y la sorpresa se apoderó de él. Por un segundo solo fue capaz de mirarla fijamente. Aunque había deseado y esperado que aceptara, incluso estaba casi convencido de que lo haría, las palabras lo sorprendieron. Le daba miedo creer que lo decía en serio. Lo quería por escrito, grabado en algo, de modo que pudiera comprobar más adelante que lo había dicho de verdad. Había dicho que sí. ¿Por qué había dicho que sí?

—¿Ha sido por los zapatos? —quiso saber.

La pregunta le arrancó una carcajada a Cassandra.

—Esa parte no ha estado mal —le aseguró ella—. Pero es por la idea de cumplir mis condiciones. Y deseo de corazón ayudar a los demás a una escala mucho mayor. —Hizo una pausa y adoptó una expresión seria—. No será fácil. Nuestra vida juntos será un salto hacia lo desconocido, y nunca me he sentido cómoda con las situaciones nuevas. Podría haber elegido a un hombre mucho menos imponente que tú y no sentir ni la mitad de miedo del que siento ahora. Tendrás que ser paciente conmigo, de la misma manera que yo voy a serlo contigo.

Tom asintió con la cabeza mientras su mente ya empezaba a analizar los potenciales obstáculos. No permitiría que se interpusiera nada entre ellos. Tenía que estar con ella.

—Has dicho que nuestro compromiso depende de la aprobación de tu familia —comenzó—, aunque espero que no busques la unanimidad.

—Me gustaría que así fuera, pero no es un requisito.

—Bien —dijo él—. Porque aunque consiga convencer a Trenear para que dé su aprobación, discutir con West será como enfrentarse a molinos de viento.

Cassandra lo miró de repente, muy atenta.

—¿El *Quijote* fue uno de los libros que leíste?

—Para mi pesar, sí.

—¿No te gustó?

La miró con sorna.

—¿Una historia sobre un lunático de mediana edad que se dedica a destruir la propiedad privada? Pues no. Aunque estoy de acuerdo con Cervantes en que la caballería no se diferencia de la locura.

—Eso no era lo que quiso decir. —Cassandra lo miró con consternación—. Empiezo a creer que no has entendido la moraleja de ninguna de las novelas que has leído hasta el momento.

—La mayoría son pamplinas. Como la de ese ladrón de pan francés que viola su libertad condicional...

—¿*Los miserables*?

—Sí. Victor Hugo tardó cuatrocientas páginas en decir: «Nunca dejes que tu hija se case con un estudiante de derecho radical francés». Algo que ya sabe todo el mundo.

Ella enarcó las cejas.

—¿Esa es la moraleja que sacaste de la novela?

—No, claro que no —respondió enseguida al ver su expresión—. La moraleja de *Los miserables* es... —Hizo una pausa intencionada antes de soltar su mejor hipótesis—: que perdonar a tus enemigos normalmente es un error.

—Ni se le acerca. —En los labios de Cassandra apareció una

sonrisilla encantada—. Ya veo que tengo mucho trabajo por delante.

—Sí —contestó él, alentado por esa respuesta—. Méteme en cintura. Haz que sea mejor. Será un servicio público.

—Calla —le dijo ella al tiempo que le ponía los dedos en los labios—, antes de que cambie de idea.

—No puedes —replicó él, a sabiendas de que se estaba tomando las palabras más en serio de lo que ella pretendía. Sin embargo, la mera idea fue como un aguijonazo en el corazón—. Lo que quiero decir es que no lo hagas. Por favor. Porque yo... —Fue incapaz de dejar de mirarla. Los ojos azules de Cassandra, tan oscuros como un cielo a medianoche, parecían llegar hasta el fondo de su persona, arrancándole lenta pero inexorablemente la verdad—. Yo te... necesito —concluyó entre dientes.

La vergüenza hizo que le ardiera la cara, como si las chispas lo hubieran quemado. No podía creer lo que acababa de decir, unas palabras que lo hacían parecer muy débil y blando.

Sin embargo, lo más raro fue que... Cassandra no pareció menospreciarlo por ellas. De hecho, lo miraba con más seguridad mientras asentía con un leve gesto de la cabeza, como si su humillante admisión hubiera cimentado el acuerdo.

Tom pensó, y no por primera vez, que era imposible comprender a las mujeres. No se trataba de que fueran ilógicas. Todo lo contrario. Su lógica era superior, demasiado compleja y avanzada para someterla a una demostración matemática. Las mujeres asignaban misteriosos valores a detalles que los hombres pasarían por alto, y eran capaces de llegar a complejas conclusiones sobre sus secretos más íntimos. Sospechaba que Cassandra, después de unos pocos encuentros, ya lo conocía mejor que sus amigos de más de diez años. Lo más inquietante era la sospecha de que comprendía cosas sobre él de las que ni él mismo era consciente.

—Deja que yo hable primero con mi familia —le pidió ella al tiempo que extendía un brazo para enderezarle el cuello de la camisa y la corbata, y para alisarle las solapas de la chaqueta—. Te mandaré llamar mañana, o tal vez pasado mañana, y luego tú podrás exponer tu caso.

—No puedo estar lejos de ti tanto tiempo —protestó Tom molesto—. Y que me aspen si dejo que te encargues de todo esto tú sola.

—¿No confías en mí?

—¡No es eso! Dejar que te encargues de todo sin mí tiene toda la pinta de ser una cobardía.

—Tom —replicó ella con sorna—, no es un secreto que te encanta discutir. No hay peligro de que alguien te acuse de cobardía. Sin embargo, nada de lo que digas hará mella en los Ravenel hasta que yo los convenza de que es lo que deseo.

—¿Y lo es? —le preguntó antes de pensar siquiera si era conveniente que lo hiciera, y se maldijo en silencio. Que lo partiera un rayo, se había puesto a suplicar una migaja de aprecio, como un perro. El poder que Cassandra tenía sobre él le resultaba increíble. Eso era lo que se había temido desde el principio.

Cassandra, atenta a cada sutil cambio de su estado de ánimo, extendió los brazos hacia él sin pérdida de tiempo. Le agarró las solapas de la chaqueta que acababa de alisar, lo acercó a ella de un tirón y lo besó, mitigando así las afiladas aristas de su ansiedad. Tom la besó con pasión, tomando todo lo que podía mientras el dulce fervor de la respuesta de Cassandra lo excitaba otra vez. Su cuerpo experimentó otra erección y los pulmones empezaron a funcionarle con movimientos frenéticos e irregulares. El autocontrol del que tanto se enorgullecía quedó reducido a humeantes escombros. Sentía demasiado, todo a la vez, como si los colores se hubieran fusionado unos con otros. Era una locura.

Cuando por fin se separaron, aunque sus jadeantes alientos siguieron mezclándose, Cassandra lo miró a los ojos y dijo con firmeza:

—Te deseo. No voy a cambiar de opinión. Tom, si vamos a confiar el uno en el otro..., es mejor que lo hagamos desde ahora mismo.

18

—Lo único que podemos hacer es aconsejarte —le dijo Devon a Cassandra al día siguiente—. La decisión final es tuya.

—¡Por el amor de Dios! —exclamó un exasperado West—. ¡No le digas eso!

Devon miró a su hermano menor con expresión sarcástica.

—¿No es decisión de Cassandra?

—No cuando es obvio que no se encuentra en condiciones de tomar decisión alguna por sí misma. ¿La dejarías bailar borracha en el borde de un andén?

—No he bebido —protestó Cassandra—. Ni tampoco sería tan tonta como para bailar en el borde de un andén.

—No lo decía de forma literal —replicó West.

—De todas formas, no es una analogía que me puedas aplicar. Estás insinuando que no sé lo que hago, cuando da la casualidad de que entiendo mi propia situación mejor que tú.

—Yo no estoy muy de acuerdo en... —repuso West, que guardó silencio porque Phoebe le dio un suave codazo en las costillas.

Los cinco —Devon, Kathleen, West, Phoebe y Cassandra— habían salido a dar un paseo por Hyde Park, ya que sentían la necesidad de escapar de los confines de Ravenel House. Dado el volátil tema de conversación, la espaciosa biblioteca con sus dos estancias independientes les había parecido tan cargada como una tetera llena de agua al llegar al punto de ebullición.

West y Phoebe habían llegado esa misma mañana en el primer tren procedentes de Essex, tras recibir un telegrama de Devon el día anterior. West estaba furioso, algo que no le sorprendía a nadie, y deseaba vengarse de Ripon y de su hijo por haberse atrevido a calumniar a una Ravenel.

El resto de la familia llegaría para la hora de la cena; pero, de momento, Cassandra ya estaba ocupada lidiando con Devon y con West, que se oponían firmemente a la idea de que se casara con Tom Severin. Kathleen al menos parecía dispuesta a considerar la posibilidad, y Phoebe había decidido mantener una posición neutral.

—¿Qué han dicho los otros? —quiso saber West, como si fuera un general comprobando la fuerza de sus tropas—. Espero que nadie más apoye esta idea tan demencial.

—El señor Winterborne y lord St. Vincent han evitado dar su opinión —contestó Cassandra—. Helen dice que apoya por completo mi decisión sea cual sea. A Pandora le cae bien el señor Severin y cree que es una idea espléndida...

—Cómo no —murmuró West.

—... y lady Berwick dice que es un desastre en el que no piensa participar.

West estaba muy serio.

—Esta es la primera vez que la vieja cascarrabias y yo estamos de acuerdo en algo.

El grupo deambuló por los extensos prados verdes de Hyde Park. En primavera y en verano el parque estaba atestado de carruajes, jinetes y caminantes, pero en pleno invierno casi se encontraba desierto. Los parterres de flores estaban en periodo de hibernación; las ramas de los árboles, desnudas; y la hierba pisoteada, por fin en paz para recuperarse. Una bandada de grajos parecía enzarzada en una disputa en las ramas de un vetusto roble. La imagen le recordó tanto a lo que sucedía entre los Ravenel que a Cassandra le resultó graciosa.

—Dejemos por un momento el tema de Tom Severin —le dijo West—. Phoebe y yo hemos trazado un plan.

—El plan es todo suyo —apostilló Phoebe.

—Por si no lo recuerdas, Phoebe tiene un hermano menor que ella llamado Raphael —siguió West—. Alto, soltero y con buena dentadura. Es perfecto.

—No es tan perfecto —lo contradijo su mujer—. Además, ¿cómo sabes que es alto y que tiene buena dentadura?

—Porque es evidente que tus padres son incapaces de engendrar un ser humano que no sea superior. Se lo presentaremos a Cassandra, él querrá casarse con ella de inmediato y todos contentos.

—¿Y qué pasa con Tom? —preguntó Cassandra.

—Se alegrará en cuanto encuentre a cualquier otra mujer a la que destrozarle la vida.

Cassandra le dirigió una mirada de reproche.

—Creía que te caía bien.

—Y así es, por supuesto. Ocupa uno de los primeros puestos de la lista de cosas que me gustan de las que no estoy orgulloso, justo entre la comida callejera y las canciones soeces que se cantan durante las borracheras.

Cassandra era consciente de que West, y también Devon y Winterborne, acostumbraba a hacer comentarios sarcásticos sobre Tom Severin, tal como era habitual entre los amigos íntimos. Pero en ese momento le dolió como no lo había hecho antes.

—Con todo lo que el señor Severin ha hecho por nuestra familia, se merece un poco de respeto —replicó en voz baja.

Todos guardaron silencio y la miraron, sorprendidos, de reojo. Hasta ese momento, Cassandra nunca se había atrevido a reprocharle nada a West. Sin embargo, fue bastante elocuente que se parase a reflexionar y claudicara.

—Tienes razón —dijo con otro tono de voz—. Te pido perdón por ser un imbécil hipócrita. Pero os conozco bien a los dos como para saber que no hacéis buena pareja.

Cassandra enfrentó su mirada sin el menor titubeo.

—¿Acaso no es posible que el señor Severin y yo nos conozcamos de una manera distinta de como tú nos conoces a ambos?

—*Touché*. ¿Acaso no es posible que lo conozcas menos de lo que crees conocerlo?

—*Touché* —replicó Cassandra con renuencia.

La expresión de West se suavizó.

—Cassandra, escúchame. Si pasas demasiado tiempo cerca de Severin, acabarás queriéndolo. Tú eres así. Aun sabiendo que es una mala idea, dadas las circunstancias, acabarás haciéndolo, de la misma manera que me pasaba a mí cuando cantaba mientras me bañaba.

Phoebe miró sorprendida a su marido.

—¿Cuándo fue eso?

—Cuando vivía solo. Pero me obligaron a abandonar la costumbre poco después de mudarme a Eversby Priory. Kathleen me dijo que asustaba a los criados.

—No parecía humano —les aseguró la aludida—. Pensábamos que alguien estaba practicando un exorcismo.

Phoebe, a quien le había hecho gracia la revelación, sonrió y entrelazó un brazo con el de West, que miró de nuevo a Cassandra.

—Cariño, a ninguno nos gustaría verte atrapada en un matrimonio con un amor no correspondido. No esperes que Severin cambie. Por mucho que quieras a una persona, dicho amor no lo convencerá de corresponderte.

—Lo entiendo —replicó ella—. Pero aunque Tom no sea capaz de corresponder mis sentimientos, tiene cualidades que lo compensan.

—¿Qué cualidades? —preguntó Devon, totalmente descon-certado—. Siempre he creído que te conocía bien, pero esto...,
Severin y tú..., no lo entiendo.

Mientras Cassandra sopesaba su respuesta, oyó que Phoebe
decía con una nota humorística en la voz:

—No es tan raro, ¿verdad? El señor Severin es un hombre
muy atractivo.

Los dos hermanos Ravenel la miraron estupefactos.

—Pues sí —convino Kathleen—. Y simpatiquísimo además.

West puso los ojos en blanco y miró a Devon con resig-nación.

—Siempre lo ha tenido —dijo—. Ese algo que les gusta a las
mujeres.

—¿Qué algo? —quiso saber Devon.

—Esa cosa misteriosa y secreta que siempre he deseado que
alguien me explicara para poder fingir que yo también la tengo.

Se acercaban a un haya llorona, cuyas ramas plateadas se in-clinaban hasta el suelo para formar una especie de esqueleto con
forma de paraguas. En verano, su frondoso follaje la convertía
en una cueva viva e inspiraba a algunos a llamarla «el árbol del
revés». Sin embargo, en esa época del año solo tenía algunas ho-jas marrones en las ramas, que se agitaban y crujían por el azote
del viento.

Cassandra deambuló despacio entre las ramas más delgadas
mientras intentaba explicarse.

—Tom siempre me ha parecido muy atractivo —confesó, y
agradeció la caricia del frío viento de diciembre en las acaloradas
mejillas—. Pese a sus excentricidades, o tal vez incluso por ellas.
Antes era incapaz de imaginarme casada con un hombre como
él, pero ayer me expuso algunos argumentos muy convincentes.
Y en cuanto sugirió lo del contrato, supe con toda seguridad
que quería casarme con él.

—¿De qué contrato hablas? —La palabra había enfurecido a

Devon—. Severin no tiene por qué mencionarte contrato alguno si no estás acompañada por alguien que defienda tus intereses económicos y...

—No es un contrato de ese tipo —se apresuró a replicar Cassandra, que siguió explicándoles la propuesta de Tom, que consistía en escribir juntos un acuerdo sobre las cosas que valoraban y necesitaban, sobre aquellos temas en los que estaban dispuestos a llegar a un compromiso y sobre las líneas que no estaban dispuestos a cruzar.

—Pero eso no sería legal —protestó Devon.

—Creo que el mensaje es que al señor Severin le importan la opinión y los sentimientos de Cassandra —dedujo Kathleen.

—Significa que quiere escucharla —añadió Phoebe— y tener en cuenta sus opiniones.

—Ese malnacido y su ingenio... —murmuró West, aunque esbozó una sonrisa torcida sin poder evitarlo.

Cassandra se detuvo para aferrar una rama con una mano enguantada. Mientras contemplaba a su familia, sonrió de repente.

—No he conocido a nadie que se le parezca. Tiene una mente tan brillante que no puede ver nada, ni siquiera a su futura esposa, de forma convencional. Ve más potencial en mí del que yo he podido imaginar. Confieso que me sorprende lo mucho que me gusta verme a través de sus ojos.

—¿Te ha dicho Severin que solo tiene cinco sentimientos? —le preguntó West con ironía.

—Me lo ha dicho, sí. Pero últimamente se ha visto obligado a añadir unos cuantos más, algo que me resulta alentador.

Devon se acercó a Cassandra y la miró como un hermano mayor preocupado. Se inclinó para darle un beso en una mejilla y suspiró.

—Voy a decirte una cosa que he descubierto por experiencia: la mejor manera de llegar a conocer a Tom Severin es negociando un contrato con él. Si sigues dirigiéndole la palabra cuando acabéis..., le daré el visto bueno al enlace. —Vio con el rabillo del ojo que West estaba a punto de protestar, y añadió con voz firme—: Tienes mi palabra.

—Señor, acaba de traerla un lacayo con librea.

Barnaby se acercó a la mesa de Tom Severin con una carta lacrada, intrigadísimo por su contenido. Aunque no era del todo extraño que algunas cartas se entregaran de esa forma —el señor Severin hacía negocios con personas de todas las clases sociales—, sí que era sorprendente que el destinatario estuviera escrito con letra a todas luces femenina. Además..., la misiva estaba ligeramente perfumada. La fragancia le recordaba a Barnaby a un campo cuajado de florecillas blancas, tan delicadas y primorosas que inclinó la cabeza para olerla de nuevo antes de entregársela a su jefe.

El señor Severin pareció quedarse hipnotizado al ver la carta. Barnaby habría jurado que hasta le temblaba un poco la mano cuando extendió el brazo para cogerla. Su jefe estaba rarísimo. Todo empezó con la compra el día anterior del *London Chronicle*, una compra impulsiva por parte del señor Severin, que se lanzó a la adquisición con un fervor casi desquiciado, obviando los protocolos habituales y hostigando a los abogados, a los contables y a los banqueros para llevarla a cabo de inmediato. Y luego, esa mañana, había aparecido distraído e irritable, y se levantaba cada pocos minutos para mirar la calle por la ventana, aunque no parecía fijarse en nada en concreto.

En ese momento rompió el sello de lacre sin levantarse de su sillón y titubeó de forma incomprensible antes de desdoblar el papel. Sus ojos volaron sobre los renglones. Subió una mano para frotarse el mentón despacio mientras la releía.

Barnaby vio que esa cabeza morena se inclinaba como si se

sintiera débil por una enfermedad... o por la emoción, que en el caso del señor Severin era lo mismo, y se sintió al borde del pánico. ¡Por el amor de Dios! ¿Qué estaba pasando? ¿Qué noticia tan terrible anunciaba la carta? Sin embargo, en ese momento se percató con cierta sorpresa de que su jefe se había inclinado para besar con delicadeza el papel perfumado.

—Barnaby —le dijo con voz trémula—. Despeja mi agenda para el resto de la semana.

—¿La semana entera? ¿Desde mañana?

—Desde ahora mismo. Tengo que hacer unos preparativos.

Incapaz de contenerse, Barnaby le preguntó titubeante:

—¿Qué ha sucedido, señor Severin?

Su jefe sonrió, y ese rostro tan pálido adquirió un tono rosado por el repentino rubor. El verde y el azul de sus ojos adquirieron un brillo singular. Semejantes muestras de emoción no eran en absoluto habituales, de manera que Barnaby se puso nervioso.

—Nada de lo que preocuparse. Estaré atareado con unas negociaciones.

—¿Relacionadas con el *London Chronicle*?

El señor Severin negó con la cabeza.

—Es otro negocio muy distinto. —Soltó una breve carcajada—. Una sociedad para toda la vida.

19

A las ocho en punto de la mañana, Tom llegó a Ravenel House, ataviado con un precioso traje oscuro y una corbata de color azul pavo real con un nudo simple. Nada más entrar en el comedor matinal y hacer una reverencia, quedó claro que estaba tan satisfecho con toda la situación que hasta West le vio gracia al asunto, muy a su pesar.

—Esperaba que tuvieras la cara del gato que se ha comido el canario —comentó el susodicho al tiempo que se ponía de pie para estrecharle la mano—, pero te pareces más a un gato que se ha tragado otro gato entero.

Por invitación de Kathleen, Tom se acercó al aparador y se sirvió una taza de café de una jarra de plata. Se acomodó en el asiento libre entre Cassandra y Phoebe.

—Buenos días —le susurró a modo de saludo.

Cassandra casi no era capaz de mirarlo a la cara. La invadía una ridícula timidez y, al mismo tiempo, estaba rebosante de alegría, y también avergonzada al recordar la intimidad que habían compartido: esos besos apasionados y abrumadores, la indecente exploración de sus dedos...

—Buenos días —le contestó antes de refugiarse en su té a toda prisa. Apenas era consciente de la conversación que se sucedía a su alrededor, de los saludos de rigor y de la titubeante pregunta de Phoebe sobre dónde residirían después de la boda.

—El compromiso todavía no es oficial —replicó Tom con seriedad—. No hasta que Cassandra quede satisfecha con el resultado de nuestras negociaciones.

—Pero suponiendo que lleguen a un acuerdo... —insistió Phoebe.

—Ahora mismo —contestó él con la mirada clavada en Cassandra—, vivo en Hyde Park Square. Podríamos vivir en esa casa si te apetece. Pero sería muy fácil mudarnos a cualquiera de las otras si así lo prefieres.

Cassandra parpadeó desconcertada.

—¿Tienes más de una casa?

—Cuatro —contestó él con seriedad. Al ver su cara, pareció darse cuenta de lo desconcertante que le resultaba, de modo que continuó con más tiento—: También tengo varias parcelas sin urbanizar en Kensington y en Hammersmith, y hace poco compré una finca en Edmonton. Pero sería poco práctico vivir tan lejos de mis oficinas. Así que... se me ha ocurrido convertir esa finca en una ciudad.

—¿Va a fundar una ciudad? —preguntó Kathleen sin dar crédito.

—Por el amor de Dios, no la llames Tom en tu honor —terció West.

Cassandra experimentó una sensación desagradable.

—¿Por qué tienes tantas casas? —le preguntó a Tom.

—A veces, cuando una propiedad libre de cargas sale al mercado por un precio decente, la compro como inversión.

—Eso quiere decir que la London Ironstone no es tu única fuente de ingresos —repuso Cassandra mientras trataba de encontrarle sentido—. También participas en el mercado inmobiliario.

—Sí, y construyo inmuebles para revenderlos aquí y allá.

—¿Cuántos negocios tienes? —quiso saber ella.

Al percatarse de que se había convertido en el centro de todas las miradas, Tom le preguntó con gran incomodidad a su vez:

—¿No se supone que no se debe hablar de estas cosas cuando se está en la mesa?

—Tú nunca sigues las normas —le recordó ella.

Su reticencia era evidente. Sin embargo, fiel a su forma de ser, Tom contestó con sinceridad:

—He agrupado varias empresas con la London Ironstone para formar un conglomerado. Flete de mercancías; producción de acero y de hormigón; empresas que fabrican bombas hidráulicas, equipo de dragado y de perforación; una empresa de ingeniería y de diseño; y varias más. Cuando construyo una nueva línea de ferrocarril, no necesito contratar los servicios de empresas de terceros, uso las mías. También tengo empresas de servicios para el mantenimiento, las comunicaciones y la señalización, equipo de seguridad... —Hizo una pausa al ver que Cassandra se quedaba blanca—. ¿Qué pasa?

—Acabo de darme cuenta —dijo ella con voz ahogada— de que no tienes una empresa de construcción de ferrocarriles, tienes un imperio.

—Yo no lo veo así —repuso Tom con el ceño fruncido.

—Da igual la palabra que se use..., debes de ser casi tan rico como el señor Winterborne.

Tom se concentró en untar la mantequilla en su tostada.

Al entender su silencio, Cassandra le preguntó con cierto temor:

—¿Eres más rico que el señor Winterborne?

—Hay muchas formas de calcular la riqueza —dijo a modo de esquiva respuesta, al tiempo que extendía el brazo para coger un tarro de mermelada.

A Cassandra se le cayó el alma a los pies.

—Ay, por Dios, ¿en cuánto lo superas?

—¿Por qué me tengo que comparar con Winterborne? —repuso él—. Su negocio va bien, y el mío también. Dejémoslo así.

Devon le habló a Cassandra con claridad:

—En realidad, no se pueden comparar. Aunque Winterborne es la fuerza dominante en el comercio, los negocios de Severin afectan a todo: transporte, comercio, manufactura, comunicaciones y desarrollo urbano. No solo está cambiando cómo se hacen los negocios, sino cómo y dónde viven las personas. —Devon lo miró pensativo antes de añadir—: Según mis cálculos, la fortuna de Severin es como fortuna y media de Winterborne, y no pasará mucho tiempo antes de que sea casi el doble.

Tom lo miró de soslayo, pero no desmintió sus palabras.

—Entiendo —replicó Cassandra con un hilo de voz mientras pensaba en su tranquila y acogedora vida en el campo, con perros, jardines y relajados paseos por las tardes.

—No te verás agobiada por mis asuntos de negocios —le aseguró Tom al tiempo que fruncía el ceño—. Todo eso lo mantendré separado de mi vida hogareña.

—La pregunta es hasta qué punto va a haber vida hogareña —dijo Devon en voz baja—. Solo eres un hombre, Tom, que hace el trabajo de al menos diez..., y las exigencias se multiplicarán con el paso del tiempo.

—Eso es asunto mío.

West intervino en ese momento y no se molestó en ocultar su preocupación.

—Diría que también es un asunto que concierne a tu futura esposa.

Tom entrecerró los ojos.

—Mi esposa tendrá todo lo que necesite o desee de mí —replicó con gélida arrogancia—. Puedo organizar mi agenda como me plazca. Hacer tanto o tan poco como quiera, ir a donde se me antoje y quedarme o marcharme a mi conveniencia. Nadie me controla ni controla mi tiempo. Esa es la esencia de mi persona.

En circunstancias normales, Devon o West se habrían burlado en respuesta, pero ambos guardaron silencio. Algo en el rostro de Tom les indicó que ya habían tensado demasiado la cuerda. Por primera vez, Cassandra vislumbró cómo lo veían los demás: un hombre a quien respetar e incluso temer. Un hombre que ostentaba un enorme poder y una gran autoridad, y que se sentía muy cómodo usando las dos cosas. Era un aspecto de su personalidad que rara vez les demostraba a los Ravenel, si acaso lo había hecho en alguna ocasión. Siempre se había mostrado dispuesto a tolerar unas cuantas pullas y bromas de sus amigos sin alterarse, pero no tenía por qué hacerlo.

De hecho, había pocas cosas que Tom Severin tuviera que tolerar.

Sería casi imposible lidiar con él, pensó Cassandra con temor. Sería más fácil intentar controlar una tormenta. Sin embargo, se había obligado a confesar que la necesitaba, algo que fue dificilísimo para él. No era una garantía de nada, claro, aunque tampoco era un mal comienzo.

Al final del desayuno, Kathleen acompañó a Cassandra y a Tom a la biblioteca, en cuya larga mesa se había dispuesto una jarra con agua y dos vasos, además de un montón de folios en blanco, plumas y un tintero.

—Llamad a los criados si necesitáis algo —dijo Kathleen—. Voy a dejar la puerta entreabierta, y sospecho que alguien vendrá de vez en cuando a ver cómo seguís. Pero ese alguien no seré yo.

—Gracias —replicó Cassandra, que le sonrió con afecto a la mujer que había sido una presencia constante y cariñosa en su vida.

Una vez solos se volvió hacia Tom. Antes de poder decir una sola palabra, él la estrechó entre sus brazos, la pegó a su cuerpo y la besó. Cassandra respondió sin poder evitarlo, rodeándole el cuello con los brazos y pegándose a su duro cuerpo. Lo oyó soltar un gemido de deseo antes de mover la cabeza de tal manera que el beso fuera más apasionado, más íntimo.

Tom se separó demasiado pronto de ella antes de mirarla con una expresión ardiente en los ojos y una mueca pensativa en los labios.

—No tendrás un marido a medias —le dijo con brusquedad—. Todo lo contrario. Seguramente me tendrás más de lo que quisieras.

—Mi familia... —empezó ella a modo de disculpa.

—Sí. Sé por qué están preocupados. —Le acarició la espalda con una mano, arriba y abajo—. El trabajo es importante para mí —siguió—. Necesito ese desafío o me volvería loco por el aburrimiento. Pero no es absorbente a expensas de todo lo demás. En cuanto conseguí lo que me había propuesto, descubrí que ya no quedaba nada más que demostrar. Todo empezó a ser lo mismo. Hace años que nada me emociona ni me satisface. Sin embargo, contigo todo es nuevo. Solo quiero estar a tu lado.

—Aun así —repuso ella—, siempre habrá muchas voces reclamando tu atención.

Tom se apartó lo justo para mirarla.

—La tuya es la que atenderé primero. Siempre.

Esbozó una sonrisilla al oírlo.

—Tal vez deberíamos ponerlo en el contrato.

Tom se tomó el comentario en serio, de manera que se llevó una mano al bolsillo interior de la chaqueta y sacó un portaminas metálico. Se inclinó sobre la mesa y procedió a escribir algo en la hoja de papel que tenían delante antes de terminar con un enfático punto final.

Cuando se volvió para mirarla, Cassandra se puso de puntillas para besarlo. Tom aceptó su recompensa sin titubear, y unió la boca con la de ella para apoderarse de sus labios con avidez. Las caricias de su lengua hicieron que a ella empezara a darle vueltas la cabeza. La saboreó y la consumió con un beso más agresivo que cualquiera que le hubiera dado hasta el momento. Ese beso le aflojó las rodillas y le licuó los huesos. Inclinó el cuerpo hacia él y al instante Tom la estrechó con urgencia entre sus brazos. El deseo la recorrió por entero y los ardientes tentáculos de él se extendieron hasta las partes más íntimas de Cassandra. Un gemido se le quedó atascado en la garganta cuando Tom apartó los labios.

—Será mejor que empecemos a negociar —dijo él con voz entrecortada—. El primer punto será cuánto tiempo querrás pasar conmigo.

—Todo —le aseguró ella, que le volvió a buscar los labios.

Tom soltó una risilla.

—Por mí encantado. Yo... Ay, qué dulce eres... No, estoy... ¡Dios! Es hora de parar. En serio. —Le pegó los labios al pelo para esquivar sus besos—. Estás a punto de que te desflore en la biblioteca.

—¿No me has desflorado ya? —le preguntó ella, que percibió su sonrisa contra el pelo.

—No —susurró él—, sigues siendo virgen. Aunque un poquito más experimentada que hace dos días. —Le pegó la boca a la oreja—. ¿Te gustó lo que hice?

Cassandra asintió con la cabeza y se puso tan colorada que notó que le ardían las mejillas.

—Sí, pero me supo a poco.

—Me encantaría darte más. En cuanto sea posible. —La soltó con un suspiro pesaroso. La invitó a sentarse y, en vez de ocupar el asiento que quedaba frente a ella, se sentó a su lado. Cogió el portaminas metálico y presionó el pulsador superior, de modo que se oyó un clic cuando hizo aparecer la punta de la mina de grafito que tenía en su interior—. Anotaré los puntos de nuestro acuerdo según vayamos avanzando si tú escribes el documento final en tinta.

Cassandra lo vio hacer varias anotaciones en la página con una letra pequeña y pareja.

—Qué letra más curiosa.

—Es tipografía normalizada de dibujo técnico —le explicó—. Enseñan a los ingenieros y a los artesanos a escribir así, de modo que los dibujos técnicos y las especificaciones sean fáciles de leer.

—¿Quién te envió a clases de ingeniería?

—El dueño de la empresa de tranvías en la que trabajaba, el señor Chambers Paxton.

—Fue muy amable.

—No lo hizo por bondad —replicó él con sorna—. Mis habilidades se usaron para diseñar y construir motores para su empresa. Pero era un buen hombre. —Hizo una pausa durante la cual clavó la mirada al frente—. Me cambió la vida.

—¿Cuándo lo conociste?

—Tenía doce años y trabajaba como vendedor en el tren. El señor Paxton tomaba todas las semanas el expreso de Londres de las ocho y veinticinco que hacía el trayecto de Londres a Manchester y vuelta. Me contrató y me llevó a vivir con su familia. Cinco hijas, ningún hijo varón.

Cassandra lo escuchó con suma atención, consciente de la cantidad de detalles relevantes que se podían obtener entre las líneas de sus francos comentarios.

—¿Cuánto tiempo viviste con la familia?

—Siete años.

—El señor Paxton debió de ser como un padre para ti, ¿no?

Tom asintió con la cabeza mientras examinaba el mecanismo del portaminas metálico. Clic. Ocultó parte de la mina en su interior.

—¿Lo invitarás a la boda? —quiso saber Cassandra.

Sus ojos la miraron con expresión sombría.

—Murió hace dos años. De una enfermedad renal, según tengo entendido.

—Según tienes entendido... —repitió ella desconcertada.

Clic. Clic.

—Dejamos de comunicarnos —le explicó Tom, sin darle mucha importancia—. Ya no era bien recibido en casa de la familia Paxton.

—Cuéntame lo que sucedió —lo instó en voz baja.

—Ahora no. Después.

Algo en sus buenos modales hizo que Cassandra se sintiera excluida. Apartada. Mientras lo veía cuadrar a la perfección el montón de folios, le pareció que estaba tan solo que de forma instintiva extendió un brazo para tocarle el hombro.

Tom se tensó por el inesperado contacto. Cassandra hizo ademán de apartar la mano, pero él se la aferró al punto antes de llevársela a los labios para besarla.

Comprendió que se estaba esforzando por compartir su pasado con ella, cediendo su intimidad y sus secretos..., pero que llevaría su tiempo. No estaba acostumbrado a mostrarse vulnerable ante nadie, en ninguna circunstancia.

Cassandra había visto hacía poco tiempo una comedia en Drury Lane en la que aparecía un personaje que había colocado en la puerta de su casa una enorme cantidad de cerraduras, pestillos y cerrojos. Cada vez que alguien entraba en escena, se necesitaba un laborioso proceso para buscar las llaves y abrir toda la hilera. La frustración del resto de los personajes hacía que los espectadores estallaran en carcajadas.

¿Y si en realidad el corazón de Tom no estaba congelado, como él decía? ¿Y si solo lo había protegido tanto que había acabado aprisionándolo?

De ser así, necesitaría tiempo y paciencia para ayudarlo a encontrar la salida. Y amor.

Sí, pensó. Se permitiría amarlo, pero no como una mártir, sino como una optimista.

20

Negociaciones
10.00 a. m.

—De momento esto es más sencillo de que lo pensaba —comentó Cassandra mientras recogía y enderezaba unos cuantos folios de papel que contenían encabezados, apartados y subapartados—. Empiezo a pensar que no eres tan insoportable en una mesa de negociaciones como asegura el primo Devon.

—No, en su caso sí lo fui —le aseguró, contrito—. Si tuviera que repetir la experiencia, manejaría la situación de forma muy distinta.

—Ah, ¿sí? ¿Por qué?

Tom clavó la mirada en la hoja de papel que tenía delante y empezó a garabatear con el portaminas en los márgenes. Cassandra ya se había percatado de que tenía por costumbre hacer dibujos mientras reflexionaba sobre algo. Dibujaba engranajes, ruedas, flechas, vías de tren o diminutos diagramas de objetos mecánicos cuyo fin se le escapaba.

—Siempre he sido competitivo —admitió—. Siempre me he concentrado demasiado en ganar una negociación sin pensar en los daños colaterales. En el caso de Trenear, no se me ocurrió que lo que para mí era un juego para él era el sustento de sus arrendatarios.

—Al final no pasó nada malo —le recordó Cassandra—. No conseguiste hacerte con los derechos de explotación de la mina.

—No por falta de empeño. —El portaminas conectó dos líneas paralelas mediante una serie de cruces, convirtiéndolas en una vía del ferrocarril—. Me alegro de que Trenear no me guarde rencor. Me ayudó a entender que hay cosas más importantes que ganar; una lección que yo necesitaba aprender.

Cassandra apoyó la barbilla en una mano y extendió el otro brazo para acariciar uno de los dibujillos del margen.

—¿Por qué lo haces? —le preguntó.

Tom siguió la dirección de su mirada y esbozó una sonrisa tímida que resultó un tanto infantil, un gesto inusual en él que le provocó a Cassandra una punzada de placer.

—Lo siento. Me ayuda a pensar.

—No lo sientas. Me gustan tus excentricidades.

—No te gustarán todas —le advirtió él—. Ya lo verás.

11.00 a. m.

—No soporto el desorden —confesó Tom—. Y eso incluye las largas cortinas polvorientas, las figurillas de porcelana y esos mantelitos llenos de agujeros...

—¿Los tapetes?

—Sí, esos. Ni los flecos. Odio los flecos.

Cassandra parpadeó mientras lo observaba escribir: «7D: Nada de tapetes ni de flecos».

—Un momento —dijo—. ¿Nada de flecos? ¿Ni en las tulipas de las lámparas? ¿Ni en los cojines?

—Mucho menos en los cojines.

Cassandra apoyó los brazos cruzados sobre la mesa y lo miró un tanto exasperada.

—¿Tuviste algún accidente relacionado con los flecos? ¿Por qué los odias?

—Son feos y se mueven. Cuelgan como si fueran orugas.

Cassandra frunció el ceño.

—Me reservo el derecho a llevar flecos en la pasamanería de mis sombreros y de mi ropa. Da la casualidad de que este año se llevan mucho.

—¿Podemos excluirlos de los camisones y las batas? Prefiero que no me rocen. —Al ver que ella lo miraba con desconcertada irritación, Tom clavó la mirada en el papel con timidez—. Algunas excentricidades no se pueden corregir.

11.30 a. m.

—Pero a todo el mundo le gustan los perros —protestó Cassandra.

—No me disgustan los perros. Pero no los quiero en mi casa.

—En nuestra casa. —Cassandra apoyó los codos en la mesa y se masajeó las sienes—. Siempre he tenido perro. Pandora y yo no habríamos sobrevivido a nuestra infancia de no ser por Napoleón y Josefina. Si lo que te preocupa es la higiene, me aseguraré de que el perro se bañe con frecuencia y de que cualquier accidente se limpie de inmediato.

Eso lo hizo torcer el gesto.

—De entrada, no quiero que haya accidentes. Además, tendrás muchas cosas de las que ocuparte; no tendrás tiempo para una mascota.

—Necesito un perro.

Tom sostuvo el portaminas entre el índice y el pulgar y empezó a moverlo de manera que sus extremos golpearan la mesa.

—Vamos a analizar el tema con lógica. En realidad, no necesitas un perro. Ni guardas ovejas ni atrapas ratas. Los perros domésticos no sirven para nada útil.

—Te traen cosas —señaló Cassandra.

—Tendrás a todos los criados para que te lleven cualquier cosa que necesites.

—Quiero un compañero que salga a pasear conmigo y que se siente en mi regazo para acariciarlo.

—Para eso me tienes a mí.

Cassandra señaló el contrato.

—Perro —insistió—. Me temo que es innegociable.

Tom aferró el portaminas con fuerza y empezó a pulsar el botón que expulsaba la mina de grafito. Clic. Clic.

—¿Qué te parece un pez? —sugirió—. Son relajantes. No destrozan las alfombras.

—No se puede acariciar un pez.

Se produjo un largo silencio. Tom frunció el ceño sin dejar de mirar su expresión decidida.

—Cassandra, esto sería un compromiso enorme por mi parte. Si cedo en este punto, quiero que tú también cedas en algo igual de importante.

—He cedido en lo de los flecos —protestó.

—El perro será tu mascota, no la mía. No quiero que me moleste.

—Ni te enterarás de que existe.

Tom resopló sin creerla y ajustó la mina de grafito. Acto seguido, acercó el portaminas al papel y se detuvo un instante.

—Maldición —murmuró.

Cassandra fingió no oírlo.

—La esposa no adquirirá más de una mascota doméstica canina —refunfuñó Tom mientras escribía—. A: Que no exceda de treinta centímetros de altura a la cruz, elegida de una lista de razas aceptables que se decidirán más tarde. B: La mascota canina dormirá por las noches en las zonas específicas para ello, y —se interrumpió antes de continuar con un deje severo— C: No se le permitirá, en ninguna circunstancia, subirse a las camas ni a los asientos tapizados.

—¿Y en los escabeles?

La mina de grafito se partió y salió volando de la mesa.

Cassandra lo interpretó como un no.

12.00 p. m.

—... tendrás que levantarte temprano si quieres desayunar conmigo —dijo Tom—. Casi todos los miembros de tu clase se pasan la noche en bailes y fiestas, y nunca se levantan antes de mediodía.

—¿De mi clase? —repitió Cassandra con las cejas enarcadas.

—Llego a la oficina no más tarde de las ocho y media. La clase trabajadora de Londres tiene un horario muy distinto del Londres aristocrático.

—Me levantaré tan temprano como sea necesario —le aseguró Cassandra.

—Tal vez descubras que el sacrificio no merece la pena.

—¿Por qué? ¿Estás de mal humor por las mañanas?

—No, pero me levanto ya con prisas. No me gusta recrearme en el desayuno.

—Porque seguro que no lo estás haciendo bien. Recrearse es maravilloso. Yo lo hago siempre. —Levantó los brazos para estirarlos por encima de la cabeza y así aliviar el dolor en la parte superior de la espalda, un movimiento que le elevó los pechos.

Tom la miró hipnotizado.

—Es posible que me tome mi tiempo solo para ver cómo te recreas.

1.00 p. m.

—Y a la hora de dormir, ¿qué prefieres?

Cassandra sintió un nudo en la boca del estómago, que no era desagradable, y notó que le ardían las mejillas.

—¿Deberíamos tener habitaciones separadas y que tú me visites cuando quieras?

—Desde luego —contestó Tom, que empezó a juguetear con el portaminas—. Querré visitarte con frecuencia.

Cassandra miró hacia el vano de la puerta antes de mirar de nuevo a Tom.

—¿Con qué frecuencia?

Tom soltó el portaminas y empezó a tamborilear con los dedos sobre la mesa.

—En el pasado, he estado largas temporadas sin... ¡Que me aspen! ¿Cuál es la palabra educada para esto?

—No creo que exista una palabra educada.

—Pues digamos entonces que durante las temporadas de sequía volcaba toda mi energía en el trabajo. Pero cuando me es posible..., en fin... Cuando encontraba a la mujer adecuada..., pues era... —Hizo una pausa para analizar varias palabras—. Era exigente. ¿Lo entiendes?

—No.

Su respuesta le arrancó una sonrisa sarcástica. Tom agachó la cabeza y miró a Cassandra de reojo. La luz del fuego se reflejó en su ojo verde, que relució como el de un gato.

—Lo que estoy intentando decir es que espero mantenerte ocupada todas las noches, durante una buena temporada.

Cassandra asintió con la cabeza y se puso colorada.

—Al fin y al cabo, es el derecho de todo marido.

—No —se apresuró a corregirla él—. Como ya te he dicho, tu cuerpo te pertenece. No estás obligada a acostarte conmigo si no quieres. Jamás. Por eso he accedido a la idea de tener habitaciones separadas. Pero sí voy a pedirte una cosa... —Inseguro, guardó silencio.

—¿El qué?

Una sucesión de emociones le pasaron por el rostro: autodesprecio, vergüenza, inseguridad...

—Que cuando estés enfadada o molesta conmigo..., no uses el silencio como arma. No lo soporto. Prefiero cualquier otro castigo.

—Jamás recurriría a eso —le aseguró Cassandra con seriedad.

—Lo sé. Pero me gustaría ponerlo en el contrato, si no te importa.

Cassandra lo observó un instante. La vulnerabilidad que atisbaba en él era algo nuevo. Y le gustaba mucho.

En silencio, extendió la mano para que le diera el portaminas. Una vez que Tom se lo entregó, escribió: «La esposa jamás castigará al marido con su silencio ni lo mirará por encima del hombro». Y, de forma impulsiva, hizo un dibujito al lado.

Tom entrecerró esos ojos de espesas pestañas mientras observaba la página.

—¿Qué es eso? —le preguntó.

—Mi hombro. Esa es la clavícula y este es el cuello.

—Creía que era un pájaro que acaba de estrellarse contra un edificio. —Sonrió al ver que ella fingía fruncir el ceño y le quitó el portaminas de la mano—. Tu hombro no es tan cuadrado —le dijo, dibujando una curva más suave—. Este músculo le otorga una pendiente preciosa..., así. Y tu clavícula es larga y derecha..., pero aquí se inclina hacia arriba..., como si fuera la punta del ala de una mariposa.

Cassandra admiró el dibujo. Con tan solo un par de trazos, Tom había logrado reproducir con bastante acierto su hombro, su garganta y la delicada curva del cuello al unirse con el mentón.

—¿Eres un artista además de todas las otras cosas? —le preguntó.

—No. —La miró con expresión risueña—. Pero he soñado contigo y con tu vestido azul todas las noches desde que bailamos en el invernadero.

Emocionada, Cassandra se acercó para besarlo.

El portaminas cayó a la mesa, por la cual rodó hasta acabar en la alfombra.

El tiempo se detuvo, los minutos dejaron de avanzar y el mundo quedó olvidado. Tom la sentó en su regazo y ella le rodeó el cuello con los brazos tal como le gustaría rodearlo con el cuerpo entero. Para su deleite, Tom le permitió tomar la iniciativa y se echó hacia atrás mientras ella experimentaba con los besos, acariciándole los labios con los suyos y después apoderándose de ellos para devorarlo despacio. Le encantaba la húmeda suavidad de su boca..., la tensión de ese cuerpo que tenía debajo..., los quedos gemidos que se le escapaban sin poder evitarlo. En un momento dado, dejó de acariciarla para aferrar los brazos del sillón con tanta fuerza que fue un milagro que la madera no se rompiera.

—Cassandra —murmuró entre jadeos—. No puedo... seguir haciendo esto.

Ella inclinó la frente para apoyarla sobre la suya y enterró los dedos en ese sedoso pelo negro.

—¿Un beso más?

Tom estaba colorado y tenía las pupilas dilatadas.

—Ni uno solo.

—¡Ejem! —carraspeó alguien desde el vano de la puerta, sobresaltándolos. Era West, que los miraba con un hombro apoyado en la jamba. Su expresión no era de desagrado, pero parecía un tanto burlona—. He venido para preguntar cómo van las negociaciones.

Tom soltó un gemido ronco y enterró la cara en el cuello de Cassandra.

Por su parte, y aunque colorada por el bochorno, ella miró a West con un gesto un tanto travieso.

—Estamos progresando —le aseguró.

West enarcó las cejas.

—Aunque os he sorprendido en una posición bastante comprometedora, el umbral de mi moralidad es demasiado bajo, bien lo sabe Dios, como para distinguir quién le está haciendo qué a quién. Por tanto, os evitaré el santurrón dedo acusador.

—Gracias —replicó Tom, cuya voz sonó amortiguada, mientras se colocaba a Cassandra en el regazo como si estuviera incómodo.

—Phoebe y yo volvemos a Essex dentro de una hora —siguió West—. Así que me despido por los dos. Y Tom... —Esperó a que Tom levantara la cabeza y lo mirara con expresión letal y curiosa—. Te pido perdón —siguió sin más—. He llegado a la conclusión de que he sido un hipócrita. Mi pasado es mucho más negro que el tuyo. Bien sabe Dios que tú jamás te has puesto en evidencia en público como yo acostumbraba a hacer de forma habitual. Eres un buen amigo y viniste a Ravenel House con una proposición honorable. Que me aspen si tengo derecho a juzgar tu idoneidad como futuro marido. Si Cassandra decide que te acepta como esposo, tenéis mi apoyo.

—Gracias —repitió Tom, en esa ocasión con sinceridad.

—Una cosa más —añadió West—. Acaba de llegar un mensaje de Ransom diciendo que han encontrado a lord Lambert en Northumberland y que lo han detenido.

Cassandra sintió que la tensión embargaba de nuevo a Tom. Se sentó más derecho y miró fijamente a West.

—¿Sigue allí?

—No creo. Ransom ha ido a verlo para mantener una charla con él. Fiel a su misterioso estilo, añade que Lambert está ya «fuera del país».

—¿Qué demonios significa eso? —preguntó Tom con voz cortante.

—¿Quién sabe? Es Ransom. Puede significar que Lambert ha escapado a Francia, que lo han emborrachado y lo han metido en un barco para que trabaje como marinero o... Me da miedo especular. Intentaré sonsacarle información, pero eso es como intentar arrancarle los dientes a un cocodrilo. El caso es que Lambert no molestará a nadie más durante una buena temporada. —West se apartó de la jamba de la puerta—. Os dejaré con vuestras negociaciones. Si así es como se le llama a eso ahora.

3.00 p. m.

—Pero tendrás que pasar tiempo con los niños —insistió Cassandra—. Tu influencia será necesaria.

—Mi influencia es lo último que van a necesitar, a menos que tengas pensado criar a una banda de diablillos inmorales.

Cassandra cogió el portaminas y comenzó un nuevo subapartado.

—Al menos tendrás que pasar tiempo con la familia todas las noches en el salón después de la cena, además de salir a pasear los domingos, por no mencionar los cumpleaños, las festividades...

—No me importa relacionarme con niños mayores, de esos a los que se les puede amenazar con mandarlos a un internado escocés —dijo Tom—. Los que no soporto son los pequeños, los que lloran, chillan y van provocando catástrofes por todos lados. Son exasperantes y aburridos al mismo tiempo.

—Es distinto cuando son tus hijos.

—Eso dicen. —Tom se acomodó en el sillón con expresión un tanto arisca—. Apoyaré cualquier decisión que consideres oportuna, pero no cuentes conmigo para disciplinarlos. No pienso azotarlos ni pegarles, aunque sea por su propio bien.

—Jamás te pediría que lo hicieras —se apresuró a asegurarle Cassandra—. Hay otras formas de enseñarles a distinguir el bien del mal.

—Estupendo. Bastante dolorosa es ya la vida de por sí. Mis hijos no necesitarán que yo les eche más sufrimiento encima.

Cassandra le sonrió.

—Creo que serás un buen padre.

Él torció el gesto.

—La única parte del tema que me interesa es la concepción.

4.00 p. m.

—¿Por qué demonios tenemos que incluir a Bazzle en el contrato?

—Me he preocupado por él desde el día que lo conocí en la clínica —respondió Cassandra—. Quiero encontrarlo y sacarlo de la situación peligrosa en la que se encuentra viviendo.

—No tendrás que buscar muy lejos —replicó Tom con ironía—, porque está en mi casa.

—¿Cómo? —preguntó incrédula y aliviada—. ¿Al final lo has acogido?

—Lo envié de vuelta a su casa aquel día —admitió él—. Y, tal como predijiste, poco después se repitió la infestación. Comprendí que tenerlo en casa era más barato y más conveniente que arrastrarlo a la clínica de la doctora Gibson todas las semanas.

—¿Cómo está? —preguntó Cassandra con una nota ansiosa en la voz—. ¿Qué tipo de horario le has establecido? ¿Has encontrado un tutor o un colegio? Estoy segura de que todavía no ha habido tiempo para decorarle la habitación, pero puedo...

—No. Lo has entendido mal. No lo he acogido como pupilo, sino como parte del servicio.

Cassandra guardó silencio, pues había desaparecido en parte la emoción.

—¿Quién lo cuida?

—No necesita que lo cuiden. Según tengo entendido, el ama de llaves no le permite sentarse a la mesa para cenar a menos que esté limpio, así que pronto aprenderá a superar su aversión al agua. Con comida decente y un horario de sueño regular, espero que pronto recupere la salud. —Esbozó una breve sonrisa—. Problema resuelto. Pasemos al siguiente tema.

—¿Hay otros niños con los que pueda jugar?

—No, no tengo por costumbre contratar a niños. Bazzle es una excepción.

—¿Qué hace durante todo el día?

—De momento, me acompaña a la oficina por la mañana para barrer y hacer otros trabajillos y luego lo envío a casa en taxi.

—¿Él solo?

Tom la miró con gesto sardónico.

—Se ha movido por algunas de las zonas más peligrosas de Londres él solo durante años.

Cassandra frunció el ceño.

—¿Qué hace durante el resto del día?

—Es el mozo de la servidumbre. Hace..., pues lo que hacen los mozos de la servidumbre. —Tom se encogió de hombros irritado—. Creo que limpiar los zapatos está dentro de sus obligaciones. Su situación actual es mucho mejor que la anterior. No te obsesiones con esto.

Cassandra asintió con gesto reflexivo y puso una expresión neutra. Por algún motivo, la situación de Bazzle era un tema sensible. Tendría que proceder con cuidado cuando tuviera que tomar decisiones sobre el niño. Pero estaba decidida a salirse con la suya, aunque tuviera que hacerlo sin estridencias.

—Tom —dijo—, ha sido un gesto maravilloso por tu parte y muy generoso acoger a Bazzle como lo has hecho.

Lo vio esbozar el asomo de una sonrisa.

—Estás cargando las tintas —repuso con sequedad—. Pero sigue.

—Tengo la firme impresión de que Bazzle puede aprender a leer. Si le enseñamos, será algo que lo beneficie durante el resto de su vida, y a ti también, siempre y cuando siga trabajando contigo, haciendo recados y demás. El coste de su educación sería mínimo, y le permitiría relacionarse con otros niños.

Tom consideró sus argumentos y asintió con la cabeza.

—Muy bien.

—Gracias. —Cassandra sonrió de oreja a oreja—. Lo organizaré todo una vez que tenga clara cuál es su situación actual. —Titubeó antes de añadir con tiento—: Tal vez quiera añadir algunos ajustes más, por su bien. Anótalo como mejor te parezca en el contrato... Pero necesitaré cierta libertad de decisión en lo que a él se refiere.

Tom cogió el portaminas y clavó la mirada en el papel.

—Libertad de decisión —dijo con un deje un tanto amenazador—, pero no rienda suelta. Porque estoy segurísimo de que la visión que tienes del futuro de Bazzle no coincide con la mía.

5.00 p. m.

—¿Y qué te parece Bélgica? —preguntó Tom—. De Londres a Bruselas tardaríamos unas siete horas.

—No podría disfrutar de una luna de miel con la incertidumbre de no saber dónde viviremos después.

—Ya hemos acordado que viviremos en Hyde Park Square.

—Quiero pasar una temporada allí y familiarizarme con la

casa y los criados. Quiero convertirla en mi hogar. ¿Te parece bien que nos vayamos de luna de miel en primavera o en verano?

Tom se quitó la chaqueta y se aflojó la corbata. El fuego de la chimenea había caldeado demasiado la estancia. Dejó la prenda en el respaldo de un sillón y se acercó a una ventana para abrirla. Agradeció de inmediato la bocanada de aire gélido que entró para aliviar el calor reinante en la biblioteca.

—Cassandra, no puedo casarme contigo y retomar la vida normal como si nada al día siguiente. Los recién casados necesitan intimidad.

En eso llevaba razón. Pero parecía tan contrariado que no pudo resistirse a tomarle un poco el pelo. Lo miró con cara de inocencia absoluta y le preguntó:

—¿Para qué?

Tom pareció azoradísimo mientras trataba de dar con una explicación apropiada.

Cassandra esperó y tuvo que morderse el interior de los labios para contener la sonrisa.

La expresión de Tom cambió al percatarse de su mirada risueña.

—Voy a enseñarte para qué —dijo al tiempo que se abalanzaba sobre ella.

Cassandra se levantó de un salto y rodeó la mesa con agilidad, pero Tom era tan rápido como un leopardo. La atrapó en un abrir y cerrar de ojos para después dejarla en el diván y colocarse sobre ella, que soltó una risilla tonta y se removió, encantada, al sentir el maravilloso peso de su cuerpo.

Olía a limpio, pero con la nota salada del sudor. Distinguió el aroma de una colonia especiada aderezado con su olor corporal. Su rostro estaba a escasos centímetros del de ella, y la postura había hecho que algunos mechones de pelo le cayeran sobre la frente. Mientras sonreía al ver sus esfuerzos por quitárselo de encima, Tom le colocó los brazos a ambos lados de la cabeza.

Nunca había jugado así con un hombre y le parecía entretenido, divertidísimo y un poquito peligroso, aunque excitante. La risilla murió poco a poco, como le sucedía a la espuma del champán, y siguió retorciéndose como si quisiera alejarse de él, si bien no tenía la menor intención de hacerlo. Él contraatacó colocándose mejor sobre sus caderas, atrapándola de forma efectiva en el diván. Reconoció la presión de su masculinidad pese a las múltiples capas de las faldas. Encajaba perfectamente entre sus muslos y se alineaba sobre su cuerpo de forma tan íntima que le resultó excitante a la par que turbador.

Sintió una punzada de deseo al comprender que así es como sería... Su peso inmovilizándola, todos esos músculos y ese calor... Sus ojos entrecerrados y contemplándola con una mirada ardiente.

Arrobada por la situación levantó los brazos, le tomó la cara entre las manos y lo acercó a ella. Se le escapó un gemido de placer cuando empezó a besarla con pasión, explorando la suavidad de su boca e introduciéndole la lengua sin pudor. Su cuerpo lo acogió de forma instintiva y separó las piernas por debajo de las faldas. Lo sintió moverse un poco para ajustar la postura, y al percatarse de que nuevamente había encontrado el acople perfecto sobre su sexo, se le formó un nudo en el estómago.

Alguien llamó a la puerta repetidamente, interrumpiendo la sensual ofuscación que se había apoderado de ella. Molesta por la intromisión, jadeó y parpadeó mientras miraba hacia el vano.

Era Kathleen, que parecía arrepentida de haberlos molestado mientras apartaba la mirada.

—Perdón. Lo siento mucho. Cassandra, cariño..., las criadas van a traer la bandeja del té. Será mejor que te arregles la ropa. Les diré que esperen unos minutos. —Se marchó a toda prisa.

Cassandra apenas podía pensar. Le palpitaba todo el cuerpo por culpa de una frustración que jamás había experimentado antes. Se aferró con fuerza a la parte posterior del chaleco de seda de Tom y después dejó caer los brazos a ambos lados del cuerpo.

—Por esto —dijo Tom al tiempo que miraba de forma penetrante hacia el vano de la puerta— necesitamos una luna de miel.

6.00 p. m.

—Yo no he dicho «nunca». He dicho que es improbable. —Tom estaba de pie, con una mano apoyada en la repisa de la chimenea y los ojos clavados en las alegres llamas del fuego—. No es tan importante, ¿verdad? Vas a compartir la vida conmigo, no con mi familia.

—Sí, pero ¿no los conoceré nunca? —preguntó Cassandra, asombrada, mientras paseaba de un lado para otro de la biblioteca.

—Mi madre lleva años negándose a verme. Demostrará el mismo interés por mi esposa. —Hizo una pausa—. Podría organizarlo todo para que conozcas a mis hermanas en algún momento del futuro.

—Ni siquiera sé cómo se llaman.

—Dorothy, Emily y Mary. Tengo poco contacto con ellas, y cuando nos vemos no se lo dicen a mi madre por temor a molestarla. El marido de mi hermana pequeña trabaja como contable en mi empresa de ingeniería; hablo con él de vez en cuando. Parece un hombre decente. —Tras alejarse de la chimenea, se acercó a la mesa para apoyarse en ella, ya que no llegó a sentarse del todo—. Jamás te pondrás en contacto con mi familia sin que yo lo sepa. Quiero que ese punto quede claro en el contrato. Sé que lo harías con buenas intenciones, pero es un terreno plagado de minas.

—Lo entiendo. Pero ¿no vas a contarme qué provocó semejante distanciamiento? —Al verlo titubear en silencio, añadió—: Sea lo que sea, estoy de tu parte.

—¿Y si no es así? ¿Y si te lo cuento y decides que actué mal?

—En ese caso, te perdonaré.

—¿Y si hice algo imperdonable?

—Cuéntamelo y lo descubriremos.

Silencio. Tom se alejó hacia la ventana y apoyó las manos en el marco.

Justo cuando Cassandra pensaba que no iba a contárselo, empezó a hablar con voz monótona, como si quisiera ofrecerle la información con la máxima eficiencia.

—Mi padre apareció en mi oficina hace cinco años. Llevaba sin saber de él desde el día que me abandonó en la estación del tren. Dijo que quería ver a mi madre. Para entonces yo la había trasladado a una casa nueva, muy lejos de los aposentos alquilados donde vivíamos en el pasado. Mi padre dijo lo típico: que se arrepentía de haber abandonado a la familia, que quería otra oportunidad y blablablá. También hubo lágrimas de cocodrilo, por supuesto, y mucho retorcimiento de manos. Me suplicó que le diera otra oportunidad. En aquel momento no sentí nada, salvo un asco que me puso el vello de punta. Le di a elegir: podía darle la dirección de mi madre o podía pagarle una generosa suma de dinero para que desapareciera y jamás volviera a acercarse a mí ni a mis hermanas.

—Eligió el dinero, ¿no? —dedujo Cassandra, que habló en voz baja.

—Sí. Ni siquiera se lo pensó. Luego se lo conté a mi madre. Creí que estaría de acuerdo conmigo en que lo mejor había sido que nos librásemos de él. Pero, en cambio, la noticia la destrozó. Reaccionó como si hubiera enloquecido. Tuvimos que llamar al médico para que la sedara. Desde entonces, me ve como la fuente de todo mal. Mis hermanas se enfadaron conmigo por lo que consideraron una traición, pero se ablandaron con el paso del tiempo. Mi madre, sin embargo, no me ha perdonado. Ni me perdonará.

Cassandra se acercó a él y le acarició la tensa espalda con suavidad. No se volvió para mirarla.

—¿Te culpa a ti por ofrecerle el soborno, pero no a él por aceptarlo? —le preguntó.

—Mi madre sabe que podría haberlo arreglado todo para que volviera con ella. Sabe que podría haberlos mantenido a ambos.

—No habría sido feliz. En el fondo siempre habría tenido presente que solo había vuelto a su lado para aprovecharse de ella y de ti.

—Lo quería de vuelta de todas formas —adujo Tom sin más—. Yo podría haberlo hecho realidad, pero decidí no hacerlo.

Cassandra le rodeó el delgado torso con los brazos y le apoyó la cabeza en la espalda.

—Elegiste protegerla de alguien que le había hecho daño en el pasado y que, sin duda, se lo habría hecho de nuevo. A mí no me parece que eso sea una traición. —Como no reaccionaba, añadió en voz aún más baja—: No debes culparte por haberlo alejado. Honrar a los padres no significa que debas permitirles que te destrocen una y otra vez. Puedes honrarlos desde la distancia, intentando «arrojar luz sobre el mundo».

—Tampoco he hecho eso —lo oyó decir con amargura.

—Te estás contradiciendo —lo regañó—. Has hecho muchas cosas buenas por otras personas y todavía te queda mucho por hacer, lo sé.

Tom le cogió una de las manos para llevársela al pecho, justo por encima del punto en el que el corazón le latía con fuerza, y ella se percató de que parte de la tensión lo abandonaba.

—¿Queda mucho por negociar o casi hemos terminado?

—le preguntó con voz ronca—. ¿Quedan temas importantes? Cassandra, ya he pasado demasiados días de mi vida sin ti.

—Una última pregunta —contestó ella, que le apoyó una mejilla contra el sedoso chaleco—. ¿Qué opinas de una boda navideña?

Tom se quedó muy quieto y después tomó aire despacio y lo soltó con un suspiro aliviado. Sin soltarle la mano, usó la otra para sacar algo del bolsillo del chaleco. Cassandra puso los ojos como platos al sentir que le ponía algo en el dedo anular de la mano izquierda. Algo pesado, frío y suave.

Tras liberar la mano, contempló el anillo de compromiso. Una piedra preciosa multicolor, engarzada en una alianza de platino con filigrana y diminutos diamantes incrustados. Lo observó asombrada, mientras colocaba la mano de manera que la luz se reflejara en la piedra preciosa, que emitía destellos de todos los colores imaginables, como si hubiera insertado florecillas diminutas bajo la superficie.

—Nunca he visto nada igual. ¿Es un ópalo?

—Es una nueva variedad descubierta en Australia el año pasado. Un ópalo negro. Si es demasiado moderno para tu gusto, podemos cambiarlo sin problema.

—¡No, me encanta! —exclamó con una sonrisa—. Puedes seguir con la pregunta.

—¿Tengo que hincar la rodilla en el suelo? —preguntó un tanto avergonzado—. ¡Maldición! Lo estoy haciendo al revés.

—No, nada de hincar la rodilla —contestó Cassandra, que se sentía un podo mareada al comprender lo que estaba sucediendo. Su vida entera estaba a punto de cambiar—. No hay un orden correcto para hacerlo. Nosotros establecemos nuestras propias reglas, ¿recuerdas? —El ópalo brilló con un destello que parecía irreal mientras le colocaba una mano en el mentón.

Tom cerró los ojos un instante, como si la delicada caricia lo hubiera destrozado.

—Por favor, Cassandra, cásate conmigo —dijo con voz ronca—. No sé qué será de mí si no lo haces.

—Lo haré. —Esbozó una sonrisa deslumbrante—. Lo haré.

Los labios de Tom se apoderaron de los suyos, y durante un buen rato no hubo más palabras.

21

Se casaron en Eversby Priory, y fue una ceremonia íntima y familiar. Al final resultó que a Tom le parecía perfecto casarse el día de Navidad. En vez de grandes ramos de flores con su abrumador perfume, tanto la casa como la capilla estaban decoradas con ramas recién cortadas de abeto, acebo y pino rojo. En interior de la casa reinaba un ambiente festivo, y había comida y bebida por doquier. En el exterior hacía un día gris y húmedo, pero el interior era acogedor y estaba bien iluminado, con los fuegos encendidos en todas las chimeneas.

Por desgracia, poco antes de que llegaran las diez de la mañana, la hora de inicio de la ceremonia, se oyó un trueno a lo lejos que anunciaba la llegada de una tormenta. Puesto que la antigua capilla estaba separada de la casa, los novios y los invitados tendrían que caminar bajo la lluvia para llegar hasta ella.

Winterborne, que había accedido a ser el padrino, salió para echarle un vistazo a la capilla y regresó a la biblioteca, donde Tom lo esperaba con Ethan Ransom, St. Vincent y Devon. Las mujeres estaban en la planta alta, haciéndole compañía a Cassandra mientras esta se arreglaba para la ceremonia.

—Están a punto de caer chuzos de punta —les informó Winterborne, que llegó con algunas gotas de agua en el pelo y en los hombros, cubiertos por el abrigo. Extendió el brazo para coger una copa de champán de la bandeja de plata que descansaba en la mesa y la levantó mientras miraba a Tom—. Buen augurio para una boda.

—¿Por qué es un buen augurio, exactamente? —quiso saber un contrariado Tom.

—Un nudo mojado es más difícil de deshacer —le explicó—. El vínculo matrimonial será estrecho y duradero.

Ethan Ransom dijo:

—Mi madre siempre decía que la lluvia del día de la boda se llevaba la tristeza del pasado.

—Además de ser irracionales —protestó Tom—, las supersticiones son inconvenientes. Si te crees una, tienes que creértelas todas, y eso requiere de un sinfín de rituales inútiles.

Por ejemplo, el de no poder ver a la novia antes de la ceremonia. Esa mañana no le había visto el pelo a Cassandra y estaba irritado por la necesidad de averiguar cómo se sentía, si había dormido bien y si necesitaba algo.

West entró en la biblioteca con los brazos cargados de paraguas. Justin, vestido con un traje de terciopelo de algodón, le pisaba los talones.

—¿No se supone que deberías estar arriba en la habitación infantil con tu hermanito? —le preguntó St. Vincent a su sobrino, que tenía cinco años.

—Papá necesita que lo ayude —contestó Justin, dándose importancia al tiempo que le ofrecía un paraguas a su tío.

—Vamos a ponernos como sopas —dijo West sin medias tintas—. Tendremos que salir ya, antes de que el camino se convierta en un barrizal. No los abráis aquí dentro. Trae mala suerte.

—Y yo que no te tenía por supersticioso —protestó Tom—. ¡Crees en la ciencia!

West le sonrió.

—Severin, soy un hombre de campo. En lo referente a las supersticiones, vamos a la cabeza. Por cierto, los lugareños dicen que una boda pasada por agua es señal de fertilidad.

Devon comentó con sequedad:

—Para los lugareños, cualquier cosa es señal de fertilidad. Se ve que es una gran preocupación por aquí.

—¿Qué es fertilidad? —quiso saber Justin.

En el repentino silencio que siguió a la pregunta, todos clavaron los ojos en West, que preguntó a la defensiva:

—¿Por qué me miráis todos?

—Como nuevo padre de Justin —contestó St. Vincent, que no se molestó siquiera en disimular el regocijo—, esa pregunta te toca a ti contestarla.

West miró a Justin, que había alzado la cara y lo miraba con expresión curiosa.

—Luego se lo preguntamos a tu madre —sugirió.

El niño pareció un tanto preocupado.

—Papá, ¿no lo sabes?

Tom se acercó a la ventana más cercana y frunció el ceño al ver que la lluvia empezaba a caer con fuerza, casi como si fueran disparos de rifles. Cassandra estaría preocupada por la tormenta. Se le mojarían los zapatos y el bajo del vestido, y ambas prendas acabarían llenas de barro, algo que a él le importaba un bledo, pero que a ella podría angustiarla. Quería que el día fuera perfecto para ella. ¡Maldición! ¿Por qué no habían construido los Ravenel un sendero cubierto desde la casa a la capilla?

Winterborne se acercó a la ventana y se colocó a su lado.

—Está empezando a caer con fuerza —comentó al mirar al exterior.

—Si esto trae buena suerte —dijo Tom con aspereza—, me conformo con un poco menos. —Soltó un breve suspiro—. De todas formas, no creo en la suerte.

—Tampoco creías en el amor —le recordó Winterborne con

un amigable deje burlón—. Sin embargo aquí estás, con el corazón en la mano.

Parecía una de esas expresiones galesas que en principio sonaban raras, pero que tras analizarla tenían sentido. Un hombre que llevaba el corazón en la manga era un hombre que mostraba sus emociones..., pero un hombre que lo llevaba en la mano era un hombre a punto de entregarlo.

Poco antes, Tom habría respondido con una burla. En cambio, se descubrió respondiendo con una humildad que rara vez se permitía demostrarle a los demás.

—Winterborne, por Dios... Ya no sé en qué creer. Tengo sentimientos para los que ni siquiera encuentro nombre.

Los ojos oscuros de su amigo brillaron por el buen humor.

—Con el tiempo todo cobrará sentido. —Se sacó algo del bolsillo interior del abrigo y se lo entregó a Tom—. Aquí tienes. Una costumbre galesa. —Era el corcho de la botella de champán, con una moneda incrustada en la parte superior—. Un recuerdo de este día —le explicó—. Y un recordatorio de que una buena esposa es la verdadera fortuna de un hombre.

Tom sonrió y le tendió la mano para intercambiar un firme apretón.

—Gracias, Winterborne. Si creyera en ella, diría que he tenido mucha suerte al conocerte y tenerte como amigo.

Un relámpago atravesó el cielo oscuro, liberando a su paso una intensa cortina de agua.

—¿Cómo va a llegar Cassandra a la capilla sin acabar calada hasta los huesos? —preguntó Tom con tono quejumbroso—. Voy a decirles a Trenear y a Ravenel que...

—Déjalos que sean ellos quienes se ocupen de Cassandra —le aconsejó Winterborne—. Pronto será tuya. —Hizo una pausa y añadió con un deje ladino—: Y, después, podrás encender el fuego en una nueva chimenea.

Tom lo miró con extrañeza.

—Dentro de poco se mudará a mi casa, sí.

Winterborne sonrió y meneó la cabeza.

—Me refería a tu noche de bodas, atontado.

Después de que Cassandra llegara al vestíbulo de la capilla, se produjo un revuelo de actividad entre paraguas, toallas y lo que parecía una lona impermeable. Tom apenas si alcanzaba a ver lo que sucedía desde el lugar privilegiado que ocupaba en el altar de la capilla, pero West lo pilló mirando mientras él doblaba la lona y le hizo un breve asentimiento de cabeza. Decidió interpretarlo como que, de alguna manera, habían conseguido que Cassandra llegara a la capilla en buenas condiciones, y se relajó.

Al cabo de dos minutos, Winterborne se acercó al altar y se colocó a su lado, momento en el que comenzó la música. Habían contratado a un cuarteto local para que interpretara la marcha nupcial tocando campanillas, y el resultado fue maravilloso. Tom, que solo había oído la marcha nupcial de Wagner interpretada en el órgano, pensó que las campanillas le otorgaban un toque festivo y juguetón que era perfecto para la ocasión.

Pandora, que ejercía de madrina, abrió la marcha por el pasillo hacia el altar y miró a Tom con una sonrisa antes de colocarse en su lugar.

Y después le llegó el turno a Cassandra, que avanzaba por el pasillo del brazo de Devon. Llevaba un vestido blanco de satén, elegante e inusual por su sencillez, sin volantes ni adornos que distrajeran de las preciosas curvas de su cuerpo. En vez del tradicional velo, se había recogido la parte delantera del pelo en la coronilla y se había dejado el resto suelto por la espalda, de manera que le caía en largos tirabuzones. El único adorno que llevaba era la tiara de diamantes con forma de estrella de distintos tamaños que él había enviado esa misma mañana a su habitación a modo de regalo de Navidad. Los diamantes, de corte rosa, relucían de forma increíble a la luz de las velas, pero no podían eclipsar el brillo de los ojos de Cassandra ni su radiante expresión. Parecía una reina del hielo caminando por un bosque nevado, demasiado hermosa para ser del todo humana.

Y allí estaba él, con el corazón en la mano.

¿Cómo se llamaba ese sentimiento? Era como si acabara de caerse por una grieta en la superficie de su vida y hubiera aterrizado en un territorio nuevo, en un lugar que siempre había existido, aunque jamás hubiera sido consciente de su presencia. Lo único que sabía era que la cuidadosa distancia que siempre había mantenido con los demás había desaparecido en el caso de Cassandra..., y ya nada sería igual.

Después de un prolongado festín navideño, la familia bajó a las estancias del servicio para celebrar con los criados el tradicional baile anual, una costumbre durante la cual todos se mezclaban con todos, bailaban, bebían vino y ponche de ron caliente. Cassandra, que tuvo cuidado de beber unos cuantos sorbos de vino durante el banquete, se tomó una taza de ponche caliente que sintió de inmediato en las rodillas. Estaba contenta, pero cansada, tan agotada después de todas las conversaciones y las bromas alegres que le dolían las mejillas de tanto sonreír. Por irónico que pareciera, Tom y ella apenas si habían estado juntos, aunque fuera el día de su boda. Echó un vistazo y lo vio bailando con la señora Bixby, la cocinera. La oronda mujer tenía las mejillas sonrojadas y se reía como una niña. Tom parecía moverse con la misma energía que había demostrado durante todo el día, como si tuviera un suministro inagotable. Cassandra pensó con tristeza que le costaría mucho trabajo mantener su ritmo.

Tom la miró desde el otro extremo de la estancia. Aunque estaba sonriendo, captó la preocupación en sus ojos y se apresuró a enderezar la espalda de inmediato, aunque él ya se había percatado de la fatiga que la abrumaba.

Estuvo a su lado en cuestión de minutos.

—Pareces un rayo de sol aquí plantada —murmuró al tiempo que levantaba una mano para acariciarle con delicadeza un largo tirabuzón dorado—. ¿Qué te parece si nos marchamos un poco antes de lo que habíamos planeado?

Cassandra asintió de inmediato con la cabeza.

—Me encantaría.

—Bien. Te sacaré de aquí en breve. No es necesario que nos despidamos, porque solo estaremos fuera una semana. El tren debe de estar preparado para partir.

Habían planeado viajar a Weymouth en el tren privado de Tom. Pese a la certeza de que estarían cómodos, Cassandra no tenía muchas ganas de pasar su noche de bodas en un tren. Sin importar lo bien equipado que estuviera el vagón en cuestión, no dejaba de ser un vehículo en movimiento. Sin embargo, no le había puesto objeciones al plan ya que a la noche siguiente se alojarían en un bonito hotel. La luna de miel era un regalo de Winterborne y Helen, que lo habían dispuesto todo para que viajaran en un yate privado desde Weymouth a la isla de Jersey, la más meridional de las islas del Canal.

—Según Winterborne —le había dicho Tom—, el clima es suave y las vistas de la bahía de Saint Aubin desde el hotel son estupendas. En cuanto al hotel en sí, no sé nada. Pero tendremos que confiar en él.

—¿Porque es un buen amigo? —quiso saber Cassandra.

—No, porque sabe que lo mataría nada más regresar si el hotel es mediocre.

En ese momento, todavía en las estancias del servicio, Cassandra dijo con un deje anhelante:

—Ojalá estuviéramos ya en la isla. —La idea de todo lo que les quedaba por delante, que incluía un viaje en tren y un trayecto de al menos seis horas en barco, la hizo encorvar los hombros.

Tom la acarició con la mirada.

—Pronto podrás descansar. —Le dio un beso en la cabeza—. Hace rato que llevaron tu equipaje al tren, y tu doncella ya ha preparado la ropa que te pondrás para viajar. Está esperándote para ayudarte a cambiarte cuando quieras.

—¿Cómo lo sabes?

—Me lo ha dicho hace un rato, mientras bailaba con ella.

Cassandra lo miró con una sonrisa. La inagotable energía que le había parecido tan desalentadora poco antes se le antojó en ese momento una fuente de consuelo y seguridad, algo en lo que envolverse.

—Por supuesto —añadió Tom en voz baja—, podrías marcharte con el vestido de novia directamente al tren..., donde yo te ayudaría a quitártelo.

Cassandra sintió que un escalofrío maravilloso le recorría el cuerpo.

—¿Lo prefieres así?

Sintió que le acariciaba la manga de satén del vestido con la palma de una mano y que después frotaba con delicadeza el borde de la tela entre el índice y el pulgar.

—Puesto que soy un hombre al que le gusta desenvolver sus regalos..., sí.

22

Tal como esperaba Cassandra, el tren privado de lujo superaba con creces cualquier cosa que se hubiera imaginado. En realidad, consistía en dos vagones conectados por una cubierta de goma con pliegues que imitaban los de un acordeón y que creaba una pasarela cerrada entre ambos. Era un diseño experimental, le explicó Tom, que contaba con el beneficio añadido de hacer que el viaje fuera más tranquilo y silencioso. Uno de los vagones albergaba una cocina completa, con una alacena y una despensa refrigerada, así como estancias para el personal.

El vagón principal era una mansión con ruedas, ya que contaba con un dormitorio de lujo con vestidor adjunto, sanitarios con agua corriente fría y caliente, un despacho, un gabinete e incluso un salón. Tenía grandes ventanas, techos altos forrados de cuero repujado y gruesas alfombras Wilton en el suelo.

Al contrario que la moda del momento de adornos fastuosos y molduras doradas, la decoración del vagón era de una sencilla elegancia que enfatizaba la artesanía. Los paneles de madera de nogal que forraban las paredes no estaban pulidos hasta relucir, sino que habían sido teñidos a mano para conseguir una elegante pátina.

Después de recorrer los vagones y de conocer al personal y

al chef, Cassandra volvió al dormitorio, mientras Tom charlaba con el ingeniero. Era una estancia preciosa de techo alto, con armarios encastrados, una amplia cama de palisandro y ventanas altas de cristal policromado que se abrían gracias a unas bisagras. Meg, la doncella de Cassandra, estaba deshaciendo la maleta que contenía todo lo que iba a necesitar hasta que embarcaran al día siguiente.

Meg había aprovechado de buena gana la oportunidad de acompañar a su señora en su nueva vida y le dijo que prefería con mucho la vida en la ciudad a la vida en el campo. Era una muchacha lista y competente, con un carácter alegre que la convertía en una acompañante agradable.

—Milady, ¿había visto alguna vez un tren como este? —le preguntó Meg—. Hay una bañera en el excusado, ¡una bañera! El camarero dice que, según tiene entendido, es el único tren del mundo con una. —Como si temiera que Cassandra no la hubiera entendido bien, repitió—: ¡El único tren del mundo!
—La muchacha se apresuró a colocar varios objetos en la cómoda: una caja de viaje con guantes y pañuelos, y un neceser que contenía un cepillo, un peine, unas horquillas, unos tarros de porcelana con cremas y polvos, y un frasco con perfume de rosas—. El mozo de equipajes me ha dicho que el diseño del tren tiene algo especial que hace que viajar en él sea tan suave como el terciopelo. Una especie de eje especial y... ¿sabe quién lo inventó?

—¿El señor Severin? —supuso ella.

—¡El señor Severin! —confirmó Meg con énfasis—. El mozo de equipajes me ha dicho que puede que el señor Severin sea el hombre vivo más inteligente del mundo.

—No en todos los ámbitos —repuso ella con una sonrisilla comedida—, pero sí en muchas cosas.

Meg dejó la maleta junto al vestidor.

—He colgado su ropa y su bata en el armario, y he colocado

su ropa interior en el cajón. ¿Quiere quitarse ya el vestido de novia?

—Creo que... —Cassandra titubeó y se puso colorada—. Creo que va a ayudarme el señor Severin.

La doncella parpadeó. Dado que era un hecho conocido por todos que un hombre era incapaz de lidiar como era debido con la complicada abotonadura de la vestimenta femenina, cualquier «ayuda» que prestara Tom se limitaría a quitarle la ropa. Y una vez que estuviera desnuda, no había dudas de lo que sucedería a continuación.

—Pero... —se atrevió decir Meg—. Pero si ni siquiera es la hora de la cena.

—Lo sé —repuso Cassandra con incomodidad.

—Todavía no se ha puesto el sol.

—¡Lo sé, Meg!

—¿De verdad cree que él querrá...? —comenzó la doncella, pero se interrumpió al ver la expresión exasperada de su señora—. Iré a colocar mis pertenencias en mi habitación —dijo Meg con forzada jovialidad—. Está en el siguiente vagón. El jefe del tren me ha dicho que hay un salón y un comedor muy agradables para el personal. —Apartó la mirada y se apresuró a añadir—: Además..., después de que mi hermana mayor se casara..., me dijo que no tardan mucho. Los caballeros y sus cosas, digo. «Acaban en lo que tarda un perro en correr un kilómetro», me dijo.

Al entender que pretendía tranquilizarla con esas palabras, Cassandra se limitó a asentir con la cabeza y a murmurar:

—Gracias, Meg.

Después de que la doncella se marchara, abrió su neceser y levantó la tapa, que tenía un espejo por dentro. Se quitó las horquillas que le recogían el pelo a ambos lados de la cabeza y después la tiara de diamantes. Al dejarla en la cómoda captó un movimiento con el rabillo del ojo que le llamó la atención.

Tom estaba en el vano de la puerta, devorándola con su cálida mirada.

Un escalofrío nervioso la recorrió por entero, y le temblaron un poco los dedos mientras se los pasaba por el pelo en busca de más horquillas. Aunque ya habían estado a solas antes, técnicamente hablando, esa era la primera vez que estaban a solas una vez casados. No había reloj que descontara cada minuto que pasaba, no había golpecitos en la puerta para llamarlos al orden.

Su marido era un hombre muy apuesto y parecía más alto de lo normal en la reducida estancia. Moreno, con un elegante aplomo y tan impredecible como las fuerzas de la naturaleza. Sin embargo, percibía cierta reserva en sus ademanes, el deseo de no preocuparla o asustarla, y eso hizo que se ruborizara de placer.

—Todavía no te he dado las gracias por la tiara —le dijo—. Cuando la vi esta mañana, casi me caigo de la silla. Es preciosa.

Tom se colocó detrás de ella y le acarició con las manos los brazos cubiertos por el satén mientras le rozaba la oreja con los labios.

—¿Te gustaría ver el resto del conjunto?

Enarcó las cejas por la sorpresa y enfrentó su mirada a través del espejo del neceser.

—¿Hay más?

A modo de respuesta, Tom fue a la otra cómoda, cogió un estuche plano de nogal y se lo ofreció.

Cassandra levantó la tapa y puso los ojos como platos al ver más estrellas de diamantes y una cadena de platino.

—¿Un collar? ¿Y unos pendientes? ¡Oh, esto es excesivo! Eres demasiado generoso.

—Permíteme enseñarte el mecanismo —le dijo él al tiempo que cogía la tiara—. La estrella más grande se puede separar para usarla como broche o como colgante con la cadena. —Soltó la estrella con pericia, manipulando los diminutos engarces y cierres. Típico de él, pensó Cassandra con un ramalazo de afecto, regalarle joyas que pudieran separarse y unirse para crear otras nuevas, casi como un rompecabezas.

Se puso los pendientes con forma de estrella y movió un poco la cabeza para que se agitaran.

—Me has dado una constelación —dijo con una sonrisa mientras miraba su brillante reflejo.

Tom la instó a volverse para que lo mirara y le deslizó las manos por el pelo, dejando que los mechones dorados se le colaran entre los dedos.

—Tú eres la estrella más brillante de todas.

Cassandra se puso de puntillas para besarlo, y él la estrechó contra su cuerpo. Tuvo la impresión de que Tom se regodeaba en el beso, que deseaba disfrutar de cada matiz de su sabor, de su textura, de su olor. Sintió que una mano se deslizaba muy despacio por su espalda, por debajo del pelo, y que ascendía por la columna vertebral. Entretanto, el movimiento hizo que los pendientes se le mecieran en las orejas, y los delicados diamantes de las puntas le rozaron el cuello y le provocaron un escalofrío.

Tras apartar la boca para separarse de él, le dijo con voz entrecortada:

—Tengo un regalo para ti.

—¿De verdad? —Tom le rozó la delicada piel de debajo de la barbilla con los labios.

—Uno pequeño —le explicó con pesar—. Me temo que no se puede comparar con un conjunto de diamantes.

—Casarme contigo ha sido el regalo de toda una vida —replicó él—. No necesito nada más.

—De todas formas... —Se acercó a la maleta que descansaba junto a la cómoda y sacó un paquete envuelto en papel de seda, atado con un lazo rojo. Un adorno azul hecho con cuentas colgaba del lazo—. Feliz Navidad —le dijo al tiempo que se lo ofrecía.

Tom desató el lazo y sostuvo en alto el adorno para observarlo con detenimiento.

—¿Lo has hecho tú?

—Sí, para colgarlo en nuestro árbol el año que viene.

—Es precioso —dijo mientras admiraba las diminutas puntadas que unían las cuentas. Acto seguido, procedió a desenvolver el regalo, un libro con tapas rojas y letras negras y doradas—. *Tom Sawyer* —leyó en voz alta—, de Mark Twain.

—Prueba de que los americanos escriben libros —dijo ella con voz cantarina—. Lo publicaron en Inglaterra hace unos meses y ahora lo publican en Estados Unidos. El autor es un humorista, y el librero me ha dicho que la novela es una bocanada de aire fresco.

—Seguro que me gusta. —Tom soltó el libro en la cómoda y la estrechó entre sus brazos—. Gracias.

Cassandra se derritió contra él y le apoyó la cabeza en un hombro. Captó el aroma especiado de su colonia con sus notas inconfundibles de laurel, clavo y limón. Era un olor un poco anticuado, aunque muy masculino y penetrante. Un detalle sorprendentemente tradicional en él, pensó con cierta sorna, aunque se guardó el comentario.

Tom le acarició el pelo con una mano.

—Estás cansada, preciosa —susurró—. Necesitas descansar.

—Me siento mucho mejor ahora que nos hemos alejado del caos que reinaba en Eversby Priory. —Los envolvía un silencio cómodo y relajado. No estaba en manos de un muchacho impaciente, sino de un hombre experimentado que iba a tratarla estupendamente bien. La expectación vibraba entre cada latido de su corazón—. ¿Me ayudarás a cambiarme de ropa? —se atrevió a preguntarle.

Tom titubeó un buen rato antes de acercarse a la ventana para cerrar las cortinas. De repente, Cassandra sintió un vuelco en el estómago, como cuando un carruaje que iba demasiado deprisa cruzaba una zanja en el camino. Se echó el pelo sobre un hombro y esperó a que Tom se colocara detrás de ella. El vestido se cerraba a la espalda con un cordón de raso rematado por un lazo. Pensó en decirle que debajo del cordón había una solapa que ocultaba una hilera de botones, pero sospechaba que le gustaría desentrañar el misterio por sí mismo.

Tom le dio un tironcito al cordón para deshacer el lazo.

—Cuando entraste en la capilla parecías una reina —le dijo—. Me dejaste sin aliento. —Después de desatar el cordón de raso, acarició la solapa situada justo sobre su columna y palpó los diminutos botones planos. Buscó los pequeños corchetes que cerraban la solapa y los desenganchó con más destreza que una doncella. A medida que iba desabrochándole los botones, el corpiño de satén se fue aflojando y empezó a deslizarse hacia abajo, arrastrado por el peso de las faldas.

Cassandra sacó los brazos de las mangas y dejó que la pesada prenda cayera al suelo. Después de salir del montón de ropa, lo recogió para dejarlo en el armario. Cuando se dio la vuelta, descubrió que Tom se la estaba comiendo con los ojos, devorando cada detalle, desde el volantito que remataba la camisola hasta los delicados zapatos azules.

—Una superstición —le explicó al ver que sus ojos se clavaban en los zapatos—. Se supone que la novia debe llevar algo viejo, algo nuevo, algo prestado y algo azul.

Tom la levantó en brazos, la dejó en la cama y se inclinó para inspeccionar con más detenimiento los zapatos, que tenían bordados con hilos de plata y oro, además de estar decorados con diminutos cristales.

—Son preciosos —le dijo antes de quitárselos, primero uno y luego el otro.

Cassandra flexionó los dedos, todavía con las medias puestas, ya que le dolían un poco tras el largo y ajetreado día.

—Me alegro muchísimo de no estar de pie.

—Yo también me alegro de que no lo estés —repuso él—. Aunque probablemente por motivos distintos. —La rodeó con los brazos para soltarle las cintas del corsé antes de instalarla a tumbarse de espaldas para desabrocharle los cierres delanteros—. Huelo rosas —dijo al tiempo que tomaba una honda bocanada de aire.

—Helen me dio un frasquito de aceite perfumado esta mañana —le explicó ella—. Contiene la esencia de siete tipos de rosas. Lo eché en el agua del baño. —La recorrió un estremecimiento cuando Tom se inclinó para besarla en el abdomen a través de la camisola arrugada.

—Siete es mi número preferido —dijo él.

—¿Por qué?

Le acarició el abdomen con la nariz.

—Hay siete colores en el arcoíris, siete días de la semana y... —se interrumpió y después siguió con voz seductora—: siete es el número natural más bajo que no se puede representar como la suma de los cuadrados de tres enteros.

—Matemáticas —replicó ella con una carcajada entrecortada—. ¡Qué emocionante!

Tom sonrió y se apartó de ella. Se puso de pie para quitarse la chaqueta, el chaleco y la corbata antes de cogerle uno de los pies y empezar a masajeárselo. Cassandra se retorció, sorprendida por el placer mientras esos fuertes pulgares le acariciaban el puente y el empeine.

—¡Oooh! —murmuró, tras lo cual se relajó por completo en el colchón mientras él le masajeaba arriba y abajo la planta del pie, encontrando cada punto dolorido. Estuvo a punto de derretirse cuando él le movió los dedos y le dio un tironcito a cada uno a través de las medias de seda. Era mucho más agradable de lo que jamás se habría imaginado y el placer le recorría diferentes partes del cuerpo—. Nadie me había masajeado los pies. Se te da muy bien. No pares todavía. No vas a parar, ¿verdad?

—No.

—¿Y me masajearás el otro pie?

Tom se rio por lo bajo.

—Sí.

Cassandra se retorció cuando él encontró un punto especialmente sensible, soltó un gemido y extendió los brazos por encima de la cabeza. Al abrir los ojos, siguió la mirada de Tom y se dio cuenta de que se le había separado la abertura de los calzones, dejándola expuesta. Jadeó y bajó los brazos a toda prisa para ocultar su vello púbico.

Un brillo pecaminoso asomó a los ojos de Tom.

—No te tapes —le dijo en voz baja.

La sugerencia la escandalizó.

—¿Quieres que me quede tumbada y te enseñe el... el... chichi?

Una expresión jocosa hizo que a Tom se le marcaran más las arruguitas alrededor de los ojos.

—Sería un gran incentivo para que te masajeara el otro pie.

—Ibas a hacerlo de todas formas —protestó ella.

—Pues considéralo mi recompensa. —Se inclinó hacia delante, y Cassandra sintió sus labios en la punta del dedo gordo del pie y también sintió cómo su cálido aliento se colaba por la seda de la media—. Déjame verlo —le pidió—. Es una vista maravillosa.

—No es una vista maravillosa —protestó ella de nuevo, mortificada por la timidez.

—Es la vista más maravillosa del mundo.

Habría sido imposible que un ser humano se pusiera más colorado que Cassandra en ese momento. Mientras ella titubeaba, Tom siguió masajeándole los pies. Le recorrió el puente con los pulgares, haciendo presión por el camino y provocándole una miríada de escalofríos que le corrió desde las plantas de los pies hasta la columna.

Cassandra cerró los ojos y recordó lo que su gemela le aconsejó el día anterior.

«Ten presente que lo mejor es tirar la dignidad por la borda desde el principio —le aconsejó Pandora—. La primera vez es terriblemente incómoda. Querrá hacer cosas que involucran partes del cuerpo que no deberían acercarse las unas a las otras. Pero recuerda que lo que hagáis en privado es algo secreto que solo los dos compartiréis. No hay nada vergonzoso en un acto de amor. En algunos momentos deja de ser algo relacionado con los cuerpos, los pensamientos y las palabras, y lo importante son las sensaciones..., y es precioso.»

En algún momento mientras Cassandra pensaba, el tren había empezado a moverse y en ese instante aceleraba sin sobresaltos. En vez de los habituales traqueteos y las sacudidas, el vagón se deslizaba con una suavidad pasmosa, como si estuviera suspendido sobre los raíles en vez de rodar por ellos. El hogar de su infancia, su familia y todo lo que le era conocido estaba quedando atrás. Solo quedaba esa cama de palisandro, su marido de pelo oscuro y las ruedas del tren que los transportaba a un lugar donde nunca había estado. Ese momento, y cualquier otra cosa que sucediera esa noche, sería un secreto íntimo de los dos.

Se mordió el labio, abandonó la dignidad y apartó las manos de la abertura de sus calzones.

Tom siguió masajeándole el pie, ejerciendo presión en círculos en la base de los dedos. Al cabo de unos minutos se trasladó al otro pie, y ella se relajó con un gemido.

La luz que entraba por las ventanas superiores, amortiguada por la lluvia, ya era más grisácea y se extendía por el vagón creando sombras plateadas. A través de los párpados entornados, Cassandra observó el juego de colores apagados y de sombras que bailaba sobre la camisa de Tom. Al cabo de un rato esas manos hábiles de largos dedos se deslizaron hasta sus rodillas, por debajo de las perneras de los calzones. Le soltó las ligas blancas de encaje y le bajó las medias por las piernas, enrollándolas a la perfección a medida que se las quitaba. Después de dejarlas en el suelo, se desabrochó la camisa y la tiró a un lado, despacio, para que ella lo mirase a placer.

Su cuerpo era hermoso, tan delgado y fibroso que le recordó a un florete, y con cada centímetro cubierto por duro músculo. El vello le salpicaba el pecho y se estrechaba conforme descendía hacia el abdomen. Cassandra se sentó en la cama y tocó ese suave vello oscuro con dedos tan trémulos y fugaces como un colibrí en pleno vuelo.

Tom extendió los brazos para pegarla contra su torso sin moverse del lado de la cama.

Cassandra se estremeció al sentirse rodeada por tal cantidad de piel desnuda y de vello corporal, por todos esos músculos tan fuertes.

—¿Alguna vez te imaginaste que haríamos esto? —le preguntó con curiosidad.

—Cariño mío..., me lo imaginé a los diez segundos de conocernos y no he parado desde entonces.

Una sonrisa tímida asomó a los labios de Cassandra, y se atrevió a besarlo en un hombro desnudo.

—Espero no decepcionarte.

Con gran delicadeza, Tom le tomó la cara con una mano y se la levantó para que lo mirara a los ojos.

—No tienes que preocuparte de nada, Cassandra. Solo tienes que relajarte. —Acercó su cara sonrojada a la suya y le acarició con la punta de los dedos el lugar donde el pulso le latía enloquecido en la garganta. Su sonrisilla torcida tenía un toque sensual que borró todo pensamiento de su mente—. Iremos despacio. Sé lo que debo hacer para que la experiencia te resulte placentera. Vas a levantarte de esta cama siendo una mujer muy feliz.

23

Tom inclinó la cabeza, y la ligera y erótica presión de su boca inundó a Cassandra de placer. Cada vez que creía que el beso iba a acabar, él descubría un nuevo ángulo con sus labios y aumentaba la pasión. Sintió que se acaloraba desde el interior, como si estuviera insuflándole el mismo calor del sol. Aturdida por el placer, le echó los brazos al cuello y le enterró los dedos en el corto pelo de la nuca, tan sedoso al tacto como el satén negro.

Sin prisas, Tom bajó las manos hasta aferrar el bajo de la camisola y se la fue subiendo poco a poco. Cassandra levantó los brazos para ayudarlo a quitársela y jadeó al sentir el aire frío en los pechos. Tom la invitó a acostarse de nuevo en la cama y le recorrió el cuerpo con una mano antes de empezar a desabotonarse el pantalón. El corazón se le desbocó mientras lo veía desnudarse. Era la primera vez en su vida que veía a un hombre desnudo, excitado y rebosante de salud. No pudo evitar clavar la mirada en su magnífica erección, que elevaba su miembro viril de forma notable.

Tom esbozó una breve sonrisa al percatarse de su expresión. Se veía la mar de cómodo pese a su desnudez, mientras que ella era un manojo de inhibiciones coronado por el rubor. Tras subirse a la cama y gatear por el colchón como si fuera un gato al acecho, se tumbó a su lado y colocó una pierna cubierta de vello entre las de ella.

Cassandra no sabía dónde poner las manos. Una de ellas acabó sobre los fuertes músculos del torso de su marido, con la yema de los dedos sobre el borde de una costilla.

Tom se la aferró con delicadeza y la guio hacia abajo.

—Puedes tocarme —la animó con un tono grave que no le había oído con anterioridad.

Indecisa pero deseosa, Cassandra le acarició el sedoso y rígido miembro, y se asombró al comprobar que parecía latir pese a la dureza. Parpadeó sorprendida al descubrir una gota húmeda en el extremo.

Tras tomar una honda bocanada de aire, Tom le explicó:

—Eso..., eso sucede cuando mi cuerpo está preparado para el tuyo.

—¿Tan pronto? —replicó ella con desconcierto.

Lo vio apretar los labios como si estuviera intentando no sonreír.

—Por regla general, los hombres son más rápidos que las mujeres. —Con gesto lánguido, le enterró una mano en el pelo y dejó que los largos mechones se deslizaran entre sus dedos—. Conseguir que tú estés preparada requiere más tiempo y esfuerzo.

—Lo siento.

—No lo sientas..., esa es la parte divertida.

—Creo que ya estoy preparada —le aseguró.

Tom perdió su lucha interna y sonrió.

—No lo estás —la contradijo al tiempo que le bajaba los calzones por las caderas y las piernas.

—¿Cómo sabrás cuándo lo esté?

De repente, la acarició con la yema de los dedos en el abdomen y en el vello púbico, y el corazón le dio un vuelco. La miró con una sonrisa a los ojos, que ella tenía abiertos de par en par, y contestó:

—Lo sabré cuando estés mojada aquí —susurró—. Lo sabré cuando estés temblando y me supliques.

—No pienso suplicar —protestó Cassandra.

Esa cabeza de pelo negro se inclinó sobre sus pechos, y el roce de su aliento sobre la sensible piel fue como el del vapor ardiente. Tras atraparle un enhiesto pezón entre los labios, lo acarició con la lengua aterciopelada y lo mordisqueó con delicadeza.

—O, si lo hago... —añadió al tiempo que se retorcía bajo sus caricias—, será de forma breve y... será más bien un ruego...

—No tendrás que suplicar —murmuró él, que le tomó los pechos entre las manos y los unió para besarle el canalillo—. Era una sugerencia, no un requisito. —Siguió descendiendo por su cuerpo, acariciándola de forma lánguida con los labios, besándola, lamiéndola, atormentándola.

El incansable y suave traqueteo del tren acompañaba a los últimos rayos del sol que desaparecían, dando paso al crepúsculo. Su marido era como una figura de ensueño en la penumbra, una silueta poderosa que se movía sobre ella. Le separó los muslos, se colocó entre ellos y Cassandra sintió que se le ponía el vello de punta al notar su cálido aliento en el abdomen. Le acarició el ombligo con la punta de la lengua y después recorrió el borde completo. El deseo se apoderó de sus entrañas, tensándole los músculos hasta que se percató de que levantaba las rodillas. Jadeó cuando le introdujo la lengua en el ombligo, una caricia atrevida y deliciosa. El movimiento continuó, de manera que ella empezó a retorcerse.

Al cabo de un instante lo oyó decir con sorna:

—No te muevas, preciosa.

Sin embargo, en cuanto retomó las caricias, se retorció de nuevo por las cosquillas.

Tom le aferró los tobillos, y sus manos fueron como dos delicados grilletes que la inmovilizaron. Los músculos de su interior se tensaron entre espasmos a modo de respuesta. Para su sorpresa, Tom siguió descendiendo, acariciando con la lengua el nacimiento del vello púbico..., y en ese momento cayó en la cuenta de lo que su hermana había intentado explicarle sobre las partes del cuerpo que no deberían acercarse. Tom le acarició el vello rizado con la nariz y con la boca, y aspiró su olor.

—Tom... —dijo con voz lastimera.

—¿Mmm...? —murmuró él.

—Eso..., ¡ay, por Dios!, ¿eso que estás haciendo se puede hacer?

Su respuesta fue una afirmación apenas audible pero muy enfática.

—Solo lo pregunto porque, verás..., creía estar preparada para lo que va a suceder, pero... —Se tensó al sentir que le introducía la lengua entre el vello púbico para separar los pliegues de su sexo—. Nadie ha mencionado esto...

Tom no parecía estar prestándole atención como era habitual en él. En cambio, estaba concentradísimo en esa zona tan íntima situada entre sus muslos, y su lengua no paraba de lamer y explorar, como si estuviera separando los pétalos de una flor sin saber muy bien en qué lugar exacto detenerse. Le mordisqueó y succionó con suavidad los labios mayores.

Cassandra se esforzó por respirar y le colocó las manos en la cabeza mientras él continuaba con su persistente exploración. Dio con la entrada de su cuerpo gracias a una serie de húmedos y traviesos lametones, que la excitaron más por la áspera caricia de su barba, que ya necesitaba un nuevo afeitado. Trató de aliviarle la zona irritada con la lengua, arrancándole un gemido que le surgió de lo más profundo de la garganta. Le estaba arrebatando el control, seduciéndola hasta convertirla en una versión irracional de sí misma. De repente, la penetró con la lengua tras trazar una sinuosa caricia. Inimaginable. Irresistible. Cada vez que la penetraba y salía de su interior, Cassandra sentía un ramalazo de placer que le recorría la columna vertebral. Sus músculos internos empezaron a contraerse sin que pudiera evitarlo, como si intentaran atrapar a la resbaladiza intrusa y mantenerla aprisionada.

Las sensaciones fueron aumentando poco a poco y sin compasión, hasta que Cassandra se echó a temblar. Intentó colocar las caderas de tal manera que Tom la acariciara donde más lo deseaba, pero él se hizo de rogar mientras su lengua seguía atormentándola sin llegar a rozar siquiera ese punto en concreto que tanto ansiaba sus caricias. Estaba muy mojada..., ¿sería todo suyo o también era por culpa de Tom?

Sintió que el sudor le cubría la piel. Se le escapan continuos gemidos. En ese momento notó que Tom la penetraba con un dedo... No, con dos. Trató de alejarse de la incómoda invasión, pero él los introducía un poco más cada vez que sus músculos se tensaban y se relajaban. Empezó a dolerle, sobre todo en la zona donde sentía que los nudillos trataban de expandir su entrada. Tom se apoderó de ese punto tan sensible con los labios y lo acarició con la lengua con delicadeza pero con movimientos rápidos, de manera que el placer fue inmediato. Cassandra se tensó por entero y jadeó al tiempo que elevaba las caderas, impulsada por un éxtasis abrasador, atrapando en su interior esos dedos que la penetraban una y otra vez, cada espasmo más fuerte que el anterior.

El placer se apoderó de todo su cuerpo en oleadas hasta dejarla ahíta y serena. Tom le sacó los dedos, dejándola consciente del vacío de su palpitante interior. Gimió, incapaz de articular palabra, al tiempo que extendía los brazos hacia él, y Tom la estrechó contra su pecho mientras murmuraba lo preciosa que era, lo mucho que lo complacía y lo mucho que la deseaba. El roce del vello de su torso contra sus pechos le pareció maravilloso y excitante.

—Sigue relajada —le susurró Tom mientras se acomodaba entre sus muslos.

—Qué remedio —logró decir Cassandra—. Tengo la impresión de que acaban de pasarme por los rodillos de una lavadora.

La ronca risa de Tom le acarició los oídos. Con mucha delicadeza le cubrió la vulva con la palma de una mano, acariciando la sensible y húmeda zona.

—Esposa mía..., ¿me permites que te penetre ya?

Ella asintió con la cabeza, hipnotizada por su ternura.

Sin embargo, Tom titubeó y apoyó una mejilla sobre el pelo que se extendía sobre la almohada.

—No quiero hacerte daño. No quiero hacerte daño nunca.

Ella lo rodeó con los brazos para acariciarle la espalda de arriba abajo.

—Precisamente por eso no me lo harás.

Tom levantó la cabeza y la miró con la respiración entrecortada. Cassandra sintió una nueva presión en la entrada de su cuerpo y poco a poco, milímetro a milímetro, la fue penetrando.

—Tranquila —susurró—. Intenta no tensarte.

Fue una invasión lenta pero implacable, que le provocó dolor. Tom le separó aún más los muslos con una mano y le apartó los labios mayores. Con cuidado, pero sin detenerse en ningún momento, siguió moviendo las caderas, internándose cada vez más en el todavía inexplorado interior de su cuerpo. Pese a la incomodidad, Cassandra disfrutó del evidente placer que sentía Tom y que se reflejaba en la tensión de su rostro y en su mirada ardiente y desenfocada, muy distinta de la expresión alerta que mantenía siempre. Al final, detuvo su cuidadosa invasión y se quedó inmóvil, medio enterrado en ella. Inclinó la cabeza para besarla en los labios con una dulzura apasionada y Cassandra descubrió que ya no se sentía tan letárgica, ya que sus terminaciones nerviosas empezaban a despertarse con los nuevos estímulos.

—¿Hasta ahí llegas? —le preguntó con inseguridad cuando sus labios se separaron, tras lo cual dio un pequeño respingo a causa de la incomodidad que sentía allí donde sus cuerpos estaban unidos.

—Tu cuerpo no me permite avanzar más —contestó él al tiempo que le apartaba de la frente y de las sientes los mechones húmedos de pelo—. De momento.

Cassandra fue incapaz de contener el suspiro que se le escapó cuando lo sintió abandonar su cuerpo y la presión desapareció.

Tom la invitó con las manos a tumbarse de costado, de espaldas a él mientras le decía despacio, como si tuviera dificultad para articular las palabras:

—Mi preciosa Cassandra..., vamos a intentarlo así..., si me permites..., sí. Apóyate en mí. —La pegó a su cuerpo, de tal manera que acabaron encajados como dos cucharas en el cajón de la cubertería. Acto seguido, le levantó la pierna que quedaba arriba y se la echó hacia atrás, hasta apoyarla sobre la suya. Ajustó la posición de sus caderas y empezó a acariciarla de forma muy íntima—. Llevo tantas noches deseándote... Dios, espero que esto sea real. Que no sea un sueño.

La punta de su miembro se deslizó entre los pliegues de su sexo, una y otra vez, antes de hundirse de nuevo en su dolorido interior. Tom la penetró apenas un par de centímetros y se detuvo, dejando que se acostumbrara a la dura invasión. Mientras la estrechaba entre sus brazos, empezó a acariciarle la parte delantera del cuerpo, y esas manos tan habilidosas encontraron lugares muy sensibles que le provocaron un sinfín de escalofríos. Para cuando llegó a la zona donde sus cuerpos estaban unidos, el deseo la había invadido de nuevo y Cassandra no paraba de retorcerse contra él. Tom atormentó los delicados labios de su sexo y la parte interna de estos. Con un gemido desesperado, ella intentó amoldarse aún más a esos dedos y comenzó a seguir sus caricias.

Tom respiraba con dificultad, y sentía su aliento entrecortado en la oreja. En ese momento se percató de que lo sentía enterrado por completo en ella, ya que sus propios movimientos habían facilitado la invasión hasta acogerlo por entero. Tom empezó a acariciarle el clítoris de forma enloquecedora, como si supiera exactamente qué ritmo necesitaba. Su cuerpo se estremeció de placer y los espasmos del éxtasis se apoderaron de ella, de manera que se dejó llevar por la intensidad de las sensaciones. Tom contuvo el aliento un instante y después soltó un gemido ronco y aterciopelado mientras se derramaba en su interior.

Se relajaron juntos mientras se desvanecían los rescoldos de la pasión y sus cuerpos experimentaban los últimos espasmos de placer.

Cassandra suspiró al sentir las manos de Tom recorriéndole las cansadas extremidades.

—Creo que he suplicado casi al final —admitió.

Tom se rio contra su cuello y le besó la acalorada piel.

—No, cariño. Estoy seguro de que quien ha suplicado he sido yo.

La luz del sol entraba por las ventanas superiores, disolviendo poco a poco la oscuridad del interior del vagón. Tom se despertó y se sorprendió al descubrir a Cassandra dormida a su lado. «Tengo una esposa», pensó al tiempo que se incorporaba y se apoyaba en el codo. La situación era tan agradable e interesante que se descubrió mirándola con una sonrisa bobalicona.

Su esposa parecía vulnerable y preciosa, como una ninfa durmiendo en un bosque. Los larguísimos mechones de pelo rubio que se extendían desordenados sobre la almohada la asemejaban a la mítica protagonista de un cuadro. En algún momento de la noche se había puesto un camisón, sin que él se diera cuenta. Él, que siempre se despertaba al menor ruido. Sin embargo, supuso que era lógico haber dormido como un tronco después de todo el frenético ajetreo de la boda, seguido de una noche en la que había experimentado el placer más intenso de toda su vida.

Descubrir qué complacía a una mujer y qué la excitaba, qué la hacía única, era un desafío que lo apasionaba. Nunca se había acostado con una mujer que no le gustara de verdad y siempre se empleaba a fondo para satisfacer a sus compañeras de cama. Pero siempre había puesto un límite a la intimidad de lo que compartía con ellas; no bajaba la guardia del todo. En consecuencia, algunas de sus aventuras habían tenido un final rayano en la amargura.

No obstante, con Cassandra había descartado gran parte de sus defensas mucho antes de pisar siquiera el dormitorio. Algo que no había sido deliberado por su parte; había sucedido..., sin más. Y aunque siempre había sido desinhibido en lo tocante a la desnudez física, hacer el amor con ella lo había llevado casi al borde de la desnudez emocional, y eso le había resultado aterrador. E increíblemente erótico al mismo tiempo. Jamás había experimentado nada parecido. Cada sensación se había multiplicado y replicado de forma infinita, como si el placer se reflejara en un salón lleno de espejos.

Después de que todo acabara, le llevó a Cassandra un paño humedecido con agua tibia para que se lo colocara entre los muslos y un vaso de agua. Acto seguido, se acostó a su lado mientras su mente comenzaba con el habitual proceso de rememorar los acontecimientos del día. Para su sorpresa, sintió que ella se acercaba más a él hasta que estuvo totalmente pegada a su costado.

—¿Tienes frío? —le preguntó preocupado.

—No —respondió ella con voz adormilada mientras le apoyaba la cabeza en el hombro—. Solo quiero que me abraces para dormir.

Dormir abrazados nunca había formado parte de su repertorio de alcoba. El contacto físico siempre había sido el preludio para otra cosa, pero nunca el fin en sí mismo. Al cabo de un momento, levantó la mano libre para darle unos suaves y torpes golpecitos en la cabeza. La sintió sonreír contra su hombro.

—No sabes cómo hacer esto —le dijo Cassandra.

—Pues no —admitió él—. Desconozco su propósito.

—No tiene un propósito concreto —replicó ella con un bostezo—. Me apetece sin más. —Se pegó todavía más a él, colocó una delgada pierna sobre la de Tom... y se quedó dormida.

Él se mantuvo inmóvil con el peso de su cabeza sobre el hombro, cavilando sobre el descubrimiento de lo mucho que tenía que perder. Estaba la mar de contento de estar con ella. Aunque fuese su talón de Aquiles, como siempre había sabido que sería.

En ese momento, mientras contemplaba a su esposa bañada por la luz de la mañana, su mirada descendió por la manga larga del camisón, rematada con una puntilla de encaje, y se clavó en su delgada mano. Llevaba las uñas muy bien arregladas, recortadas y brillantes. No pudo resistirse a tocar una de ellas.

Cassandra se removió y se desperezó. Esos ojos tan azules lo miraron, todavía aturdidos por el sueño, desde un rostro con chapetas. Parpadeó mientras se ubicaba en ese entorno desconocido para ella y sonrió.

—Buenos días.

Tom se inclinó sobre ella, la besó con suavidad en los labios y después se agachó un poco más para apoyar la cabeza sobre la parte superior de sus pechos.

—Una vez te dije que no creía en los milagros —dijo—, pero me retracto. Tu cuerpo es un milagro. —Empezó a juguetear con los volantes y las jaretas del camisón—. ¿Por qué te has puesto esto?

Cassandra se desperezó debajo de él y bostezó.

—No podía dormir desnuda.

Le encantaba el tono remilgado de su voz.

—¿Por qué no?

—Me sentía expuesta.

—Siempre deberías estar expuesta. Eres demasiado hermosa como para llevar ropa. —Habría seguido ahondando en el tema, pero los rugidos del estómago de su mujer lo distrajeron.

Cassandra se ruborizó y dijo:

—Anoche no cenamos. Estoy muerta de hambre.

Tom sonrió y se sentó.

—El chef que viaja en este tren conoce más de doscientas maneras de preparar los huevos —le aseguró, y sonrió al ver su expresión—. Quédate en la cama. Yo me encargo de lo demás.

Tal como Tom había previsto, los detalles del viaje organizado por Rhys Winterborne eran magníficos. Después de desayunar en el tren, los condujeron al puerto de Weymouth, donde subieron a un yate de vapor privado de setenta metros de eslora. El capitán en persona los acompañó hasta la suite principal, que incluía un mirador acristalado.

Su destino era la isla de Jersey, la mayor y más meridional de las islas del canal de la Mancha. El próspero y lujoso bailiazgo, situado a tan solo veintidós kilómetros de la costa francesa, era famoso por sus productos agrícolas y sus impresionantes paisajes; pero, sobre todo, era famoso por la vaca Jersey, una raza de vacuno propia que producía una leche muy rica.

Tom se mostró escéptico cuando Winterborne le confesó el destino de la luna de miel.

—¿Me vas a enviar a un lugar conocido por sus vacas?

—Ni siquiera te fijarás en el paisaje —fue la lacónica respuesta de Winterborne—. Te pasarás la mayor parte del tiempo en la cama.

Después de que lo presionara para que le contara más detalles, Winterborne reveló que el hotel, La Sirène, era un complejo hotelero situado frente al mar con todas las comodidades modernas imaginables. Contaba con jardines íntimos y terrazas privadas, y lo habían diseñado con la privacidad de sus clientes en mente. Un chef de gran talento había llegado de París para hacerse un nombre en el restaurante al crear exquisitos platos con los abundantes productos frescos de la isla.

Gracias a la habilidad del capitán del yate y de su tripulación, que estaban familiarizados con las fuertes corrientes y con las rocas sumergidas que rodeaban el archipiélago, la travesía fue relativamente tranquila. Llegaron al cabo de cinco horas, y en primer lugar se acercaron a la rocosa y empinada costa para rodear la isla por el extremo suroeste. El terreno se hizo más verde y frondoso a medida que se acercaban a la bahía de Saint Aubin, rodeada de playas de arena blanca. La Sirène se alzaba con majestuosidad en la bahía, en medio de una serie de terrazas escalonadas cuajadas de jardines.

Una vez que Tom y Cassandra desembarcaron, el práctico del puerto les dio la bienvenida en el muelle con exagerada deferencia. Iba acompañado por un guardacostas, que pareció repentinamente aturdido al conocer a Cassandra. El joven oficial empezó a hablar con ella sin ton ni son, ofreciéndole un sinfín de información sobre la isla, su clima, su historia y cualquier otro tema que se le ocurrió para llamar su atención.

—Muchacho, dale un descanso a la lengua —dijo el práctico del puerto con un toque de humor resignado— y deja tranquila a la pobre señora.

—Sí, señor.

—Acompaña a lady Cassandra al parapeto cubierto aquel mientras el señor Severin se asegura de que desembarcan todo el equipaje.

Tom frunció el ceño mientras echaba un vistazo por el concurrido muelle.

El práctico del puerto, un hombre mayor de pelo canoso, le leyó el pensamiento.

—Está ahí al lado, señor Severin. Su esposa estará más cómoda allí a la sombra que aquí, con todo el bullicio de la descarga y con los estibadores corriendo de un lado para otro.

Cassandra lo miró para tranquilizarlo.

—Te esperaré en el parapeto —dijo al tiempo que aceptaba el brazo que le ofrecía el joven oficial.

El práctico del puerto sonrió mientras los observaba alejarse.

—Señor Severin, espero que perdone al muchacho por el parloteo. Una belleza tan impactante como la de su esposa puede poner a un hombre nervioso.

—Supongo que será mejor que me acostumbre —replicó Tom a regañadientes—. Causa revuelo cada vez que estamos en público.

El hombre sonrió con melancolía.

—Cuando llegué a la edad de buscar esposa —dijo—, le entregué mi corazón a una joven del pueblo. Una belleza que ni siquiera sabía cocer una patata. Pero estaba enamoradísimo de ella. Mi padre me advirtió: «Quien se casa con una belleza acaba teniendo problemas». Pero me las di de arrogante y le dije que yo era demasiado decente como para juzgarla por su aspecto.

Ambos rieron entre dientes.

—¿Se casó usted con ella? —quiso saber Tom.

—Sí —contestó el hombre con una sonrisa—. Y treinta años contemplando su sonrisa han compensado con creces las chuletas quemadas y las patatas secas.

Una vez que se hizo el recuento de los baúles y las maletas que se bajaron del yate a vapor, un trío de estibadores lo subió todo al carruaje enviado por el hotel. Tom se volvió hacia la zona cubierta del muelle en busca de Cassandra y frunció el ceño de inmediato al ver la multitud de estibadores, mozos de carga y taxistas que la rodeaban. Oyó que un marinero le decía a voz en grito:

—¡Oye, guapa, regálame una sonrisa! ¡Aunque sea pequeña! ¿Cómo te llamas?

Cassandra intentó hacer caso omiso de los silbidos y los gritos mientras el guardacostas se mantenía cerca de ella, sin hacer el menor esfuerzo por protegerla.

—Señor Severin, vamos, hombre... —dijo el práctico mientras seguía a Tom, que echó a andar hacia Cassandra a grandes zancadas.

Tom llegó junto a su mujer y se colocó frente a ella para cubrirla al tiempo que miraba con gesto gélido al marinero.

—A mi esposa no le apetece sonreír. ¿Hay algo que le apetezca decirme a mí?

Los silbidos enmudecieron y el marinero lo miró a los ojos, evaluándolo..., y decidió retroceder.

—Solo que es usted un malnacido con suerte —contestó con insolencia, y la multitud estalló en carcajadas.

—Muchachos, a trabajar —les dijo el práctico, dispersándolos al instante—. Ya es hora de que volváis a vuestros asuntos.

Tom se volvió para mirar a Cassandra y le alivió ver que no parecía molesta.

—¿Estás bien? —le preguntó.

Ella asintió con la cabeza de inmediato.

—Perfectamente.

El guardacostas parecía azorado.

—Pensaba que se cansarían del jueguecito si no les hacíamos ningún caso.

—No hacerles caso no funciona —replicó Tom con sequedad—. Es lo mismo que darles permiso. La próxima vez, identifica al cabecilla y ve a por él.

—¡Es dos veces más grande que yo! —protestó el muchacho.

Tom lo miró exasperado.

—El mundo espera que los hombres tengan arrestos. Sobre todo cuando están molestando a una mujer.

El guardacostas frunció el ceño.

—Perdóneme, señor, pero estamos hablando de hombres rudos y peligrosos, y no creo que esté usted familiarizado con este aspecto de la vida.

Mientras el muchacho se alejaba, Tom meneó la cabeza, molesto y asombrado.

—¿Qué demonios ha querido decir con eso?

Cassandra levantó una mano enguantada para acariciarle una solapa de la chaqueta y lo miró con expresión risueña.

—Querido mío, creo que acaba de acusarte de ser un caballero.

24

—Creía que nunca dormías hasta tarde —dijo Cassandra a la mañana siguiente mientras veía a su marido moverse en la cama.

Estaba junto a las cristaleras que daban a la terraza privada, un poco aterida por la fría brisa matinal.

Tom se desperezó con lentitud, como un enorme felino. Se frotó la cara y se incorporó en la cama, tras lo cual dijo con voz ronca por el sueño:

—Mi esposa me ha mantenido despierto casi toda la noche.

Cassandra estaba encantada de verlo con ese aspecto: con los ojos medio cerrados y el pelo alborotado.

—No ha sido culpa mía —protestó—. Mi idea era dormir de inmediato.

—Pues entonces no deberías haber venido a la cama con un camisón rojo.

Cassandra se mordió el labio para contener una sonrisa y clavó de nuevo la mirada en la impresionante panorámica de la bahía de Saint Aubin, con sus alargadas playas de arena blanca y su agua azulísima. En un islote rocoso que se alzaba al final de la bahía se encontraban las ruinas de un castillo de la época Tudor, que el conserje del hotel les había dicho que se podía visitar con la marea baja.

La noche anterior se había atrevido a ponerse una escandalosa prenda que Helen le había regalado para su luna de miel. Llamarlo camisón no era muy acertado; de hecho, tenía la tela justa para poder considerarla una camisola. Estaba confeccionada con seda y gasa de color granate, cerrada por delante con unos coquetos lazos. Helen la llamó con un nombre francés, *negligée*, y le aseguró que era justo el tipo de prendas que les gustaban a los maridos.

Nada más ver a su esposa ataviada con la escueta prenda de seda y un rubor intenso, Tom tiró la novela que tenía en las manos y se abalanzó sobre ella. Se pasó mucho tiempo acariciándola y tocándola por encima de la vaporosa tela, lamiéndole la piel a través de la gasa. Trazó el sensible mapa de su cuerpo con la boca y con las manos, explorándola al milímetro.

Con delicadeza, pero sin cuartel, la torturó hasta llevarla a un estado de erótica frustración en el que se sintió como un reloj al que le habían dado demasiada cuerda. Sin embargo, no consumó el acto en sí. Le susurró que estaba demasiado dolorida, que deberían esperar al día siguiente.

Cassandra gimió y se pegó contra él mientras se debatía contra el esquivo placer y mientras él se reía por su impaciencia. Tom le desabrochó las cintas del *negligée* con los dientes y descendió por su cuerpo lamiéndola con la lengua hasta llegar a su sexo. Las delicadas caricias y envites de esa lengua continuaron hasta que los saturados nervios de Cassandra ya no pudieron más y estallaron en un éxtasis liberador. Tom siguió acariciándola bastante tiempo después, con los dedos más ligeros que una pluma, hasta que tuvo la sensación de que era la misma oscuridad la que la acariciaba y se deslizaba con ternura entre sus muslos, rozándole los pezones.

En ese momento se sintió complacida al recordar el abandono con el que había disfrutado de los actos íntimos entre ellos, aunque también algo tímida a la luz del día. Se cerró con fuerza el nudo de la bata de terciopelo y no lo miró directamente a los ojos mientras sugería con voz cantarina:

—¿Pedimos que nos traigan el desayuno? ¿Y vamos después a explorar la isla?

Tom sonrió al percatarse de su fingida calma.

—Por supuesto.

Les llevaron un desayuno sencillo, pero bien preparado, que dispusieron en una mesa cerca de una de las amplias cristaleras. Había huevos pasados por agua, pomelos asados, lonchas de beicon y un cestillo ovalado con dulces que parecían haber retorcido y dado la vuelta antes de freírlos hasta ponerlos bien dorados.

—¿Qué son? —le preguntó ella al camarero.

—Se llaman «Jersey Wonders», milady, porque son una auténtica maravilla. Se hacen en la isla desde antes de que yo naciera.

Después de que el camarero lo dispusiera todo en la mesa y se marchara, Cassandra cogió uno de los dulces y le dio un bocado. El exterior estaba crujiente, y el interior estaba blando y sabía a jengibre y a nuez moscada.

—Mmm.

Tom soltó una risilla. Se acercó para retirarle la silla a fin de que se sentara y se inclinó para besarla en la sien.

—Un dulce con forma de zapato —susurró él—. Es perfecto para ti.

—Pruébalo —lo animó al tiempo que se lo acercaba a los labios.

Él meneó la cabeza.

—No me gustan los dulces.

—Pruébalo —le ordenó.

Tom cedió y le dio un mordisquito. Al captar su mirada expectante le dijo con voz contrita:

—Es como una esponja de baño frita.

—¡Vaya! —exclamó ella con una carcajada—. ¿Hay algún dulce que te guste?

Tom tenía la cara justo encima de la de ella, y en sus ojos había una expresión risueña.

—Tú —le contestó antes de robarle un beso.

Salieron a dar un paseo por la explanada para disfrutar del sol y de la fresca brisa marina. A continuación se dirigieron isla adentro hacia el pueblo de Saint Helier, con sus numerosas tiendas y cafeterías. Cassandra compró varios regalos que llevar de vuelta a Inglaterra, entre ellos unas figuritas de granito local tallado de color rosa y blanco, así como un bastón para lady Berwick, hecho del enorme tallo de una calabaza gigante de Jersey, que habían secado y barnizado.

Mientras el tendero envolvía los objetos, que les enviarían a La Sirène por la tarde, Tom examinó la mercancía expuesta en los estantes y las mesas. Llevó un pequeño objeto al mostrador, un barquito de madera con la figurita tallada de un marinero al timón.

—¿Flotará bien en la bañera? —preguntó.

—Sí, señor —contestó el tendero con una sonrisa—. El juguetero local lo lastra para que así sea. ¡No podemos permitir que un barco de Jersey flote de costado!

Tom se lo dio para que lo envolviera con lo demás.

Cuando salieron de la tienda, Cassandra le preguntó:

—¿Es para Bazzle?

—Tal vez.

Cassandra se detuvo muy sonriente delante del escaparate de la siguiente tienda, lleno de frascos de perfume y de agua de colonia. Fingió interesarse en los frasquitos adornados con filigrana dorada.

—¿Crees que debería probar otro perfume? —le preguntó como si nada—. ¿Jazmín o lirios del valle?

—No. —Tom se colocó tras ella y le dijo en voz baja al oído, como si estuviera dándole una información sumamente confidencial—: No hay nada mejor que el olor de las rosas en tu piel.

Vio que sus reflejos se tornaban borrosos al inclinarse hacia atrás para apoyarse en el duro cuerpo de Tom. Se quedaron así, juntos, con las respiraciones acompasadas, unos difusos segundos antes de continuar.

Cassandra se detuvo delante de una bonita casa de piedra emplazada en la esquina de una estrecha calle adoquinada que partía desde Royal Square.

—Una piedra grabada —dijo con la mirada clavada en el dintel de la puerta, formado por piedras de granito talladas—. He leído sobre ellas en la guía que hay en nuestra habitación.

—¿Qué es?

—Es una antigua tradición de la isla de Jersey. Cuando se casa una pareja, se graban sus iniciales en una piedra de granito, junto con la fecha en la que se estableció su familia, y se coloca sobre la puerta. A veces unen sus iniciales con un símbolo, como dos corazones entrelazados o una cruz cristiana.

Juntos examinaron la piedra del dintel.

J. M. 8 G. R. P.

1760

—Me pregunto qué significa el número ocho entre sus nombres —dijo ella desconcertada.

Tom se encogió de hombros.

—Debía de tener un significado especial para ellos.

—A lo mejor tenían ocho hijos —sugirió Cassandra.

—O tal vez tuvieran solo ocho chelines después de construir la casa.

Se echó a reír al oírlo.

—A lo mejor desayunaban ocho Jersey Wonders todas las mañanas.

Tom se acercó al dintel y examinó con detenimiento la piedra tallada. Al cabo de un momento, dijo:

—Mira las vetas del granito. Lo han cortado siguiendo la dirección de la veta, porque tiene franjas horizontales por toda la superficie. Sin embargo, en el centro del bloque donde está el número ocho las franjas son verticales y el mortero es más reciente. Alguien lo reparó y lo colocó en la posición equivocada.

—Tienes razón —convino ella, examinando también las piedras—. Pero eso quiere decir que al principio el número ocho estaba tumbado. No tiene sentido. A menos... —Dejó la frase en el aire al entenderlo por fin—. ¿Crees que se trata del símbolo del infinito?

—Sí, pero no es el símbolo habitual. Es una variante especial. ¿Ves que las líneas no terminan de tocarse en el centro? Es el símbolo del infinito de Euler. *Absolutus infinitus*.

—¿En qué se diferencia del normal?

—En el siglo XVIII, estaban convencidos de que ciertas operaciones matemáticas no se podían llevar a cabo porque involucraban series de números infinitos. El problema con el infinito, por supuesto, es que no se puede obtener un resultado final cuando los números aumentan para siempre. Sin embargo, un matemático llamado Leonhard Euler encontró la forma de tratar el infinito como si fuera un número finito, y eso le permitió hacer cosas en cuanto al análisis matemático que nunca se habían hecho. —Tom acercó la cabeza a la piedra grabada—. Mi hipótesis es que quien tallara los símbolos fue un matemático o un científico.

—Si fuera mi piedra grabada —repuso ella con sorna—, preferiría corazones entrelazados. Al menos así entendería lo que significa.

—No, esto es mucho mejor que los corazones —protestó

Tom con la expresión más emocionada que le había visto nunca—. Vincular sus nombres con el símbolo del infinito de Euler significa... —Hizo una pausa mientras sopesaba cómo expresarlo de la mejor manera posible—. Significa que los dos formaron una unidad completa..., una unión..., que contenía el infinito. Su matrimonio era el principio y el fin, pero cada día estuvo lleno de la eternidad. Es un concepto precioso. —Se detuvo de nuevo antes de añadir con incomodidad—: Matemáticamente hablando.

Cassandra se sintió tan emocionada, tan embelesada y tan sorprendida que fue incapaz de hablar. Se quedó allí plantada, apretando con fuerza la mano de Tom. No sabía muy bien si ella le había cogido la mano o si fue él quien lo hizo.

Qué elocuente era ese hombre en casi cualquier tema menos en sus sentimientos. Sin embargo, había momentos como ese en los que le permitía entrever increíbles retazos de su corazón sin ser consciente de lo que hacía.

—Bésame —le pidió con un hilo de voz.

Tom ladeó la cabeza con esa expresión interrogante que a esas alturas adoraba y después tiró de ella hacia el lateral de la casa. Se detuvieron bajo una pérgola cubierta de jazmín amarillo, cuajado de diminutas flores. Acto seguido, inclinó la cabeza y se apoderó de su boca. Como deseaba más, Cassandra le recorrió los labios con la punta de la lengua. Él los separó para dejarla entrar, de modo que lo besó con más pasión, hasta que sus lenguas pugnaron la una contra la otra y Tom la pegó contra su cuerpo, estrechándola con fuerza.

Percibió más que sintió el cambio que se obró en el cuerpo de Tom al responder a su cercanía. Y también fue consciente de que su propio corazón latía desbocado por la emoción al pensar en lo que le estaba sucediendo. Quería sentirlo piel contra piel, quería aceptarlo dentro de su cuerpo.

Tom le puso fin al beso y levantó la cabeza despacio; tenía los párpados entornados y la miraba con pasión.

—Y ahora, ¿qué? —le preguntó él con voz ronca.

—Llévame de vuelta a La Sirène —susurró—. Quiero un poco de infinidad contigo.

En la serena quietud de la tarde, en su suite del hotel, Cassandra desvistió a Tom despacio y le apartó las manos cuando él hizo ademán de imitarla. Quería verlo, explorarlo, sin la distracción de su propia desnudez. Tom se mostró muy paciente mientras las prendas de ropa caían una a una, sometiéndose al procedimiento con una sonrisilla apenas perceptible en los labios.

Se puso colorada al llegar a los botones de los pantalones. Tom estaba tan excitado que la pretina se trabó en su miembro erecto. Extendió una mano para soltar la tela de la henchida punta y le bajó los pantalones por las caderas con cuidado. El cuerpo de Tom era pura elegancia, con músculos delgados y bien definidos, y huesos largos y perfectamente simétricos, como si los hubieran esculpido con un torno. Se percató de que un leve rubor le teñía el torso y le subía por la blanca piel del cuello y de la cara.

Tras colocarse delante de él, recorrió con los dedos los fuertes contornos de las clavículas y pegó la palma de las manos a los duros músculos de su torso.

—Eres mío —le dijo en voz baja.

—Sí. —La voz de Tom tenía un deje risueño.

—Todo entero.

—Sí.

Despacio, deslizó los dedos por el vello que le salpicaba el pecho, arañándole con suavidad los endurecidos pezones. A Tom se le alteró la respiración, se le entrecortó, se volvió más superficial. Lo acarició hasta llegar a su miembro erecto, que tomó con tiento entre ambas manos. Lo sentía duro, grueso y palpitante por el deseo.

—Y esto es mío —añadió.

—Sí. —Ya no había ni rastro de risa en su voz. Se le había vuelto ronca por la pasión, al igual que se le había tensado el cuerpo por el esfuerzo que le suponía controlarse.

Con delicadeza, como si estuviera llevando a cabo un ritual, tomó en las manos sus testículos y se los acarició, percibiendo el movimiento en su interior. Acto seguido, deslizó de nuevo los dedos por su duro miembro. Acarició con los pulgares la sedosa punta y levantó la mirada cuando Tom empezó a gruñir, como si le doliera.

Se había puesto colorado. Tenía las pupilas dilatadas, lo que le oscurecía los ojos.

Sin dejar de mirarlo, le rodeó el miembro con los dedos y empezó a acariciárselo de arriba abajo.

Sintió que Tom le quitaba unas horquillas colocadas estratégicamente en el pelo. Acto seguido, le pasó los dedos por los mechones para soltarle el recogido y empezó a masajearle el cuero cabelludo, haciendo que todas sus terminaciones nerviosas cobraran vida a causa del placer. Excitada por lo que estaba sucediendo, apretó los muslos, aún cubiertos por las faldas. De repente y guiada por un impulso, se puso de rodillas delante de él, con su duro miembro entre las manos. No estaba segura de lo que hacía, pero sí sabía lo que había experimentado al recibir los besos íntimos que él le había dado. Quería ofrecerle el mismo placer.

—¿Puedo? —le preguntó, y él masculló una serie de palabras que, aunque no muy coherentes, sonaron a consentimiento. Con mucha delicadeza y cuidado, le lamió los suaves testículos antes de trazar un camino ascendente con la lengua hasta llegar a la punta de su verga. Su piel era más sedosa, más aterciopelada, de lo que habría esperado que fuera, y también era ardiente.

Un ligero temblor sacudió los dedos de Tom mientras le acariciaba el cabello y ella seguía explorando su dura forma, besándola y acariciándola con la lengua antes de intentar metérsela en la boca.

—Cassandra... Dios... —Entre jadeos, Tom tiró de ella y empezó a desabrocharle con ansiedad el cierre trasero del vestido, la larga hilera de botones escondidos. La pasión era tal que sus dedos actuaron con torpeza y acabó tirando de la tela hasta hacer saltar unos cuantos botones.

—Espera —le dijo Cassandra mientras se reía—. Ten paciencia, deja que... —Intentó llevarse las manos a la espalda para desabrocharse los botones. Fue imposible. El vestido estaba diseñado para mujeres que contaban con una doncella y tiempo de sobra. Tom no estaba de humor para esperar.

La levantó y la sentó en el borde del colchón, tras lo cual le metió las manos debajo de las faldas sin más preámbulos. Le quitó los calzones y las medias con un par de tirones, le separó las piernas y las mantuvo apartadas mientras se hacía hueco entre ellas. Cassandra se estremeció al sentir su cálido aliento en la delicada piel de los muslos..., al sentir la caricia de su lengua contra el clítoris. Se le quedó atascado un suspiro en la garganta, y se derritió como si fuera miel antes de caer de espaldas sobre la cama. Cada lametón le provocaba una sensación maravillosa en las entrañas. Tom siguió lamiéndola mientras la sensación aumentaba, como también lo hacía el placer que se concentraba en su interior y que buscaba una liberación. Sentía sus musculosos brazos y su torso cubierto de vello contra las piernas desnudas, obligándola a mantenerlas separadas, anclándola.

De repente, Tom se incorporó entre sus muslos separados.

—No puedo esperar —anunció con voz ronca.

Cassandra salió a su encuentro, alzando las caderas. Allí estaba la sedosa dureza que anhelaba. La punta de su miembro la penetró, invadiendo su húmedo interior. Temblando de la excitación, recorrió el cuerpo desnudo de Tom con las manos mientras se deleitaba en la fuerza que sentía sobre ella, en su interior, penetrándola todavía más. Tom movía las caderas trazando lentos círculos que hacían que su miembro la acariciara por dentro. Después, la penetraba con largas embestidas y usaba el peso de su cuerpo para presionar en el lugar preciso. Era un placer enloquecedor, y cada envite aumentaba la tensión, aumentaba el placer, hasta que su mundo se redujo a las constantes embestidas entre sus muslos. Arqueó la espalda y separó más los muslos, pidiéndole más, y Tom se lo dio.

—¿Te duele? —le preguntó él con voz ronca.

—No..., no..., sigue así...

—Siento cómo me aprisionas... cada vez que te penetro.

—Más..., por favor... —Dobló las rodillas y levantó los pies, y gimió cuando Tom la penetró todavía más.

—¿Es demasiado? —le preguntó Tom con voz entrecortada, pero fue incapaz de contestarle, de modo que se limitó a apretarlo con los muslos mientras el placer la consumía en oleadas, sumergiéndola en un torbellino enloquecedor.

Tom se tensó justo cuando sentía que se derramaba en su interior y eso aumentó el placer, que se prolongó entre interminables estremecimientos.

Acto seguido, él se entretuvo desnudándola, para lo cual la tumbó boca abajo y empezó a desabrochar los diminutos y tercos botones. Tardó mucho tiempo, sobre todo porque no dejaba de meterle las manos por el vestido o bajo las faldas arrugadas a fin de acariciarla con la boca o con los dedos. Le encantaba el sonido de su voz, saciada y ronca, como si le estuviera hablando desde una somnolienta distancia.

—Eres preciosa por todas partes, Cassandra. En la espalda tienes una línea de vello dorado muy suave, como la piel de un melocotón..., y aquí está tu magnífico trasero..., tan carnoso y dulce..., tan duro en mis manos. Me vuelves loco. Mira cómo encoges los pies. Lo haces justo cuando vas a correrte para mí..., doblas los dedos y se vuelven rosados, siempre lo haces...

Después de que Tom desabrochara el último botón, tiró el vestido al suelo sin miramientos. La besó por todas partes y le hizo el amor con una diabólica lentitud. Tras instarla a colocarse de rodillas, con las manos sobre el colchón, la tomó por detrás, rodeándola con su fuerte cuerpo. Le deslizó las manos por delante para apoderarse del peso de sus pechos, cuyos pezones pellizcó y retorció con delicadeza hasta que se le endurecieron. No dejó de penetrarla en ningún momento con embestidas apasionadas y profundas.

Había algo muy primitivo en esa forma de hacer el amor. Cassandra tenía la impresión de que no debería estar disfrutando tanto. Estaba coloradísima y tensa por el deseo. Tom deslizó una mano hacia su vello púbico y la acarició despacio, pero sin pausa. Al mismo tiempo, sintió sus labios sobre el hombro, que procedió a morder con ternura. El clímax fue inmediato y sus estremecimientos catapultaron a Tom también hacia el éxtasis. Tras enterrarse en ella hasta el fondo, se quedó inmóvil mientras Cassandra ahogaba los gritos contra la almohada.

Al cabo de un rato, Tom se movió y la invitó a tumbarse de costado sin salir de ella. Cassandra suspiró, contenta, cuando la rodeó con los musculosos brazos.

Tom le acarició la sensible piel de detrás de una oreja con los labios.

—¿Qué tal esto como abrazo? —le preguntó él.

—Estás aprendiendo —le contestó antes de cerrar los ojos, complacida.

25

—Si no te gusta esta casa —dijo Tom cuando el carruaje se detuvo en Hyde Park Square—, podemos elegir otra. O podemos construir una nueva. O buscar alguna que esté en venta.

—Estoy decidida a que me guste esta —repuso Cassandra—, en vez de tener que hacer una mudanza completa a otro lugar.

—Seguramente querrás redecorarla.

—Es posible que me guste lo que haya. —Hizo una pausa—. Aunque estoy segura de que está pidiendo a gritos unos cuantos flecos.

Tom sonrió y la ayudó a apearse del carruaje.

Hyde Park Square era una zona elegante y próspera que empezaba a rivalizar con Belgravia. Ocupaba un distrito completo cuajado de jardines privados, casas adosadas con fachadas de estuco de color crema y espaciosas mansiones con fachadas de piedra y ladrillo.

Cassandra observó la fachada de la pintoresca casa frente a la que se habían detenido. Era grande y bonita, con ventanales de mirador para disfrutar de los bien cuidados jardines. Contaba con una cochera adyacente, más unas caballerizas de aspecto moderno y elegante, y un invernadero también adosado al edificio principal.

—Hay ocho estancias en la planta baja y cinco en la alta —murmuró Tom mientras la acompañaba por el espacioso vestíbulo flanqueado por columnas y mampostería ornamental—. Después de comprar la casa, añadí varios cuartos de baño con agua corriente caliente y fría.

Llegaron a un recibidor de planta cuadrada, techos altos y claraboyas con cristal policromado. Los criados los aguardaban en fila para saludarlos. Tan pronto como vieron a Cassandra se produjo un coro de murmullos, e incluso una de las criadas más jóvenes soltó un chillido agudo sin poder controlarse.

—Siempre se alegran mucho de verme —comentó Tom sin inflexión en la voz, pero con mirada jocosa.

El ama de llaves, una mujer baja y gruesa ataviada con un vestido de alepín de color negro, se acercó a ellos y los saludó con una genuflexión.

—Bienvenido a casa, señor —murmuró.

—Lady Cassandra, esta es la señora Dankworth, nuestra eficiente ama de llaves... —dijo Tom.

—¡Bienvenida, milady! —exclamó la mujer, que hizo otra genuflexión y esbozó una sonrisa de oreja a oreja—. Estamos encantadísimos de tenerla con nosotros, ¡rebosantes de alegría, verdaderamente!

—Gracias, señora Dankworth —replicó Cassandra con amabilidad—. El señor Severin habla maravillas de usted. Solo tiene halagos para su buen hacer.

—Es usted muy amable, milady.

Tom enarcó las cejas mientras miraba al ama de llaves.

—Señora Dankworth, está usted sonriendo —comentó con regocijo—. No sabía que pudiera hacerlo.

—Si me permite presentarle al personal, milady —le dijo la mujer a Cassandra—, estarán encantados de conocerla.

Cassandra la acompañó mientras caminaban frente a los criados y el ama de llaves se los presentaba de uno en uno. Tras intercambiar unas cuantas palabras con cada uno de ellos e intentar aprenderse sus nombres de memoria, la conmovió ser testigo de su simpatía y de su afán por agradar.

Con el rabillo del ojo vio que una figura menuda salía disparada del extremo de la fila y se chocaba con las piernas de Tom, que se había hecho a un lado.

—Ese es Bazzle, el mozo de la servidumbre —dijo la señora Dankworth con tristeza—. Es un buen muchacho, pero muy joven. Como puede comprobar, necesita supervisión constante. Todos hacemos lo que podemos para cuidarlo, pero estamos muy ocupados con las tareas diarias.

Cassandra miró a la mujer a los ojos y asintió con la cabeza, consciente de todo lo dejaba sin decir.

—Tal vez más tarde usted y yo podamos discutir sobre la situación de Bazzle en privado —dijo.

El ama de llaves la miró con evidente gratitud y alivio.

—Gracias, milady. Eso sería de gran ayuda.

Una vez que le presentaron a todo el personal y que, a su vez, ella les presentó a su doncella, Cassandra se acercó a Tom, que se había puesto en cuclillas para hablar con Bazzle. El obvio afecto existente entre ambos la asombró y supo al instante que Tom ni siquiera era consciente de que este existiera. El niño hablaba sin parar, encantado de que le prestara atención. Tom se metió una mano en un bolsillo y sacó una taza con una bola unidas por una cuerdecilla. Uno de los regalos que le había comprado a Bazzle en la isla.

—¿Para atizarle a alguien en el melón? —preguntó Bazzle mientras examinaba la bola, unida a la cuerdecilla.

Tom rio entre dientes.

—No, no es un arma. Es un juguete. Tienes que hacer que la bola suba y lograr meterla en la taza.

El niño trató de hacerlo varias veces, pero no lo consiguió.

—Este chisme no sirve.

—Porque le estás aplicando demasiada fuerza centrípeta a la bola. A esa velocidad, la fuerza de la gravedad no basta para... —Tom dejó la frase en el aire al ver la expresión perpleja del niño—. Lo que quiero decir es que debes elevarla de forma más suave. —Tomó la mano del niño en la suya para demostrarle cómo hacerlo. Juntos, movieron la bola hacia arriba. Al llegar al punto más alto de su curva de ascenso, la pelota pareció detenerse y después cayó directa a la taza.

Bazzle soltó un gritito de alegría.

Cassandra llegó junto a ellos y se acuclilló.

—Hola, Bazzle —le dijo con una sonrisa—. ¿Te acuerdas de mí?

El niño asintió con la cabeza, al parecer aturullado al verla.

Las comidas regulares, el sueño tranquilo y una buena higiene habían obrado una transformación asombrosa desde la última vez que lo vio. Había engordado y sus extremidades por fin eran fuertes y no tan frágiles que incluso dolía mirarlas. Tenía hasta mofletes. Sus ojos oscuros tenían una mirada clara y alegre; su cutis era fino, con un saludable tono rosado. Los dientes estaban blancos y limpísimos, y le habían cortado el pelo a capas. Un niño sano que pronto se convertiría en un apuesto muchacho.

—¿Te ha dicho el señor Severin que voy a vivir aquí? —le preguntó.

Bazzle asintió con la cabeza.

—Ahora es su parienta —contestó con timidez.

—Pues sí.

—Me gusta la canción aquella del cerdo que me cantó —se atrevió a añadir.

Cassandra se rio.

—Luego te la cantaré otra vez. Pero antes debo confesarte algo. —Le hizo un gesto con el índice para que se acercara y él la obedeció con cautela—. Estoy un poco nerviosa por la mudanza a una casa nueva —susurró—. No sé dónde están las cosas.

—Esto es grandísimo —convino Bazzle con énfasis.

—Lo es —repuso ella—. ¿Te importaría acompañarme para indicarme dónde está todo?

Bazzle asintió con la cabeza y sonrió de oreja a oreja.

Tom se enderezó y le tendió una mano a Cassandra para que hiciera lo propio. La miró con el ceño un poco fruncido.

—Cariño, sería mejor que yo te la enseñara. O que lo hiciera la señora Dankworth si lo prefieres. Un niño de nueve o diez años no va a saber enseñarte la casa de forma coherente.

—Ya me la enseñarás tú después —le susurró, y se puso de puntillas para besarlo en la barbilla—. Ahora no estoy interesada en conocer la distribución de la casa, sino en conocer a Bazzle.

Tom la miró perplejo.

—¿Qué más quieres conocer de él?

Cassandra le tendió la mano al niño, que la aceptó encantado y procedió a guiarla por la casa, comenzando por la planta inferior. Fueron a la cocina, donde le enseñó el montaplatos, consistente en una serie de estantes unidos y sujetos por un armazón dentro de un hueco empotrado en la pared y que permitía subir la comida directamente de la cocina al comedor de la planta superior.

—Aquí ponen la comida —le explicó Bazzle— y tiran de esta cuerda para subirla. Pero las personas no pueden subir por ahí aunque tengan las piernas para el arrastre. —Se encogió de hombros—. Una pena.

Lo siguiente que le enseñó fue la combinación de despensa y fresquera.

—La cierran con llave por la noche —le advirtió—. Así que

es mejor comerse todo lo que pongan para cenar, hasta la remolacha, porque después no hay ni un mendrugo al que hincarle el diente. —Hizo una pausa y después susurró con secretismo—: Pero la cocinera siempre siempre me deja algo que roer en la panera. Si algún día tiene hambre, lo compartimos.

Visitaron la trascocina y la sala de descanso de los criados, pero se mantuvieron alejados de la salita del ama de llaves, de la cual podía salir de repente la señora Dankworth para obligarlo a lavarse las manos y el cuello en el fregadero.

Llegaron al cuarto donde se limpiaba el calzado, una estancia llena de estanterías y de perchas para los sombreros, con un paragüero y una mesa llena de utensilios para limpiar los zapatos. En el aire flotaba el olor a cera para el cuero y betún. La luz del exterior entraba por un ventanuco situado cerca del techo.

—Esta es mi habitación —anunció el niño con orgullo.

—¿Y qué haces aquí? —quiso saber Cassandra.

—Todas las noches quito el barro de los zapatos y de las botas, los dejo relucientes y después me meto en la cama.

—¿Y dónde está tu dormitorio?

—Aquí mismo —contestó el niño con alegría mientras abría un armario con puertas de madera. Era una cama empotrada en un armario construido en un hueco de la pared, donde habían colocado un colchón con sus mantas y sus sábanas.

Cassandra lo miró sin pestañear.

—¿Duermes en el cuarto donde se limpian los zapatos? —le preguntó en voz baja.

—Una cama estupenda —contestó el niño con alegría al tiempo que extendía un brazo para darle unos golpecitos al colchón—. La primera que he tenido.

Cassandra extendió los brazos y lo acercó a ella mientras le alborotaba el lustroso pelo.

—Dentro de poco serás demasiado grande para ese colchón

—murmuró con la cabeza hecha un hervidero de pensamientos y con un nudo en la garganta por la indignación—. Me aseguraré de que la próxima sea más grande. Y mejor.

Bazzle apoyó la cabeza en ella de forma tentativa y soltó un suspiro de contento.

—Huele como a flores.

—No, no sabía que era en el cuarto de limpiar el calzado —contestó Tom irritado cuando Cassandra lo enfrentó en un dormitorio de la planta alta. Ver que se acercaba a él con los labios apretados por el disgusto, sin rastro de la alegría que había existido entre ellos durante la luna miel, lo dejó atónito y contrariado—. La señora Dankworth me dijo que lo instalaría en un dormitorio cercano al suyo para poder atenderlo si necesitaba algo por la noche.

—En la vida le pediría ayuda al ama de llaves. Está convencido de que lo único que haría la pobre mujer sería intentar lavarlo. —Cassandra empezó a pasearse de un lado para otro del elegante dormitorio, con los brazos cruzados por delante del pecho—. ¡Tom, está durmiendo en un armario!

—Es una cama limpia y cómoda —contraatacó él—. Mejor que el tugurio plagado de ratas donde vivía antes.

Cassandra le dirigió una mirada desdeñosa.

—No puede pasarse el resto de la vida sintiéndose agradecido porque le ofrezcan la mínima decencia y pensando que es mejor que un tugurio plagado de ratas.

—¿Y qué pretendes hacer con él? —le preguntó Tom con forzada paciencia al tiempo que apoyaba un hombro en uno de los sólidos postes de palisandro de la cama—. ¿Que tenga su propio dormitorio en el ático, con los demás criados? Hecho. Ahora, ¿podemos concentrarnos en otra cosa que no sea Bazzle?

—No es un criado. Es un niño pequeño que vive entre adultos y que trabaja como si fuera un adulto... Le estamos robando su última oportunidad de tener infancia.

—A algunos de nosotros no se nos ha permitido tener infancia —le soltó Tom.

—No tiene un lugar en el mundo ni tampoco tiene a nadie. No puede vivir entre dos mundos, sin saber a cuál pertenece ni lo que es.

—¡Maldita sea, Cassandra!

—¿Y qué pasará cuando tengamos hijos? Se verá obligado a crecer cerca de una familia, viéndonos desde fuera, sin sentirse invitado a participar. No es justo para él, Tom.

—¡A mí no me pasó nada! —exclamó con la fuerza de un disparo.

Cassandra parpadeó, y parte de la furia que sentía se disipó. Se volvió para mirarlo mientras el silencio que siguió a sus palabras se tornaba opresivo. Su marido había girado la cara, pero vio que se había puesto colorado. Estaba totalmente rígido, luchando para controlar sus emociones.

Cuando por fin consiguió hablar, lo hizo con voz distante y serena.

—Cuando los Paxton me acogieron en su hogar, me dieron la opción de compartir dormitorio con un criado o de dormir en un colchón de paja en el suelo de la cocina, al lado de los fogones. El dormitorio del criado ya era demasiado pequeño para una persona. Elegí el colchón de paja. Dormí en él durante años, lo enrollaba todas las mañanas, y me sentía muy agradecido. A veces comía con la familia, pero casi siempre lo hacía solo en la cocina. Nunca se me ocurrió pedirle más al señor Paxton. Me conformaba con poder dormir en un lugar seguro y limpio, y no pasar hambre. Era más que suficiente.

«No, no lo era», pensó Cassandra con el corazón en un puño.

—Al final conseguí poder pagar una habitación alquilada en una pensión —siguió Tom—. Seguí trabajando para el señor Paxton, pero empecé a dirigir algunos proyectos y a solucionar problemas de ingeniería para otras empresas. Los Paxton me invitaban a cenar de vez en cuando. —Se le escapó una carcajada carente de humor—. Lo más raro de todo era que nunca me sentí cómodo sentado a su mesa. Porque tenía la impresión de que debería estar comiendo en la cocina.

Después de decir eso guardó silencio durante un buen rato con la mirada clavada en la pared, como si estuviera contemplando en ella sus recuerdos. Aunque su cuerpo parecía haberse relajado, aferraba el poste de la cama con tanta fuerza que tenía la punta de los dedos blanca.

—¿Cuál fue la causa de vuestro desencuentro? —se atrevió a preguntar Cassandra con la mirada puesta en él.

—Sentí... algo... por una de las hijas del señor Paxton. Era bonita y bastante coqueta. Quería..., pensé que...

—¿Le pediste permiso para cortejarla?

Él contestó con un breve asentimiento de cabeza.

—¿Y el señor Paxton se negó? —insistió ella.

—Explotó —contestó Tom, que esbozó una sonrisa desdeñosa y aferró el poste de la cama con más fuerza—. No me esperaba que se ofendiera tanto. Que me hubiera atrevido a acercarme a una de sus hijas... La señora Paxton se desmayó y tuvieron que llevarle las sales. Eso me ayudó a entender que me veían de una forma muy distinta de como me veía yo. En aquel entonces no sabía quién había obrado mal.

—Ay, Tom... —Se acercó a él y lo abrazó por detrás, tras lo cual apoyó la mejilla en su espalda. Una solitaria lágrima se le deslizó por dicha mejilla y acabó mojándole la camisa—. Ellos fueron los que obraron mal. Lo sabes muy bien. Pero ahora..., ahora eres tú quien lo hace. —Lo sintió tensarse, pero siguió abrazándolo con obstinación—. Has creado con Bazzle una situación exactamente igual a la que tú viviste. Un niño que no tiene a nadie, que va a crecer en la casa de una familia de la que jamás podrá formar parte. Muy unido a ella como para quererlos a todos, pero sin que lo quieran a él.

—Yo no los quería —gruñó.

—Sí que lo hacías. Por eso te dolió tanto. Por eso te sigue doliendo. Y ahora estás haciendo lo mismo que hizo el señor Paxton. Se lo estás haciendo a Bazzle. —Hizo una pausa para tragarse las lágrimas—. Tom, has acogido a este niño porque has visto muchas cualidades en él. Te has permitido preocuparte por él, aunque sea un poquito. Ahora te pido que te preocupes todavía más. Que le permitas ser parte de la familia y que lo trates con el cariño y el respeto que merece.

—¿Qué te hace pensar que lo merece? —le preguntó él con voz cortante.

—Porque tú también lo merecías —contestó en voz baja, soltándolo—. Todos los niños lo merecen.

Y salió en silencio del dormitorio, dejándolo a solas para que se enfrentara a sus demonios.

Cassandra sabía que Tom tardaría algún tiempo en aceptar su pasado y los sentimientos que había embotellado durante tantos años. Tal vez negara todo lo que ella le había dicho o tal vez se negara a hablar más del tema. Tendría que mostrarse paciente y comprensiva con él, y esperar que poco a poco reconociera que ella llevaba razón en lo que le había dicho.

Hasta entonces, se dedicaría a instalarse en su nuevo hogar y empezaría a construir su nueva vida.

Con la ayuda de su doncella, se pasó el resto de la tarde colocando su ropa, sus adornos, sus zapatos y los miles de objetos que una dama necesitaba para estar presentable. No se oía nada en el dormitorio de Tom, adyacente al suyo, ni en la salita privada. Cuando se arriesgó a asomarse para echar un vistazo, comprobó que el dormitorio estaba vacío.

Tal vez se había ido a su club, pensó con tristeza, o a una taberna o a algún otro lugar adonde iban los hombres que querían evitar a sus respectivas esposas. Deseó que regresara para la hora de la cena. No sería tan desconsiderado como para saltarse la cena sin decírselo de antemano, ¿verdad? ¿No habían tratado el tema durante las negociaciones del contrato? Sí, estaba segura de que lo habían hecho. Si al final resultaba que había incumplido el contrato una semana después de la boda, tendría que tomar medidas drásticas. Arrugarlo delante de él. No; le prendería fuego. O tal vez...

Alguien llamó a la jamba de la puerta con suavidad, sacándola de sus pensamientos. Miró hacia el vano y el corazón le dio un vuelco al ver a su marido allí plantado, tan moreno y tan alto, con el pelo un poco alborotado.

—¿Puedo entrar? —le preguntó él en voz baja.

—Claro que sí —contestó Cassandra con evidente nerviosismo—. No hace falta que pidas permiso... —Se volvió hacia su doncella y le dijo—: Meg, si no te importa...

—Por supuesto, milady. —La doncella trasladó de la cama a la cómoda una caja forrada de tela llena de medias. Al pasar junto a su señora, la miró con un brillo travieso en los ojos y susurró—: Ese perro ha venido a correr otro kilómetro.

Cassandra frunció el ceño mientras la despachaba.

Tom entró, acompañado por el olor típico del invierno y de las hojas secas. Se apoyó en la cómoda y se metió las manos en los bolsillos, con expresión inescrutable.

—¿Has salido a dar un paseo? —le preguntó ella.

—Sí.

—Espero que haya sido agradable.

—No mucho. —Tom respiró hondo y soltó el aire despacio.

—Tom —dijo con voz titubeante—, lo que he dicho antes...

—Los sentimientos son incómodos —la interrumpió él—. Por eso decidí limitar los míos a cinco. Durante la mayor parte de mi vida de adulto ha sido fácil mantener ese número. Pero después te conocí. Y ahora mis sentimientos se han multiplicado como conejos y parece que tengo tantos como tiene la gente normal. Que son demasiados. Sin embargo, si un hombre con un cerebro básico puede manejar todos estos sentimientos hasta el punto de ser capaz de funcionar con eficiencia, yo, que poseo un cerebro superior y poderoso, también podré hacerlo.

Cassandra asintió con la cabeza enfáticamente, aunque no estaba segura de lo que quería decir.

—Bazzle ya no tendrá que ser el mozo de la servidumbre —siguió Tom—. Puede dormir en uno de los dormitorios de esta planta y comer con nosotros. Lo educaremos como te parezca mejor. Lo criaré... como si fuera mío.

Cassandra lo escuchó maravillada, después de haber temido un largo asedio y encontrarse con una rendición anticipada. Que Tom fuera capaz de apartar su orgullo de esa manera no era algo para tomarse a la ligera. Consciente de lo difícil que le había resultado claudicar de ese modo y de los cambios que se estaban produciendo en él, se acercó a su marido y se pegó a su cuerpo.

—Gracias —le dijo.

Tom le apoyó la cabeza en un hombro y la abrazó.

—No lo he decidido para complacerte —murmuró—. Has esgrimido unos argumentos lógicos con los que da la casualidad de que estoy de acuerdo.

Cassandra le enterró los dedos en el pelo y se lo acarició, pasándolos por las capas.

—Y te preocupas por él.

—Yo no diría tanto. Solo quiero que se sienta seguro, cómodo y feliz, y que nadie le haga daño.

—Eso es preocuparse por una persona.

Tom no replicó, pero la estrechó con más fuerza. Al cabo de un buen rato, le preguntó sin apartar la cabeza del hombro:

—¿Vas a recompensarme?

Cassandra rio entre dientes.

—Mi cuerpo no es un premio que entregar cada vez que hagas lo correcto.

—Pero facilita muchísimo el proceso de hacerlo.

—En ese caso... —Lo tomó de la mano y lo llevó hasta cama.

26

Nada más regresar de la isla de Jersey, Cassandra se vio asaltada por una avalancha de visitas, que después estaba obligada a devolver. Tom se sentía desconcertado por la complejidad de las normas sociales que su esposa dominaba a la perfección. Sabía exactamente cuándo y cómo visitar a las personas, y quién recibía visitas según qué días. Sabía qué invitaciones podía rechazar y cuáles había que aceptar a menos que se estuviera a las puertas de la muerte. Se necesitaba una asombrosa cantidad de tarjetas para todo el asunto de recibir y hacer visitas: tarjetas individuales para él y para ella; una tarjeta de un tamaño algo mayor con los nombres de ambos impresos, junto con su dirección y los días preferidos para las visitas; tarjetas para dejar al hacer una visita inesperada; y tarjetas para dejar cuando no se tenía la intención de hacer una visita.

—¿Por qué ir a la casa de otra persona si no quieres verla? —quiso saber Tom.

—Cuando le debes una visita a una amistad, pero no tienes tiempo para estar con ella, dejas una tarjeta en la consola del vestíbulo para que quede constancia de tu paso.

—O más bien para informarle de que pasaste por su casa, pero que no querías verla.

—Precisamente.

Tom ni se molestó en buscarle el sentido, ya que había aceptado hacía mucho tiempo que un reducido grupo de individuos de alta posición social había decidido que las relaciones humanas fueran lo más complicadas y antinaturales posible. Un detalle que no le importaba tanto como la hipocresía de una sociedad dispuesta a condenar a alguien por una transgresión insignificante, pero a perdonar a uno de los suyos después de haber cometido algo mucho peor.

Le asqueó, aunque no le sorprendió, la reacción que demostró la flor y nata de la sociedad al leer el artículo del *London Chronicle* que desenmascaraba al marqués de Ripon y a su hijo, lord Lambert, y que los acusaba de ser un par de malnacidos mentirosos que hicieron todo lo posible para destrozar la reputación de Cassandra. Los amigos y conocidos de Ripon se apresuraron a excusar sus actos y a cargar toda la culpa posible en la muchacha a la que había humillado públicamente.

Había sido un lapsus del marqués, dijeron, ya que estaba fuera de sus cabales por el mal comportamiento de su hijo. Otros aseguraron que se trataba de un malentendido que, si bien desafortunado, había tenido un final bastante bueno. Lady Cassandra, a quien habían acusado en falso, había acabado casada, razonaron esas personas, de modo que no había un daño real.

Entre la clase alta se había llegado al consenso de que si bien el comportamiento del marqués era reprobable, se debía obviar el traspié puesto que se trataba de un caballero de gran alcurnia. Algunas personas dijeron que Ripon ya había sufrido suficiente castigo por la vergüenza que le había acarreado el infame comportamiento de su hijo, por no mencionar el daño que le había hecho a su propia reputación. Por lo tanto, la culpa recaía casi en su totalidad sobre los hombros del desaparecido lord Lambert, que parecía haber reanudado su gran tour por Europa durante un tiempo indeterminado. A Ripon, en cambio, lo recibirían con los brazos abiertos una vez que el escándalo pasara.

Mientras tanto, los expertos en las relaciones de la alta sociedad decidieron que no sucedería nada malo si se les hacía una visita a lady Cassandra y a su rico esposo, y si se buscaba una relación ventajosa con ellos.

Tom se habría ceñido a su plan original de mandarlos a todos al cuerno de no ser porque Cassandra parecía complacida con las visitas. Soportaría cualquier cosa, por más irritante que fuera, si la hacía feliz.

Desde que tenía diez años el trabajo había sido el eje central de su vida y la casa había sido el lugar donde tenía breves pero necesarios descansos, donde realizaba los rituales de dormir, comer, lavarse y afeitarse de la manera más eficaz posible. En ese momento, por primera vez, se descubrió trabajando a destajo para poder volver a casa, donde parecían suceder todas las cosas interesantes.

Durante las dos primeras semanas después de la luna de miel, Cassandra se hizo cargo de la casa en Hyde Park Square con una impresionante atención a los detalles. Pese a todo lo que había dicho sobre la vida tranquila y sobre ser una dama ociosa, demostró ser un torbellino enmascarado. Sabía lo que quería, cómo dar órdenes y cómo organizar la compleja red de responsabilidades y de relaciones que sustentaban una casa.

Habían contratado a una ayudante para la anciana cocinera y ya se habían incorporado nuevos platos al menú habitual. Después de revisar las rutinas con la señora Dankworth, convinieron en contratar a dos criadas más y a otro criado para reducir la carga de trabajo del servicio en general. Tenían muy poco tiempo libre a la semana, le explicó Cassandra, algo que resultaba agotador y que minaba el ánimo. El ama de llaves y ella también habían convenido en relajar unas cuantas normas para que la vida de los criados fuera menos estricta y más cómoda. Por ejemplo, las criadas ya no estaban obligadas a llevar las ridículas cofias que no tenían más propósito que el de identificarlas como tales. Esas pequeñas concesiones parecían haber animado el ambiente general de la casa de forma notable.

El salón extra que Cassandra había transformado en su gabinete estaba lleno de libros de muestras de pintura, papel, alfombras y telas, ya que había decidido reemplazar los elementos decorativos que consideraba estropeados o anticuados. Eso incluía los aposentos del servicio, donde se habían reemplazado las sábanas, las mantas y las toallas desgastadas, así como varios muebles destartalados o rotos. También comprarían un jabón de mejor calidad para su aseo personal, en vez de usar el jabón barato que les secaba la piel y el pelo.

Resultaba irritante que hubiera detalles de la vida del personal de servicio de los que nadie se había molestado en poner a Tom al día, y también resultaba irritante que a él no se le hubiera ocurrido preguntar al respecto.

—Nadie me dijo que a mis criados se les daba el jabón más barato del mercado —le dijo a Cassandra con el ceño fruncido—. Bien sabe Dios que no soy tacaño.

—Claro que no —lo tranquilizó ella—. La señora Dankworth solo intentaba economizar.

—Podría habérmelo dicho.

—No estoy segura de que se sintiera cómoda hablándote del jabón que se usa en la casa —replicó con gran diplomacia—. Al parecer, le dijiste que no querías que te molestase con los detalles y que usara su propio criterio.

—Es evidente que sobrevaloré mucho su criterio —masculló—. Preferiría que mis criados no se quemaran con jabón de sosa cáustica y aceites minerales.

Pese a toda la vorágine de actividad, no se olvidaron de Bazzle ni por asomo. Cassandra lo llevó al dentista para una limpieza profesional y luego al oculista, que le hizo un examen y aseguró que tenía una visión excelente. Después de eso, lo llevó al sastre, que le tomó medidas para hacerle ropa nueva. Aunque su mujer todavía no había contratado a un tutor particular que consiguiera que Bazzle alcanzara el nivel académico de un niño de su edad, se propuso enseñarle el abecedario. Al niño le pareció aburrido y cansado hasta que ella compró unos bloques pintados con las letras que también tenían imágenes. Durante las comidas, Cassandra se esforzaba en enseñarle los modales básicos, lo que incluía usar los cubiertos como era debido.

Aunque el niño adoraba a Cassandra, probablemente sus continuas atenciones fueran parte del motivo de que insistiera tanto en seguir acompañando a Tom por las mañanas cuando se iba a las oficinas. Sin embargo, una vez que encontrasen a un tutor, las visitas de Bazzle tendrían que reducirse.

—Los dedos son tan buenos como los tenedores —masculló Bazzle cuando acompañó a Tom a un puesto de comida para comprar el almuerzo un día—. No necesito utensilios de esos, ni abecedario.

—Míralo de esta forma —repuso él con voz razonable—: si estás comiendo a una mesa junto a un tipo que sabe cómo usar el tenedor como es debido y tú solo puedes comer con las manos, la gente creerá que es más listo que tú.

—Me da igual.

—No te dará igual cuando a él le den un trabajo mejor.

—Me seguirá dando igual —fue la respuesta enfurruñada de Bazzle—. Me gusta pasar la escoba.

—¿Qué me dices de manejar una gran excavadora y abrir una calle entera en vez de barrerla?

Le hizo mucha gracia ver que al niño se le iluminaba la cara por el interés.

—¿Abrir una calle? ¿Yo?

—Bazzle, algún día tal vez estés a cargo de una flota de grandes máquinas. Podrías ser el dueño de empresas que hagan nuevas carreteras y abran túneles. Pero esos trabajos van a parar a manos de hombres que usan tenedores y que saben el abecedario.

El día que llevó a Cassandra de visita a sus oficinas no se esperaba que todos los empleados, desde los jefes de departamento hasta los secretarios y los contables, perdieran por completo el decoro profesional. Se arremolinaron a su alrededor y la agasajaron como si fuera de la realeza. Cassandra se mostró simpática y complaciente en medio de la muchedumbre, mientras Bazzle se pegaba a Tom y lo miraba con cierta alarma.

—Han perdido el norte —dijo el niño.

Tom le echó un brazo por encima para protegerlo, extendió el libre hacia Cassandra y consiguió llevarlos a ambos a su despacho de la última planta. En cuanto estuvieron a salvo, Bazzle le rodeó las caderas a Cassandra con los brazos, la miró a la cara y le dijo:

—Me han aplastado.

Ella le pasó una mano por el pelo y le colocó bien la gorra. Su respuesta fue interrumpida por la llegada de alguien, que se tropezó con una silla y casi se cayó al suelo.

Se trataba de Barnaby, que acababa de entrar en el despacho y la había visto. Tom extendió un brazo de forma automática para ayudarlo a recuperar el equilibrio.

—¡Venga ya! —protestó Bazzle—. ¿Este también?

Tom reconoció el mérito de Barnaby, que fue capaz de recuperar la compostura, aunque se había puesto tan colorado que los rizos parecían irradiarle de la cabeza, como si estuvieran electrificados.

—Milady —dijo su asistente, que hizo una reverencia nerviosa mientras sujetaba una serie de carpetas y documentos con un brazo.

—¿Este es el indispensable señor Barnaby? —preguntó Cassandra con una sonrisa.

—Sí —contestó Tom por su asistente, que se encontraba demasiado aturullado como para contestar.

Cassandra se acercó a él, con Bazzle aún cogido de sus faldas, y le tendió una mano.

—Me alegro mucho de conocerlo por fin. Según mi marido, de no ser por usted aquí no se podría hacer nada.

—¿Eso he dicho? —preguntó Tom con sorna, mientras Barnaby le tomaba la mano a Cassandra como si fuera una reliquia sagrada—. Barnaby —siguió—, ¿qué llevas ahí?

Su asistente lo miró con los ojos muy abiertos, como si no lo entendiera.

—¿Qué...? Ah, esto de aquí. —Le soltó la mano a Cassandra y dejó lo que llevaba en su mesa—. Información sobre el Fondo de Defensa de Charterhouse, señor, y sobre los negocios y los residentes locales, un resumen del informe pendiente de la Comisión Real sobre el Tráfico de Londres y un análisis sobre el comité de selección conjunta que votará la autorización de su proyecto.

—¿Qué proyecto? —quiso saber Cassandra.

Tom la condujo al mapa de Londres que había en una pared. Con un dedo, recorrió la línea que transcurría por debajo de Charterhouse Street hacia Smithfield.

—He propuesto un proyecto para construir una línea ferroviaria subterránea que conectaría con una ya existente que termina ahora mismo en Farringdon. La propuesta está siendo examinada por un comité de selección conjunta de la Cámara de los Lores y la Cámara de los Comunes. Se reunirán la semana que viene para aprobar un proyecto de ley que me autorizará a construir la línea. El problema es que algunos de los residentes y de los comerciantes locales se oponen.

—Estoy segura de que todos temen los inconvenientes y el

ruido de las obras —dijo Cassandra—. Por no hablar de la bajada en las ventas.

—Sí, pero a la postre todos se beneficiarán de tener una nueva estación cerca.

Barnaby carraspeó con delicadeza a su espalda.

—No todos.

Cassandra miró a Tom con expresión interrogante.

Él torció el gesto. Contuvo el impulso de fulminar a Barnaby con la mirada y luego señaló un punto del mapa con un dedo.

—Esto es lo que queda de Charterhouse Lane, que se quedó así después de que la mayor parte del barrio se trasladase a Charterhouse Street. En este punto quedan un par de edificios ruinosos que deberían haber derribado hace años. Cada uno fue diseñado para albergar a unas cuarenta familias, pero están abarrotados con al menos el doble de personas. No hay luz ni aire, no hay protección contra incendios, no hay unos mínimos de salubridad... Es lo más parecido al infierno que encontrarás en la Tierra.

—Espero que no sean edificios tuyos —repuso Cassandra con temor—. No son de tu propiedad, ¿verdad?

La pregunta lo irritó.

—No, no son míos.

Barnaby añadió, solícito:

—Sin embargo, una vez que se apruebe el proyecto, el señor Severin tendrá poder para comprar o apuntalar cualquier propiedad para que la línea pase por allí. Por eso han creado el Fondo de Defensa de Charterhouse Lane, para intentar detenerlo. —Al ver la mirada de reojo que le dirigió Tom, añadió a toda prisa—: Quiero decir, para intentar detenernos.

—Así que esos edificios acabarán siendo tuyos —dedujo Cassandra.

—Los residentes tendrán que trasladarse —repuso él a la defensiva—, tanto si se construye la línea ferroviaria como si no.

Créeme, obligar a esa gente a abandonar ese agujero inmundo será un acto de caridad.

—Pero ¿adónde irán? —quiso saber ella.

—Eso no es asunto mío.

—Lo es si compras los edificios habitados.

—No voy a comprar los edificios habitados, voy a comprar el terreno sobre el que se levantan. —El ceño de Tom se suavizó al mirar la carita levantada de Bazzle—. ¿Por qué no vas a por tu escoba y barres algo? —le sugirió con voz amable.

El niño, que se había cansado de la conversación, aceptó la oportunidad encantado.

—Empezaré por los escalones de la entrada. —Corrió hacia Cassandra, la cogió de la mano y tiró de ella hasta conducirla a uno de los ventanales—. ¡Mamá, mira hacia abajo y así me ves barrer!

Barnaby se quedó de piedra mientras el niño salía corriendo del despacho.

—¿Acaba de llamarla «mamá»? —le preguntó a Tom sin dar crédito.

—¡Me dijo que podía! —gritó Bazzle mientras se alejaba.

Cassandra miró a Tom con expresión preocupada, aunque se quedó junto al ventanal.

—Tom..., no puedes dejar en la calle a todas esas personas.

—¡Maldita sea mi estampa!—masculló él.

—Porque además de tu innato sentido de la compasión... —Se oyó un resoplido procedente de Barnaby—. Además de eso, sería desastroso desde el punto de vista de las relaciones públicas —siguió ella con voz ansiosa—, ¿verdad? Parecerías un hombre totalmente desalmado, y todos sabemos que no lo eres.

—Los residentes pueden pedir ayuda en cualquiera de las muchas asociaciones benéficas repartidas por todo Londres —replicó él.

Cassandra le dirigió una mirada de reproche.

—Muchas de esas asociaciones benéficas no podrán ofrecerles ayuda de verdad. —Tras una pausa, le preguntó—: Quieres que te consideren como un benefactor público, ¿no es así?

—Quiero que me consideren como tal, pero no planeaba convertirme en uno.

Cassandra se volvió para mirarlo.

—Pues lo haré yo —dijo con firmeza—. Me prometiste que podría crear cualquier organización benéfica que quisiera. Voy a encontrar o a construir viviendas baratas para los residentes expulsados de Charterhouse Lane.

Tom miró a su esposa en silencio. Esa flamante seguridad en sí misma le interesaba. Lo excitaba. Se acercó a ella despacio.

—Supongo que querrás aprovechar algunas de las parcelas sin urbanizar que poseo en Clerkenwell o en Smithfield, ¿no? —replicó.

Ella alzó un poco la barbilla.

—Tal vez.

—Seguramente te agenciarás a algunos de mis trabajadores para que se pongan a tus órdenes... Arquitectos, ingenieros, constructores... Todos con honorarios rebajados.

Cassandra puso los ojos como platos.

—¿Podría?

—No me sorprendería en absoluto que obligaras a Barnaby, que tiene acceso a todos mis contactos y recursos, a trabajar como tu asistente a tiempo parcial.

Mientras miraba el precioso rostro de su esposa, oyó que Barnaby exclamaba a su espalda con voz sentida:

—Oh, ¿tengo que hacerlo?

—¿Crees que podría tener éxito? —susurró Cassandra.

—Lady Cassandra Severin —dijo él en voz baja—, que tengas éxito ni se pone en duda. —La miró con evidente sorna—. La única duda que tengo es si vas a pasarte el resto de nuestro matrimonio intentando que cumpla tus expectativas.

En los ojos de Cassandra apareció un brillo travieso. Estaba a punto de contestar, pero en ese momento miró por la ventana, hacia los escalones de entrada que había varios pisos más abajo, donde Bazzle, que se veía muy menudo, los saludaba con la mano.

En ese instante, un hombre corpulento subió corriendo los escalones y agarró al niño, levantándolo del suelo.

Cassandra chilló, presa del pánico.

—¡Tom!

A él le bastó una mirada para salir disparado del despacho como si el diablo le pisara los talones.

Cuando Tom llegó a los escalones de entrada, el desconocido ya se había alejado media manzana con el niño, que no dejaba de chillar, y lo había metido de un empujón en un destartalado carruaje de alquiler, conducido por un muchacho delgaducho y de cara macilenta.

Tom corrió hacia la cabeza del caballo y lo sujetó de la brida.

—Como intentes irte con él —le dijo entre jadeos al cochero mientras lo fulminaba con una mirada asesina—, no vivirás un puñetero día más. Te lo juro. —A continuación, se dirigió a Bazzle—. Sal del carruaje, niño.

—Señor Severin —sollozó el niño—. Es... es el tío Batty...

—Sal del carruaje —repitió Tom con paciencia.

—El distinguido Tom Severin —dijo el enorme patán con retintín—. ¡Un ladrón de pacotilla! ¡Le roba el pan de la boca a otro hombre! ¡Este es mi pichón! Si quieres convertirlo en tu mariquita, apoquina.

Bazzle gritó con voz temblorosa por las lágrimas:

—¡No soy mariquita! ¡Deja en paz al señor Severin! No te ha hecho nada.

—Me mangó lo que tú ganabas y que es mío —replicó el tío

Batty—. A mí no me roba ni Dios. Voy a recuperar lo mío. —Sin mirar a Bazzle, dijo—: Como no me hagas caso, chico, le retuerzo el pescuezo a este señoritingo como si fuera un pollo.

—¡No lo toques! —chilló el niño.

—Bazzle —dijo Tom—, hazme caso. Sal del dichoso carruaje y vuelve a las oficinas. Espérame allí.

—Pero el tío Batty...

—Bazzle —repitió él con voz seca.

Para su alivio, el niño lo obedeció y se apeó despacio del carruaje, tras lo cual echó a andar hacia los escalones de entrada del edificio. Tom soltó la brida y se subió a la acera.

—¿Qué narices te importa el mocoso? —preguntó el tío Batty con una mueca desdeñosa mientras se movía en círculos a su alrededor—. Bazzle no vale ni lo que se te pega a las suelas de los zapatos.

Tom no le contestó, se limitó a seguir sus movimientos sin dejar de mirarlo a la cara.

—Te voy a dar una somanta de palos —siguió el tío Batty—. Hecho papilla te voy a dejar. Claro que... si aflojas la bolsa, lo mismo te dejo tranquilo.

—Voy a darte una mierda, cobarde asqueroso —replicó—. Si lo hago, luego volverás a por más.

—Como guste el caballero —gruñó su contrincante antes de abalanzarse sobre él.

Tom lo esquivó, se dio media vuelta a toda prisa y le asestó un gancho, un puñetazo cruzado y un buen izquierdazo cuando se irguió.

El tío Batty retrocedió a trompicones y rugió furioso. Volvió a abalanzarse sobre su adversario, lo que le valió un puñetazo en el costado y otro en el estómago, si bien logró asestarle un golpe desde arriba a Tom que hizo que este viera las estrellas. El tío Batty aprovechó el momento para golpearlo con un gancho y un derechazo, pero Tom se apartó justo a tiempo para no recibirlo de lleno. Con la fuerza de un toro embravecido, Batty se lanzó a por él, haciendo que ambos cayeran al suelo. Tom vio puntitos blancos delante de los ojos al golpearse la cabeza contra la calzada.

Cuando recuperó el sentido, estaba rodando por el suelo con el hombretón, intercambiando golpes, usando las rodillas, los codos, los puños y cualquier cosa que le diera ventaja. Le estampó el puño a ese malnacido en la cara, de manera que ambos acabaron llenos de sangre. El enorme cuerpo que tenía debajo se quedó quieto, gimiendo por la derrota. Tom siguió dándole puñetazos, como un pistón, mientras el aire le salía a bocanadas entrecortadas de los pulmones y los músculos le gritaban de dolor.

Sintió que una multitud de manos tiraban de él para apartarlo. Incapaz de ver con claridad, se pasó la manga por los ojos. En medio del tumulto y la furia, se percató de que un cuerpecito se pegaba a él, de los delgaduchos brazos que le rodeaban la cintura.

—Señor Severin..., señor Severin —sollozó Bazzle.

—Bazzle —dijo Tom, aunque le costaba hablar y la cabeza le daba vueltas—. Eres mío. Nada va a alejarte de mí. Nadie.

—Sí, señor.

Poco después, oyó que Cassandra decía en voz baja y tensa:

—Tom. Tom, ¿me oyes?

Sin embargo, se le había nublado la vista y sabía que las pocas palabras que era capaz de mascullar no tenían el menor sentido. Al sentir los brazos de Cassandra a su alrededor, suspiró y volvió la cara para apoyarla sobre la perfumada suavidad de su canalillo, tras lo cual se permitió sumirse en la tentadora oscuridad.

—Me llamo Tom a secas —contestó Tom con aspereza mientras Garrett Gibson se inclinaba sobre la cama y le movía un dedo por delante de los ojos.

—Siga el movimiento de mi dedo con la mirada. ¿Quién es la reina?

—Victoria.

Cassandra estaba sentada a los pies de la cama, observando el examen médico. Después de lo sucedido el día anterior, la cara de su marido estaba un poco maltrecha, pero las magulladuras se curarían, y, por suerte, solo había sufrido una conmoción leve.

—¿En qué año estamos?

—En mil ochocientos setenta y siete. Me preguntó lo mismo ayer.

—Y sus respuestas fueron igual de gruñonas entonces —comentó la doctora con incredulidad. Tras incorporarse, le dijo a Cassandra—: Dado que la conmoción es leve y que su recuperación parece ir por buen camino, le permitiré un poco de actividad controlada durante los próximos dos días. Sin embargo, es mejor que no se exceda. Debería descansar la mente y el cuerpo todo lo posible para asegurar una recuperación total. —Hizo un mohín con la nariz mientras miraba a Bazzle, que estaba acurrucado al otro lado de la cama con una bolita de pelo rojo contra su pecho—. Eso quiere decir que no podemos permitir que el cachorro perturbe el sueño del señor Severin.

El cachorro era un regalo de Winterborne y de Helen, que había llegado esa misma mañana. Se habían enterado de que un amigo que criaba caniches enanos tenía una nueva camada, y a petición suya les había permitido elegir entre los cachorros cuando pudieran ser destetados. Bazzle estaba encantado con la criaturita, cuya presencia ya lo había ayudado a olvidarse del susto que se había llevado.

—Hay un plumero en la cama —había dicho Tom al ver el cachorro por primera vez—. Tiene patas.

En ese momento, el cachorro se desperezó y bostezó antes de acercarse, tambaleante, a Tom y mirarlo con unos ojos ambarinos muy brillantes.

—¿Esta cosa estaba en la lista de razas aprobadas? —quiso saber Tom al tiempo que extendía un brazo a regañadientes para acariciarle con dos dedos la cabecita llena de rizos.

—Sabes muy bien que sí —contestó Cassandra con una sonrisa—, y al ser un caniche Bingley casi no mudará pelo.

—¿Bingley? —repitió él.

—De *Orgullo y prejuicio*. ¿No la has leído todavía?

—No me hace falta —repuso él—. Si es de Austen, ya me conozco la trama: va de dos personas que se enamoran después de haber tenido un terrible malentendido y que mantienen larguísimas conversaciones sobre el tema. Luego se casan. Fin.

—Menudo plomo —dijo Bazzle—. A menos que sea la del calamar.

—No, esa sí que es una novela excelente —repuso Tom— que te leeré si la encuentras.

—Sé dónde está —dijo Bazzle, emocionado, antes de saltar de la cama.

—Os la leeré yo a ambos después de que acompañe a la doctora Gibson a la puerta —anunció Cassandra.

—No hace falta que me acompañes —le aseguró la aludida con firmeza—. Cariño, quédate con el paciente y no dejes que se exceda hoy. —Se alejó de la cama y recogió su bolsa—. Señor Severin, mi marido me ha pedido que le diga que el tío Batty se pasará en la cárcel una buena temporada. Cuando por fin lo liberen, no causará más problemas, ni a usted ni a nadie más. Mientras tanto, estoy tratando a los niños que vivían con él e intentando encontrarles otra residencia.

—Gracias —replicó Tom, que parecía desconcertado al ver que Bingley se había acurrucado sobre su brazo—. Se supone que no debes estar en la cama —le dijo al cachorro—. Está prohibido por contrato.

A Bingley no parecía importarle.

Cassandra se inclinó sobre él.

—¿Te duele la cabeza? —le preguntó preocupada—. ¿Necesitas más medicinas?

—Necesito más de ti —repuso él antes de invitarla a que se tumbara a su lado. Ella se acurrucó con cuidado junto a su cuerpo—. Cassandra —dijo con voz ronca.

Ella volvió la cabeza, de modo que sus narices quedaron casi pegadas, y solo atinó a ver la mezcla de azul y verde en los ojos de su marido.

—Cuando me desperté esta mañana... —siguió Tom—, me di cuenta de algo.

—¿De qué, amor mío?

—De lo que aprendió Phileas Fogg después de darle la vuelta al mundo. .

—¿Oh? —Parpadeó y se incorporó sobre el codo para mirarlo bien a la cara.

—Al final, el dinero no significaba nada para él —dijo Tom—. Si ganaba o perdía la apuesta..., eso tampoco significaba nada. Lo único que le importaba era Aouda, la mujer de la que se había enamorado durante el viaje y a quien llevó de vuelta consigo. El amor es lo importante. —La miró a los ojos, cuyas arruguitas eran más visibles porque estaba sonriendo—. Esa es la moraleja, ¿verdad?

Cassandra asintió con la cabeza y tuvo que enjugarse con la mano las lágrimas que, de repente, le habían empañado los ojos. Intentó devolverle la sonrisa, pero una oleada de pura emoción hizo que le temblaran los labios.

Tom le tocó la cara con una mano reverente.

—Te quiero, Cassandra —dijo con voz trémula.

—Yo también te quiero —replicó, y acabó las palabras con un sollozo—. Sé que te cuesta pronunciar esas palabras.

—Cierto —susurró Tom—, pero pienso practicar. A menudo. —Le deslizó los dedos por la cabeza para acercarla a él de nuevo y la besó con pasión—. Te quiero. —Otro beso más largo y pausado que casi hizo que a Cassandra se le saliera el alma del cuerpo—. Te quiero...

El ruido de un cristal al romperse hizo que Kathleen diera un respingo mientras cruzaba el vestíbulo de Eversby Priory. En realidad, más que caminar iba casi arrastrando los pies, pensó con sorna mientras se llevaba una mano a su abultadísimo vientre. Dado que apenas si le faltaban un par de meses para dar a luz, se había vuelto más pesada y lenta, y las articulaciones se le habían distendido de manera que andaba con el inconfundible vaivén de una mujer a la que le faltaba poco para llegar a término. Se alegraba de estar lejos del torbellino social de Londres y de vuelta en el reconfortante entorno de Eversby Priory. Devon parecía igual de contento, tal vez incluso más, de haber regresado a la propiedad de Hampshire, donde el frío aire invernal olía a humo, a tierra helada y a pino. Aunque el embarazo estaba demasiado avanzado como para cabalgar, podía visitar sus caballos en las caballerizas, dar largos paseos con Devon y regresar a la casa para acurrucarse junto al crepitante fuego de la chimenea.

Acababan de terminar el té de la tarde, durante el cual leyó en voz alta una carta que había llegado esa misma mañana. Era de Cassandra, entretenida, divagante y rebosante de felicidad. No quedaba duda de que Tom y ella eran buenos el uno para el otro, y de que sus sentimientos estaban evolucionando hacia un vínculo duradero y profundo. Parecían haber descubierto la increíble afinidad que a veces se establecía entre dos personas cuyas diferencias le daban vida a una relación.

Al pasar por delante de la puerta del despacho, vio el alto y atlético cuerpo de su marido agachado junto a un montón de trocitos de cristal esparcidos por el suelo.

—¿Se ha caído algo? —le preguntó.

Devon la miró y esbozó una sonrisa torcida, con ese brillo en los ojos que siempre conseguía acelerarle el corazón.

—No exactamente.

Entró en el despacho y vio que había aplastado el objeto envuelto en un trozo de tela, lo que permitiría recoger los pedazos con facilidad.

—¿Qué era? —quiso saber con una carcajada desconcertada.

Después de sacar algo de la tela, Devon sacudió los últimos trocitos de cristal y lo sostuvo en alto para que lo viera.

—Ah, eso. —Esbozó una sonrisa al ver el trío de jilgueros disecados sobre una rama—. Así que por fin has decidido que ya era hora.

—Pues sí —replicó él con satisfacción. Cogió los pajarillos, ya libres de su cúpula de cristal, y los devolvió al estante. Con cuidado, la alejó a ella de los cristales rotos. La rodeó con un brazo al tiempo que le colocaba la mano libre sobre el vientre en un gesto protector. Su fuerte torso se sacudió mientras soltaba un profundo suspiro de felicidad.

—Hasta dónde nos has traído en tan poco tiempo... —susurró Kathleen, apoyada contra él—. Nos has convertido en una familia.

—El mérito no es solo mío, cariño —dijo él antes de agachar la cabeza para pegar su sonrisa torcida contra la mejilla de ella—. Lo hemos hecho juntos.

Kathleen se volvió entre sus brazos para mirar el trío de jilgueros.

—Me pregunto qué harán ahora que están en el mundo, al aire libre —dijo en voz alta.

Devon la pegó de nuevo a él y le acarició la mejilla con la nariz.

—Lo que deseen.

Epílogo

Seis meses más tarde

—Be... A... Ese... I... Ele... —dijo Cassandra mientras el niño copiaba las letras en un cuadernillo.

—¿Estás segura de que se escribe así? —le preguntó.

—Sí, segurísima.

Basil y ella estaban sentados en un banco del muelle, bajo el cielo azul de Amiens. Cerca de ellos, las bandadas de espátulas y de chillones ostreros se adentraban en las aguas de la bahía de Somme en busca de los últimos moluscos antes de la pleamar.

—Pero ¿por qué es una ese y no una zeta? Esto de la pronunciación de las letras es un lío.

—Es un fastidio, ¿verdad? Algunas personas sesean y otras cecean, pero la ese es una ese y no una zeta. —Lo miró con una sonrisa y vio que Tom se acercaba a ellos, tan guapo y tan relajado. La soleada quincena que habían pasado en Calais le había bronceado la piel, haciendo que el verde y el azul de sus ojos destacaran muchísimo por el contraste. Les había pedido que lo acompañaran ese día porque tenía una sorpresa que enseñarles.

—La sorpresa ya está casi lista —anunció—. Vamos a recogerlo todo.

—Papá, ¿esto te parece bien así? —le preguntó Basil al tiempo que le mostraba el cuadernillo.

Tom examinó la página.

—Me parece perfecto. Vamos a guardarlo todo en la bolsa de lona estampada de mamá y... ¡Cassandra, por Dios! ¿Por qué has traído eso? —Estaba contemplando el contenido de la bolsa como si estuviera espantado.

—¿El qué? —le preguntó con sorna—. Un par extra de guantes, un pañuelo, unos binoculares, una caja de galletas...

—¡Ese libro!

—*Tom Sawyer* es uno de tus preferidos —protestó ella—. Me lo dijiste. Se lo estoy leyendo a Basil.

—No niego que sea una de las mejores novelas que se han escrito, con una moraleja excelente para los lectores más jóvenes. Sin embargo...

—¿Cuál es esa moraleja? —le preguntó ella con recelo.

—Papá ya me lo ha dicho —terció Basil—. Nunca te molestes en trabajar si alguien puede hacerlo por ti.

—Esa no es la moraleja —aclaró Cassandra, que frunció el ceño.

—Ya lo hablaremos después —se apresuró a decir Tom—. De momento, vamos a ponerlo en el fondo de la bolsa para que no se vea durante las próximas dos horas de ninguna de las maneras. No lo mencionéis y no penséis en él.

—¿Por qué? —quiso saber Cassandra, cada vez más intrigada.

—Porque vamos a estar en compañía de alguien que, por decirlo suavemente, no le tiene mucho aprecio a Mark Twain. Venid conmigo, vamos.

—Tengo hambre —anunció Basil con tristeza.

Tom sonrió y le alborotó el pelo.

—Como siempre. Por suerte, estamos a punto de disfrutar de un té largo y ameno, y podrás comerte todas las pastas que quieras.

—¿Esa es la sorpresa? —preguntó Basil—. Pero si tomamos el té todos los días.

—No en un yate. Y no con esta persona. —Tom cogió la bolsa de lona estampada, la cerró bien y le ofreció el brazo a Cassandra.

—¿Quién es? —quiso saber ella, encantada de ver la emoción de su mirada.

—Ven a descubrirlo.

Enfilaron uno de los muelles hasta un yate modesto, pero muy bien cuidado. En él los esperaba un caballero ya entrado en años con una barba muy pulcra y abundante pelo blanco.

—No —dijo Cassandra con una carcajada al reconocer ese rostro después de haberlo visto tantas veces en fotografías y grabados—. ¿De verdad es...?

—Señor Verne —dijo Tom como si nada—, le presento a mi esposa y a mi hijo, lady Cassandra y Basil.

—*Enchanté* —murmuró Julio Verne con una mirada traviesa mientras se inclinaba sobre la mano de Cassandra.

—Le he dicho al señor Verne que fuiste tú quien me regaló la primera novela que leí en la vida, *La vuelta al mundo en ochenta días* —dijo Tom, disfrutando del asombro que reflejaba el rostro de Cassandra—, y que por motivos personales todavía es mi preferida.

—Pero si... —protestó Basil, a quien Tom al punto le tapó la boca con delicadeza.

—Madame —dijo Julio Verne—, ¡estoy encantadísimo de ser su anfitrión para tomar el té en el *Saint Michel*! Espero que le gusten a usted los dulces tanto como me gustan a mí.

—Puede estar seguro de que sí —contestó encantada—. Y a mi hijo también le encantan.

—Ah, estupendo. Acompáñenme pues. Si tiene alguna pregunta sobre mis novelas, será un placer respondérselas.

—Siempre he deseado descubrir qué lo inspiró a escribir *La vuelta al mundo en ochenta días*.

—En fin, pues verá, estaba leyendo una guía de viajes por Estados Unidos...

Justo antes de subir al yate, Cassandra miró de reojo a Tom y se llevó una mano al delicado colgante que no se quitaba del cuello desde el día que él se lo regaló. Lo tocó y siguió con el dedo el diseño, el símbolo del infinito de Euler, que quedaba justo sobre el hueco de su garganta.

Y, como siempre, ese gesto íntimo lo hizo sonreír.

Nota de la autora

Mientras me documentaba para escribir *En busca de Cassandra* descubrí algunos detalles muy interesantes, pero ninguno me sorprendió tanto como descubrir que *Las aventuras de Tom Sawyer*, de Mark Twain, se publicó en Gran Bretaña en junio de 1876, ¡varios meses antes que en Estados Unidos! El señor Twain quería asegurarse el *copyright* británico y se decía que lo valoraban mucho más en Gran Bretaña. La primera edición británica tenía una cubierta roja en la que se podía leer por todo título *Tom Sawyer*. Cuando se publicó en Estados Unidos en el mes de diciembre, la portada era azul oscuro, con el título completo escrito en letras doradas.

Además, al parecer Mark Twain le tuvo cierta ojeriza durante toda su vida a Julio Verne, algo que empezó en 1868, cuando Twain intentaba terminar de escribir una novela sobre un globo y Verne se le adelantó al publicar una historia titulada *Cinco se manas en globo*. (Por desgracia, los escritores podemos ser bastante sensibles a veces.)

La primera mención que se hace a la tradición de «algo viejo, algo nuevo, algo prestado y algo azul» en su totalidad se produjo en octubre de 1876 en un periódico de Staffordshire.

Encontré una descripción del concepto de «memoria fotográfica» en un artículo titulado «Natural Daguerreotyping», publicado en *Chamber's Edinburgh Journal*, fechado en 1843.

Aunque las versiones más antiguas de *Cenicienta* no incluían la calabaza, Charles Perrault la añadió al reescribir el cuento en 1697. Al parecer, la calabaza llegó a Francia desde el Nuevo Mundo durante la época Tudor, entre 1485 y 1603. Por supuesto, los franceses supieron qué hacer con la *pompion*, tal como la llamaron. La primera receta de la tarta de calabaza de la que se tiene constancia es de 1675.

El rey Jorge V fue la primera persona que ordenó que se instalase un baño en el tren real, en 1910. Sin embargo, supuse que el innovador y tiquismiquis Tom Severin, como hombre adelantado a su tiempo que es, no dudaría en instalar uno en su tren privado. Como deferencia a la realidad, no obstante, dejaremos que el rey Jorge V mantenga el honor de ser el primero.

Ojalá que os divirtáis leyendo *En busca de Cassandra*, amigas mías: ¡es un privilegio y una alegría crear historias que adoro y luego compartirlas con vosotras!

Os quiere,

LISA

LOS DULCES PARA EL TÉ DE LA TARDE DE
lady Cassandra

Encontré la receta para estos *scones*, una especie de bollitos hojaldrados, suaves y perfectos, en varios libros de cocina victorianos, y la retoqué lo justo para que nos funcionara. En la época victoriana solían añadir fécula de maíz o de patata a este tipo de recetas, y eso hace que el resultado sea muy ligero y delicado. Por desgracia, Greg, los niños y yo no podemos tomarnos el té todas las tardes como hacen los Ravenel, pero cuando se presenta la oportunidad, siempre incluimos unos cuantos *scones*. ¡Estos son fáciles y deliciosos!

Ingredientes:
(Las medidas se corresponden a las tazas y cucharas medidoras anglosajonas.)

1 ¾ de taza de harina
¼ de taza de maicena
½ cucharadita de sal
3 cucharaditas de levadura química

½ taza (113 g) de mantequilla fría, cortada en daditos
¾ de taza de leche entera
un poco de leche para pincelar los panecillos

Preparación:

Precalienta el horno a 220 °C.

Mezcla los ingredientes secos con unas varillas o un tenedor. Integra los daditos de mantequilla y aplástalos con un tenedor o con los dedos hasta que se formen una especie de migas. Añade la leche y mezcla con suavidad hasta formar una gran bola.

Esparce harina sobre la masa e impregna el rodillo y la encimera (o una tabla de cortar) con más harina para extender la bola hasta conseguir una plancha de alrededor de un centímetro de grosor. Usa un cortapastas pequeño (el mío es de unos cinco centímetros de diámetro) para hacer círculos y colócalos sobre una bandeja de horno antiadherente (me gusta cubrir las mías con papel de hornear).

Pincela cada *scone* con la leche.

Hornea durante 12 minutos. (Aquí tienes que seguir tu criterio: si no están bien doraditos por arriba, déjalos en el horno otro par de minutos.)

¡Sírvelos con mantequilla, mermelada, miel, nata densa o cualquier cosa que se le pueda untar a un *scone* perfecto!

«Para viajar lejos no hay mejor nave que un libro.»

EMILY DICKINSON

Gracias por tu lectura de este libro.

En **penguinlibros.club** encontrarás las mejores
recomendaciones de lectura.

Únete a nuestra comunidad y viaja con nosotros.

penguinlibros.club